一寸丹心萬縷情（下）

情如熾

【摯摯 著】

感謝和聲明

◎感謝

感謝我的姊妹們在此書出版過程中的協助，特別是三妹及外甥女的最佳校稿母女檔。感謝她們的投入，使本部書更臻完美。

◎鄭重聲明

小說中的人物和故事全屬虛構。若有人名和情節與真實的人和事相同或相似之處，純屬巧合。間或有近代風雲人物客串，除非是史冊已載事實，其餘皆為虛構，其角色亦只反映時代背景而已。

目次

【第一章】故園探親　舊恨新愁

一九五五年初夏，孟紹卿回到了闊別六年的祖國。一踏入北京城，故園之情油然而生。每到一處，祖國的人情像磁場，緊緊地吸住了他似鐵的愛國心。他很快發覺自己低估了這股吸引力。

他一早已計劃回大陸探兄，北京原不在行程內，是臨時附加的。半個月前，收到一封邀請函，請他參加一個科學研討會，他畢竟是個熱忱的物理學家，因不願錯過與國內外專家聚談的機會便決定應邀前往。

海外歸來的科學家被國務院待之以上賓之禮，獲得總理親自接見。除了正式的研討會，主辦單位還為他們安排了一連串的座談會、觀光和娛樂節目。要求他回國服務的呼聲從四面八方而來，幾乎令他無法招架。

有一個座談會在他的母校北京大學召開，會後學生們紛紛包圍著他，懇求他留下。他被新一代學生的求知慾感動，恨不得當場應允。

他曾向台港的親友們保證不會羈留不歸，唯恐食言，決定趁早離開北京。研討會一結束，他即悄悄地離隊，乘火車南下去探親。

侄女孟玉蘭到火車站迎接他。她仍保持著在延安的作風，短髮齊耳，衣著樸素，毫無一個首長夫人的架子，只是自然流露出雍容華貴的氣質。

「小叔。」她上前叫道。不知是因久別重逢的喜悅，還是有難言之衷，她嘴角含笑，卻禁不住掉下了眼淚。

「玉蘭。」他握住她的手，也同樣的激動。過去幾年，她音訊杳然，令他十分不滿。而今，一見面，他便前嫌盡棄，但沒忘記最關心的事，首先問：「你爸爸現在何處？」

「兩個月前，他已獲釋了。我知道你急著要見他，現在就帶你去吧。」

在家鄉的一場暴亂中，孟紹鵬受牽連，坐了五年牢。出獄後，他遷移到女兒居住的城市，住入古舊宅院區裏的一棟小屋。

紹卿一足跨進屋裏，感覺室內陰沉沉，靜悄悄，彷彿無人在家，卻聽見一個熟悉的聲音：「是誰來了？」

他轉身看，一個頭髮全白，面容消瘦的老人坐在牆邊一張藤椅上。

「哥哥！」他大叫一聲，撲上前抱住了老人，淚如泉湧。

紹鵬猶不敢置信，問：「紹卿，真的是你嗎？」

「是的。我本是專程來訪你的，臨時應邀到北京參加一個學術會議，一開完會就趕來向玉蘭探聽你的下落。」

「坐，你快坐下。告訴我，你嫂子好嗎？」

「她很好，一直很想念你，只是最近忙著抱新生的孫女，否則就要來看你了。哥哥，你已有兩個孫兒和一個孫女了。」

「好，好。」紹鵬口中叫好，但涕淚縱流。

「還有，玉棠和曉鵑也要我代問候你。」

「你回去告訴你嫂嫂、侄兒，還有你媳婦，我現在很好，請他們莫掛念。」

玉蘭端了茶來，說：「爸爸、小叔，請喝茶。」她將茶盤放下了，轉身去拉開窗簾，同時抱怨：「爸爸，你老是不拉開窗簾，白天屋裏沒陽光，多難受。」

不料，紹鵬大聲喝道：「妳別動那窗簾！」

玉蘭被嚇了一跳，氣惱地說：「怎麼啦？平日你動不動就發脾氣不說，今天小叔來了，你也鬧。」

「用不著妳來教訓我，妳走吧！」

「我剛接小叔來，你為什麼趕我走？難道你把我當外人嗎？」

「妳早已改名叫王蘭，不姓孟了。」

「如果你同意讓孟玉蘭加入共產黨，我立刻就改回本名。」

紹鵬不吭聲了，玉蘭偷偷地擦淚。

紹卿目瞪口呆，沒想到哥哥和侄女之間的關係竟變得如此緊張，他不知說什麼才好。

僵持了片刻，紹鵬認錯：「玉蘭，對不起，我的脾氣不好，常令妳受委屈。」

「是我不小心，又惹你生氣了。」玉蘭也消氣了。

「我想單獨和紹卿談談，妳先回家吧。」

「也好。我去把小鈴接來。小叔，等會見。」

紹卿送走了侄女，轉回身，見哥哥蹣蹣跚跚地向他走來，他連忙上前扶持。

不料，紹鵬突然跪倒在他的跟前，哭道：「弟弟，父母之死全是我的罪過。我乞求你的原諒。」

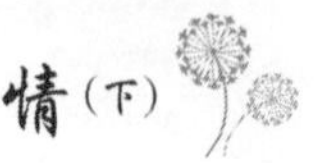

紹卿大驚，急忙也雙膝跪下，說：「哥哥，你這話從何說起？你向我下跪，叫我如何擔待得起呀！」

「你有所不知。母親是為掩護我才被槍殺，父親受驚暴亡。」

「哥哥，無論如何，這不是你的錯。你受了五年牢獄之災，我無法營救你，日夜不安。你千萬不可再自責，否則我將無地自容。」

兄弟倆相扶持著站起來，對面坐下了。紹鵬開始講訴家鄉掀起暴動的經過。

紹卿聽罷，咬牙切齒地說：「胡勝那惡棍，當年曾寄住我們的家，因喧賓奪主被爸爸下了逐客令。如今他有權勢了，想是乘機公報私仇。」

「眼下有冤難申，問題不只在一個惡吏。紹卿，我勸你，千萬不要回來定居。」

「請你放心，我答應過曉鵑，至多停留一個月就回家的。」

「那我就放心了。」

紹鵬忽然想到他的外孫女要來，連忙說：「紹卿，等會玉蘭就要帶小鈴來了，你快替我拉開窗簾。」

紹卿剛拉開窗簾就聽見一個清脆的叫聲：「外公，我來看你啦。」他回頭，見一個可愛的小女孩跑進來。

紹鵬精神大振，展開雙臂抱起女孩，高興地說：「小鈴，外公想死妳了。」

小鈴在他臉上親了一下，他呵呵地笑了，完全變回一個慈祥的老人。

紹卿也湊過臉去，說：「小鈴，還要親表叔公一下。」

小鈴懷疑地望著他，說：「你就是從香港來的叔公嗎？你一點也不像！」

紹卿驚訝問：「你為什麼說我不像？」

「因為，你看來比我爸爸還年輕。」

「真聰明，你猜到我比你爸爸年紀小。我是你外公的弟弟，雖然和妳媽媽同年，但輩份上是她的叔叔，所以妳得叫我表叔公。」

「表叔公。」小鈴叫了，也親了他一下。

「好甜蜜。」紹卿喜道。

玉蘭提了一個裝飯菜的籃子走進來。紹卿幫她擺好飯桌，大家坐下來吃晚飯。

紹鵬吃得很少，只不斷給紹卿和小鈴夾菜。

「爸爸，你太瘦了，該多吃點。」玉蘭說。

「我沒胃口，你們吃吧。」

「哥哥，你的神色不大好，要不要去醫院做身體檢查？」紹卿擔心地說。

「沒什麼。你知道我一向有胃疾，老毛病了。」

吃完晚飯，玉蘭準備帶女兒回家，邀請紹卿一同去她家住。

他回答：「不必了。小房間裏有張單人床，我就住這裏吧。」

「你還是跟玉蘭去吧。這兒不方便，浴室和廁所都是大院內公用的。我只在屋裏用一個木盆洗澡，晚上還用馬桶。」紹鵬說。

「沒關係。既然你能住，我就能住。我原是來陪伴你的。」

過了兩日，紹卿陪哥哥一起回鄉祭墳。

孟家莊已被他人佔住。他們祖傳的墓園還在，但管園的秦叔已不知去向，園內雜草叢生。崇漢夫婦的墳看似一個小土堆，連塊像樣的墓碑也沒有，只插了個木牌子。比起邊上用大理石砌造的先祖之墳，有如未完成的工程。

紹鵬回想起父母慘死的情景，悲痛不已。紹卿亦淚濕衣襟。

忽然，聽見身後一個女人的驚呼聲，紹卿回頭看，驚喜地喊道：「阿蓮！」

阿蓮上前抱住他，「哇！」地一聲，大哭起來。

「阿蓮，我已經出獄了。但不知江進田出來了嗎？」紹鵬說。

「哥哥，你總算熬出來了，可是進田還在坐牢，我和重慶都遭人歧視。」阿蓮泣道。

「你們搬來和我住吧。我現在的屋子雖小，但有兩房一廳。」

「若能搬到城裏住，我求之不得。只怕區委不准許。」

「我老而病弱，身邊需要親人照顧，若申請你們來同住，或許會准的。」

「好極了，謝謝哥哥。你們累了，請先到小屋裏休息一會兒再聊吧。」

阿蓮打開祠堂小屋的門，他們一起進去坐了。

「阿蓮，妳知道秦叔的下落嗎？」紹卿問。

「今年初，他患了重病，無法打理自己的生活，搬到靈山寺裏去住了。」

「這寺廟就在附近，我以前去過。明天，我就去看他。」

紹卿在小屋裏一覺睡到天亮。紹鵬卻整夜失眠，早晨起身時，感到有氣無力。

「哥哥，你再睡一會兒吧。我出去給你買早餐。」紹卿說。

「好，你去吧。」。

忽見一人探頭進來，問：「請問孟紹卿在這裏嗎？」

紹卿驚訝，叫道：「王竹清！」

「紹卿，真高興見到你。昨晚，我去勤姐家，碰巧阿蓮也在。我聽她說你回來了，所以一早就趕來看你。」竹清興奮地說。

他還給孟家兄弟帶來了豐富的早餐，他們邊吃邊聊。

「竹清，我聽說你因替李勇辯護而坐牢了，難道不是嗎？」紹卿困惑地問。

「一言難盡。當年我救不了李大哥，但我今天還能活著，卻是因為他的緣故。」

原來，竹清以同情反革命份子的罪名被拘捕，未能隨部隊赴韓作戰。後來，于帆在戰場上受了重傷，臨終時請求司令為他平反。竹清因而獲得釋放，但沒能恢復軍籍。經過兩年的培訓，他被派回鄉當了副縣委書記。

「我覺得很慚愧，于團長英勇犧牲了，可是我卻倖存。」竹清思念戰友，感到難過。

「你現在當了副縣長，不是更能為國家作出貢獻嗎？」紹卿安慰他。

「是的，我希望新中國能盡快富強起來。紹卿，我懇求你留下來參加建國的大業，你答應嗎？」

紹卿感到十分為難，雖說幫助祖國建設義不容辭，但愛國實非一件單純的事。他正為父母之死哀傷，即使能放下一切私人的恩怨，還有意識上的基本原則必須妥協。他既不忍心拒絕竹清的請求，又無法解除感情和理智上的矛盾，因此半晌無語。

紹鵬在一旁催促說：「紹卿，你不是要去靈山寺嗎？還是早去早回吧。」

「啊，我差點忘了要去找秦叔。竹清，請容我日後再答覆你，好嗎？」

「好吧。我已特地為你請了一天假，可以陪你一同去看秦叔。」

他們來到靈山寺，不料，聽一位老方丈說：「兩個月前，秦叔已歸天了。」

「嗄！他死了。」紹卿不勝悲痛。

「施主請別難過。秦叔臨終前，來了一個親戚，陪伴在他身邊直到他含笑瞑目。」

「親戚！是否他的外甥，阿輝？」紹卿驚愕問。

「不知道。秦叔沒說話，只望著親戚笑。那人也沒報名，行完葬禮後他就離去了。」

顯然，阿輝不願讓人知道他的身分，紹卿不再追問。

他到一座紅磚砌成的新墳前上香，追思秦叔服侍他長大，情同父子。他痛惜失去了一位親切的故人，又想起父母慘死，草草埋葬，墳墓還不如秦叔的像樣，更加傷心，忍不住淚流滿面。

「紹卿，請節哀。秦叔能與妻女合葬，你應該為他高興才是。」竹清勸道。

「你說的是，我們回去吧。」紹卿拿出手帕擦乾了淚。

「時間還早，我帶你去看勤姐和她的女兒，好嗎？」

「好呀。原來李勇還有個孤女，她幾歲了？」

「婷婷今年八歲。可憐的孩子，她喪父後不久就生了場大病，變成了智障兒童。」

勤姐和女兒住在山坡上一棟木屋裏，這是李勇的父親留下的老宅。

大門半掩著，竹清正想推門進去，聽見屋裏有個女人的說話聲，又一張望，即嚇得返身就走。

「你逃避誰呀？」紹卿驚異，追著他問。

「毛麗紅。」竹清小聲地回答。

聽來像個女人的名字，紹卿不明白他為何要如此緊張。

解放軍入城那年，毛麗紅結識了一位連長，與他相愛同居。豈知好景不長，連長隨部隊赴韓作戰，麗紅發現自己懷孕，便去打胎。小城鎮，閒語多，她想嫁人不容易。

轉眼過了五年，她三十歲了，成了黨員，還當上了一個小組長，然而芳心寂寞。可巧，王竹清回來了，還是光棍一條。麗紅一眼看中了他，不願錯失良機。

起初，竹清對她並無反感，可是她常藉故來找他，乘機向他拋媚眼，說情話，逐漸令他感到不安。有一次，她居然在他的辦公室裏，解開衣扣，露出胸脯，向他撲來。他大驚失色，拔腿就跑。從此，拒絕再與她單獨會見。對面遇上了，他也逃避。

縣裏曾換過兩個書記，現任的彭大通遠不如他的前任正直，見麗紅貌美，便想調戲。

「麗紅，聽說你愛上了王竹清，我替你說媒，好嗎？」

「好呀，若你替我說成了親，我就拜你作乾爹。」麗紅求之不得。

「你先拜了吧。乖女兒，過來親乾爹一個。」

麗紅果然上前去親吻了他一下。他乘機將她抱到膝上，又捏又吻。

彭大通來說親，竹清當場拒絕，說：「我不想結婚，準備打一輩子光棍了。」

「我是替乾女兒來說親，你不要不識抬舉。我給你三天的時間考慮，到時你最好不要讓我失望。」

竹清十分煩惱，當晚就去找勤姐求策。碰巧，阿蓮也來了，他沒機會說出心事。

這時，他瞧見麗紅正在和勤姐談天，便想溜走。

不料，婷婷忽從屋裏跑出來，大聲叫：「舅舅。」抱住了他。

他只得轉身走進屋子，做介紹：「這位是毛麗紅同志，這位是孟紹卿博士。」

「竹清，你這樣介紹不是太見外了嗎？」麗紅撒嬌說。

「不錯，我也有同感。」紹卿笑道。

「竹清不好意思說，讓我替他說吧。縣長做媒，已經替他和麗紅訂婚了。」勤姐說。

「勤姐，妳別亂說呀。縣長做媒是有的，可是我還沒答應呢！」竹清糾正她。

「唉呀，你都三十八歲了，還不想成家嗎？剛才麗紅說她已經答應了，你還考慮什麼呢？」勤姐說。

竹清不假思索地說：「我已經把這兒當成家了，我要照顧妳和婷婷一輩子。」

婷婷歡喜，拍手大笑，說：「舅舅、媽媽和婷婷，一輩子。」

「胡說八道。」勤姐覺得又好氣又好笑。

麗紅霍然起立，怒目圓瞠，指著她大罵：「好哇，妳口口聲聲勸竹清娶我，其實早已牢牢地將他拴住了。妳勾引共產黨幹部，想為李勇報仇。我要揭發妳的罪行。」

竹清見狀，脫口而出：「母夜叉！」

麗紅大怒，猛摑了他一掌，罵道：「你敢幫反動份子侮辱我，我要去向縣長告狀，叫他公開批鬥你們。」旋即跑出門外。

婷婷嚇哭了，勤姐目瞪口呆，連紹卿也感到驚駭。竹清怕她去告狀，連忙追了出去。

他急急地追上她，喘著氣說：「麗紅，妳誤會了。請聽我解釋，我不想成家並不關勤姐的事。」

「哼。你剛才明明說想和她過一輩子。」

「她是我義姐，我只想照顧她們母女，沒有別的意圖。」
「我看你的腦筋有問題。同情反動派，侮辱同志，該當何罪？」
「我不是有意侮辱妳。妳剛才發怒的樣子真的很可怕。」
「你只看我發怒，可知道我內心的痛苦嗎？我的愛人在韓國戰死了，沒有人同情我，連你也唾棄我。」麗紅說著，傷心地哭了。
她這一哭，顯得柔弱淒涼，與發怒時迴若兩人。
「麗紅，別哭。我不是嫌棄妳，只是覺得我倆的個性不相配，我比較保守。」
「我因愛慕你，才主動追求你。沒想到，你把我的愛情看成輕浮。」
「我錯了，請妳原諒。妳打我罵我都可以，但是請妳放過勤姐。」
「我知道你們姐弟情深，怎會忍心傷害她呢。剛才我說的只是一時的氣話，你真當我是母夜叉嗎？」
「不，妳不是母夜叉。我說錯話了，自己掌嘴給妳賠罪。」他開始摑打自己。
她抓住他的雙手，說：「不要打了。打在你身上，疼在我心裏。」
他凝視她，感覺她全身散發出異性的誘惑力，這回他不想抗拒，情不自禁地吻了她。
竹清回來了，臉上喜氣洋洋，還吹著口哨，紹卿和勤姐見他這般模樣都覺得奇怪。
「你和麗紅和解了嗎？她答應不告狀了嗎？」紹卿問。
「沒事了，原本是一場誤會。我準備和她結婚了。」
「不，你用不著為我犧牲你一生的幸福。讓她來鬥爭我吧，我不怕。」勤姐說。
「勤姐，別這麼說。剛才她誤解我的話，吃妳的醋了。現在我已和她解釋清楚，她不會告妳了。」

「她居然敢當著我們的面打你。結婚後，你能吃得消嗎？」

「妳用不著擔心。婚後，她生了娃娃，還會對我兇麼。」竹清天真地笑道。

「你真心要娶她，不是受了威脅？」紹卿問。

「我若不愛她，絕不會娶她的。我現在快活極了，因為我戀愛了，對縣長也有了交待。」他真的很高興，沒有一點偽裝的跡象。

勤姐見狀，不再反對，嘆道：「唉，或許是緣份吧！你總算能夠有個家了。」

「竹清，恭喜你。可惜我不久就要回香港，恐怕吃不到你的喜酒了。」紹卿說。

「沒關係。等你下次回國時，再到我們家做客吧。」

「好的，後會有期，現在我要告辭了。」

⌘ ⌘ ⌘

剛回到家裏，紹鵬就病倒了。夜裏他突然感到一陣噁心，吐出一灘血。紹卿急忙送他去醫院看急診。

三天後，有了診斷結果，他患了胃癌。

「爸爸，醫生說你應盡快動手術治病，請你同意吧。」玉蘭勸道。

「不，我不能在此動手術，我想去香港見妳母親和弟弟最後一面。」

「辦理出國手續需要時間，可是你的病拖不得呀！不如讓我通知媽媽和弟弟，請他們來陪伴你。」

「住口。妳若敢叫他們來，我就和妳斷絕父女關係。」紹鵬發怒了。

「哥哥，請息怒。玉蘭只是一片好意。」紹卿勸道。

不料，紹鵬益怒，罵道：「哼，你們只想氣死我。滾，都給我滾！」

玉蘭和紹卿被趕出門外，都感到焦慮和無奈。

「玉蘭，難道真的沒辦法讓妳爸爸去香港醫病嗎？」

「他出獄時，有約法三章，其中一條是不得出國。」

「友義總可以替岳父說情吧，他幾時才能回來呢？」

「昨晚他打電話來說，已在湖南開完會，但有要緊的事必須轉往北京，還不知幾時才能回家。」

紹卿聽她這麼說，等不及了，決定自個兒到僑務處去求助。

一位姓崔的處長，聽了他的陳訴，慨然答應相助，但要他留下作保人，將出境證和僑民證交出，換取一張國內的身分證。

情急之下，紹卿覺得再沒有比哥哥的性命更重要的了，當下答應作保。

殊不知，就在此時，玉蘭正在家裏給友義打長途電話。

「友義。」她才叫了一聲，憋在心頭的悲哀便湧上來了。

「喂，妳怎麼哭了？」他焦急地問。

「爸爸得了胃癌，醫生說若不趁早治療就活不久了。」她泣不成聲。

「啊，這麼嚴重。妳放心，我們可以請最好的醫生，馬上給他動手術。」

「可是爸爸不肯在本地動手術，他一心只想去香港見我媽媽和弟弟。」

「我們應盡力成全他最後的心願。這樣吧，讓我去請求總理的特准。」

「真的嗎？那太好了。」玉蘭感到欣慰。

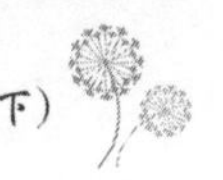

不到一個星期，紹鵬出國就醫的許可證就發下來了。紹卿猜想是崔處長幫了大忙，但不敢讓哥哥知道自己作保的事，只推說是玉蘭和友義之功。

紹鵬感到意外驚喜，急著動身去香港，沒想探究好運的來源。

阿蓮母子趕來探望他，聽說他就要離開了，他們都難過得落淚。

「哥哥，我剛才和你重逢，怎知你又要走了。」阿蓮泣道。

「大舅舅，我原以為可以搬到城裏來上學，現在這個希望落空了。」重慶說。

「別難過。你們搬過來住吧，正好可以幫我照顧房子。玉蘭，妳能替姑媽和表弟申請調戶口嗎？」紹鵬說。

「請放心。我一定會盡力幫他們申請的。」玉蘭答應了。

「好極了。我決定明日就走。紹卿，你也和我同行吧。」紹鵬說。

「不成。我還沒見過友義，得再過幾天才走。」紹卿藉故推托。

「爸爸，我們會安排一位護送員，一直陪送你到出境海關。我也已經給玉棠發了電報，請他在香港入境處迎接你。」玉蘭說。

次日，紹卿陪紹鵬到火車站，為他送行。

「哥哥，祝你一路平安。到香港後，早日治好病。」

「謝謝你。我先走了，你也別耽誤太久，要記得早點回家。」紹鵬叮囑了一番，轉身與護送員一同走了。

紹卿望著哥哥的背影，忽有一種不祥的預感，彷彿是永別，忍不住喊道：「哥哥！」

「什麼事？」紹鵬停步，回頭問。

「沒，沒事。我只想請你向曉鵑說一聲，請她別掛念我。」紹卿不敢說出心中的隱憂，只好用他言掩飾。

「好的。我會和她說的，再見。」

【第二章】
左右為難　鋌而走險

真巧，早晨紹鵬剛離去，下午友義就從北京回到家了。

一見面，紹卿便開玩笑說：「程友義，你做了官愛擺架子。我已等候了好幾日，你才出現。」

友義也笑罵：「我還沒說你，你倒先說起我來了。聽說總理本想召見你，你卻先悄悄地溜走了。到底是誰的架子大？」

他倆相對大笑，一同坐下聊天。

紹卿訴苦：「為了幫你岳父申請出國，我冒冒然作了他的保人，把僑民證和出境證都交給了僑務處的崔處長，如今回不了家了。」

「此事當真？我聽蘭說父親得了癌症，想去香港醫病，便代她向總理陳情。我還以為岳父能獲得特准，是總理之助呢。」友義驚訝地說。

「啊，一定是的。若非總理的特許，哥哥哪能這麼快就出國呢。我這保人分明是白做了！」紹卿恍然大悟，趕緊又說：「友義，可否請你幫個忙，替我取回證件。」

不料，友義一口拒絕：「我才不管這種閒事。誰要你作的保。」

玉蘭也幸災樂禍，說：「爸爸走了，我舉目無親，巴不得能將你留下呢！」

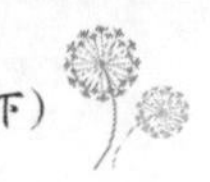

「妳要留下我，曉鵑可不依。」

「你寫封信，邀請她帶孩子一起回國，不就得了。」

「返國定居的事，可從長計議，但是我非先回家一趟不可。」

友義突然板起了臉，斥道：「我真不明白，你為何非要回英租界去受帝國主義者統治呢？難道你不愛祖國嗎？」

紹卿被激怒，反駁：「蘇文康的遭遇，足可作前車之鑑，我不想重蹈他的覆轍。」

「小叔，你錯了。蘇文康是個無情無義的人，高琇瑩沒和你說過嗎？」玉蘭說。

「我不相信文康會移情別戀。我想見他，當面對質。」

「其實，我對此事也一直存疑。友義，也許我們真該找文康來澄清真相。」

「胡鬧！妳難道已忘了妳因觸犯黨紀而受處分的事嗎？」友義驚道。

「不，我沒忘。就在我被隔離軟禁的那段日子裏，爺爺奶奶不幸死亡，爸爸也被捕入獄，而我一無所知。爸爸以為我無情，至今仍怨恨我！」玉蘭說著傷心落淚。

「說起家鄉發生暴動的事，我也有不少疑問。先不提別的，江進田被判了十年徒刑，阿蓮堅持他是冤枉的。友義，你能幫進田申冤嗎？」紹卿乘機說。

「罷、罷，你們愈扯愈遠了。」友義著急起來，深怕節外生枝，只得妥協說：「我派沈瑛去打聽蘇文康的下落就是了。至於江進田的事，我愛莫能助。」

為了等候文康的消息，紹卿暫時沒把不能出境的事放在心上。他不願閒著，便答應當地一間大學的邀請，開始在暑期班授課。藉此為由，他在家信中把歸期延遲到暑假結束。

不久，程克強帶了女友陶蓉回家探親。他剛取得碩士學位，開始攻讀博士。

晚餐後，大家圍坐聊天。友義難得有空閒享受天倫之樂，顯得份外高興，話也比平常多。但是，一向開朗的紹卿卻變得憂鬱，沉默無語。

「表叔公，你怎麼啦？好像有心事似地。」克強說。

「看見你們全家人歡聚一堂，使我想家了。」

「你為何不把表嬸婆接來呢？」

「我答應過她，一定會回家的。沒想到，因替你外公做了保人，出不了境。」

友義插嘴說：「愁什麼？你不回去，曉鵑自然會來找你的。」

「唉，無可理喻。看來，我只有設法逃走了。」紹卿深感無奈，以開玩笑來自慰。

不料，小鈴指著他說：「表叔公，你想逃走，必須過五關斬六將。」

紹卿見她小小年紀，已經知道《三國演義》裏的故事，還搬出來向他挑戰，不免感到驚訝。又見她的學校制服上，有條紅領巾，便戲弄她說：「小紅娘子，妳有什麼本領，能阻止我過關呢？」

一語難倒了小鈴。只見她雙手托著腮，眼望天花板，苦思良計。

友義的侍衛長黃浩正站在她身邊，這個關公的故事原是他說給她聽的，便俯身在她耳邊悄悄地說了幾句話。

小鈴立刻手舞足蹈，大聲說：「我手下有一員大將名叫黃浩，你要打得過他，才能過關。」

「好厲害！」紹卿嘆道。

立刻引起哄堂大笑，其中以友義的笑聲最高。

克強和蓉都笑得前俯後仰。克強止住笑，即說：「表叔公，即使你能過了小鈴和黃浩那一關，還得過我和蓉這一關。」

「你們又想如何對付我呢？」

克強轉身和蓉竊竊私語了一番，便由蓉宣佈：「我們和你去到人民廣場上，舉行一次辯論比賽，以共產主義比較資本主義的優劣為題，我們為共產主義辯護，你為資本主義辯護，如何？」

紹卿心想，這分明是開他玩笑。在共產黨的天下，為資本主義辯護能贏得了嗎？但他不願讓這對年輕人掃興，並不拒絕，只愁眉苦臉地說：「唉，此關難過呀！」

「好哇，你認輸了，我們不戰而勝。」克強和蓉興奮地互相擊掌，歡呼。

玉蘭也起了童心，興致勃勃地說：「即使你能贏過他們小的，還得打勝我和友義這對老的。」友義隨聲附和，說：「不錯，我們可是身經百戰的老將。你要來文的、武的，都隨你，只是休想過關。」

紹卿高舉雙手，作投降狀，說：「看來，我進了程家寨，真是插翅難逃了。」又引起眾人一陣大笑。

小鈴投進他的懷裏，說：「表叔公，我喜歡你，請你不要走了。」

克強和蓉也懇求說：「請你看在我們這一代的份上，留下來為祖國服務吧。」

紹卿感動得眼眶濕了，說：「反正我目前在暑期班授課，一時裏走不開，讓我再重新思考吧。」

忽忽又過了一個月，沈瑛帶來一個惡耗：「蘇文康死了。」

「啊！他是怎麼死的？」紹卿大驚。

「原來他入獄了。去年秋天，他自殺未遂，可是到了年底又染上肺炎，終於不治身亡。」沈瑛說。因她不曾隱瞞文康坐牢和自殺未遂的事，紹卿不由得相信了她的話。

「文康被埋葬在哪裏？我要去祭他的墳。」

「他沒有親人在國內，死後已被埋入了萬人塚，再也尋不著了。」

紹卿十分悲痛，思家的心情也更急切。

轉眼到了九月中，紹卿從侄兒的信中得知哥哥動了手術後身體已逐漸康復，但是不會回國了。他這才開始擔心為兄作保的嚴重後果，急忙去辦理出境證，卻四處碰壁。友義和蘭都拒絕幫他，令他一籌莫展。他寫信請求妻子前來相見，想當面向她解釋。但她回信拒絕，還譴責他逾期不歸，並催促他回家。他真感到左右為難。

每天早晨，他去大學執教都以步代車，穿過一個公園，走捷徑。公園內有個荷花池，池邊柳樹成蔭，有時他會駐足觀賞片刻才走。

這天，他照常穿過公園，忽聽得柳樹下有人吟道：「景色無限好，故人胡不歸？」

他聽見「胡不歸」這句話，不由得心頭一震，站住了。

回頭看，只見一個柱著拐杖的老人，戴了頂草帽和太陽眼鏡，悠閒地站在樹蔭下，對他微微笑。

「老先生，你剛才在吟詩嗎？」他好奇地走過去問。

「孟紹卿博士，早安。你喜歡聽我吟的詩嗎？」

「啊，你知道我是誰。請問你貴姓大名，我們曾見過面嗎？」

「在下名叫胡不歸。你我素昧生平，但是你一定已聽朋友提起過我吧。」

紹卿聞言大驚，踉蹌後退，差點掉入荷花池中。

「你，你是蔣先生差來的嗎？」他顫聲問。

「不錯。孟紹卿，你已忘了對朋友的信誓嗎？」胡不歸說。

「不，我沒有忘。但是，很慚愧，我無法遵守承諾。」

「莫非你受了北京的籠絡，貪圖高官厚祿，拋棄了原則。」

「不，我只想奉獻一己之力，投入建設祖國的行列。胡先生，請求你代我向派遣你來的人致歉。」

「豈有此理。我冒了性命危險，來到龍潭虎穴，難道只是為你傳話嗎？若你食言背信，得罪的將不只是你的朋友，而是一個集團。你會後悔莫及的！」胡不歸怒道。

「請息怒。實不相瞞，我為家兄作保人，好讓他到香港就醫，因此出不了境呀！」

「我們早已猜到你遭遇了困難。今日我來見你，正是要告訴你一個逃走的良機。」

「不成。我若逃走，會危害到我的侄女和侄女婿，也會連累其他和我來往過的人。」

「你不必擔心。正因你是高幹的親戚，他們投鼠忌器，不會擴張其事。」

「今天上午，我還得教最後一堂課。現在沒空和你多談，但我會考慮你的建議。」

「不必考慮了。你今日不走，恐怕永無機會再見到你的妻兒。」

「嗄，你在威脅我嗎？」紹卿驚駭，深恐親人遇害。

「你若再不回家，你的夫人恐怕會與你決裂。若依我計而行，無須一日，你們夫妻就能團圓了。」

「真有這麼簡捷的逃亡路徑嗎？」紹卿開始心動。

「今天中午，你下了課，立刻就去公路局總站見老馬，跟隨他走就行了。」

「老馬是誰？我又不認識他，如何找他？」

「你不用找他，他會自動找你的。為慎重起見，你們彼此都要說出「胡不歸」這個暗語才能相認。」

胡不歸隨即掉頭離去，穿過一個樹叢，消失了蹤影。他的行動敏捷，完全不像一個老人。

紹卿的心情極端矛盾。一方面，理智告訴他，逃走是下策。另一方面，他想，無論如何，應該先回家履行對妻子和朋友們的承諾，然後再重新考慮回歸的問題。他以信義為重說服了自己，決定冒險一試。

慌慌張張地趕到教室，他已遲到了半小時。這是暑期班的最後一堂課，他已預先計劃，只作一個總結，然後就由學生自由發問。平日上課，他口若懸河，很少看講稿，這時心神不定，他只能照著稿子一字一句地唸。學生發問時，他也不像往日一樣耐心地解釋，只是敷衍了事。

下課鐘一響，他迫不及待地走出了教室，竟忘了向學生們說聲再見。

他走到校園裏，不期，遇見黃浩騎著單車，迎面而來。

這天黃浩穿了便裝，跳下車來，說：「孟博士，你這麼早就已下課了。我若再晚一步，恐怕碰不到你了。」

紹卿作賊心虛，緊張地說：「你來作什麼？是程友義派你來監視我的嗎？」

「不是的。今天是我的休假日，剛才蘭姐打電話來邀請我去市立美術館看畫展。她還說你下午沒課，建議我約你一起去。」

「今天不行，我已有約會，要和朋友出遊，也許今晚不回家了。」

「哦，你能把朋友的姓名和住址告訴我嗎？如果蘭姐問起，我可以有個回答。」

「不用問了。你告訴她不要擔心，我會儘快回來的。」紹卿不想多說，掉頭離去，但才走了兩步，又回頭警告：「黃浩，不許你跟蹤我。」

黃浩覺得又好氣又好笑，發現他有點反常，但沒料到他會逃走，心想我難得有一天休假，正要去看畫展，才懶得跟蹤你呢。「你放心吧。我等你出了校門再走就是了。」

紹卿一直走到校門口才停步，回頭見黃浩仍站在原地不動，他放心地乘上一部三輪車走了。

黃浩正想騎上車，忽見一群學生走過，他們在評論紹卿。於是，他拉著車，走在他們邊上，豎耳傾聽。

「孟博士今天真反常，不但遲到了半小時，而且心不在焉，連唸講稿都會唸錯。」

「太離譜了！這是最後一堂課，他居然敷衍了事，真令人失望。」

「他一聽到下課鐘聲就跑了，連聲再見也沒和我們說，一定有心事。」

黃浩聽到這裏，心知不妙，立刻躍上車，追到了校門口，早已沒了紹卿的蹤跡。他急忙問路邊的三輪車夫說：「剛才你們有無見到一個穿白港衫和灰色西裝褲，身材矮小的中年人走出來。」

「你說的是孟教授吧。」一位曾載過紹卿的車夫說。

「正是。你可知他去了哪裏？」

「他乘車走了。我聽見他吩咐車夫，去公路局總站。」

黃浩吃驚，立即騎車飛也似地去追趕。

紹卿剛到達車站，即有一個賣香煙的男人向他走近，說：「先生，請買一包煙吧。」

「對不起，我不抽煙。」紹卿回絕了，繼續往車站內走。

「買一包吧。我老馬一家六口就單靠我賣煙過活哩。」那人緊纏著他說。

紹卿一聽，停步問：「你叫老馬？」

「是的。先生，請問你貴姓大名呀？」

「我叫孟紹卿。老馬，你可聽說過胡不歸這個人？」

「胡不歸，今日歸。孟博士，請你跟我走吧。」老馬笑道。

他左顧右盼，確定無人跟蹤，即邀紹卿一同走進了車站的大廳。

黃浩隨後趕到，發現紹卿和一個陌生男人在一起，剛離開售票口。他迅速地去到那個窗口，向售票員出示黨員證，問：「剛才那兩人買了去何處的車票？車子幾點鐘開？」

「他們買了去漁家灣的票。下一班車是一點鐘開。」售票員說。

黃浩心中大疑，立即走到警衛室，借了電話，直撥到程友義的辦公室。

他報告了紹卿反常的情況，接著說：「我追蹤他到公路局車站，發現他與一個行跡可疑的男人在一起，他們買了去漁家灣的車票，我懷疑他們想乘船逃走。」

電話中傳來友義焦慮的聲音：「不好！我剛收到一份情報，說有一群國民黨的特務正策劃綁架歸國學者，紹卿一定是遇上國特了。」

「要不要我帶領車站的警衛捕捉國特呢？」

「不，還沒弄清楚情況前，最好別打草驚蛇。我要你跟蹤他們到漁家灣，你有把握制服那歹徒嗎？」

「我帶了手槍。如果是一對一，我或許可以制服他，但不知他是否還有同黨。」因職業的要求，黃浩出門必帶手槍。

「公車幾時開？」

「下午一點開。距現在只剩十分鐘。」

「我立刻派葛逍來接應你。必要時，你們可以請軍警協助。」

「好。知道了。」

黃浩掛上電話，立即去買了兩張車票，又到門外的地攤上買了頂帽子，拉低了帽沿遮臉。

眼看公車出發的時間快到了，葛逍尚未出現，黃浩心中著急。等到最後一分鐘，他只得獨自上車。他向車內一瞥，望見紹卿坐在後段的座位低頭看報，身邊坐著可疑的男人。他迅速地在第一排坐下了。

車子緩緩開出。驀地，一個年輕人從車站衝出來，大叫：「停車。」

司機不理會他，繼續開車。

不料，那小伙子一個衝刺，超越了車頭，展開雙臂擋車。黃浩認出他是葛逍，替他出了一身冷汗。

司機大驚，緊急剎車。車上的人都被震得前俯後仰。

「他媽的，你找死嗎？」司機探頭到車窗外，破口大罵。

葛逍也被嚇得渾身發抖，扶住了車頭說：「司機同志，我有急事，請讓我上車。」

「你急著去向閻王報到嗎？遲到了，就該等下一班車。」司機怒道。

「對不起。我是工人，因我媽病重，剛請准了假要回家去探望她。來遲了一步，我心中著急，所以擋車，請你原諒。」

女車掌心軟，代他求情：「司機同志，他是工人，又是個孝子，請讓他上車吧。」

司機勉強同意了。葛逍上了車，向車掌補買了票，即在黃浩身邊的空位坐下了。

車子又開動了，逍鬆了口氣，轉首望浩，得意地一笑。

浩怕他露出馬腳，又擔心被紹卿發覺自己在車上，暗中作了個手示，警告他莫出聲。逍會意，乖乖地低頭坐著，不和浩交談。

兩年前，葛逍從警衛學校畢業，正巧友義想添增一名隨身衛士，選用了他。逍急於表現忠心，往往做出些驚人之舉。友義只道他年輕血氣方剛，縱容他，但是玉蘭看不慣。為了避免衝突，友義只要逍在辦公室持勤，平日不帶他回家。因此，他尚未和紹卿見過面。

開始，紹卿和老馬都好奇地伸頭去看這位冒險擋車的青年，但他們很快對他失去了興趣。紹卿心亂如麻，不想管閒事。老馬只將他看成一個乳臭未乾的小子，完全沒提防。

車子開了兩個多鐘頭，到一小站，老馬忽然向紹卿說：「我們下車。」

「咦，不是去漁家灣嗎？好像前面還有兩個站。」紹卿望著車站牌說。

「不，就在此下車。快點。」老馬催道，紹卿即與他一同下了車。

逍想跟下車，但浩按住他，說：「且慢。」

浩轉向司機出示黨員證，令道：「快開到前面路口，轉彎後再停車。」

司機吃驚說：「原來你們是警探。」即遵照指示做了。

浩和逍從車窗內監視紹卿和老馬的行蹤，下了車便即刻去追。跟蹤到一條樹林小徑的盡頭，忽然不見了人影，他們都覺得奇怪。

「糟，我們中了調虎離山計了。」逍叫道。

前邊就是懸崖，黃浩望見崖下有條河。再定睛一看，紹卿和老馬正向一艘繫在河岸邊的漁船走去。他

又在一顆大樹幹下，發現了一條繩梯，急忙喊道：「逍，他們已下崖，我們快追。」

葛逍一聽，不走繩梯，逕沿陡峭的斜坡往下衝去。浩怕他有閃失，只得跟著衝。

紹卿站在河邊，望著一艘小漁船，驚訝地問：「就憑這艘船，能出海去到香港嗎？」

老馬一面解纜，一面說：「你放心，夜裏會有接應的輪船。」

忽聽得一聲槍響，老馬抬頭瞧見兩個人追來，其中一人正是擋車的青年，不禁大駭。他拔出手槍，殺氣騰騰地指著紹卿，罵道：「該死，你出賣了我。」

紹卿嚇得手提的公文包滑落，搖著雙手，說：「不，我真的不知道有人跟蹤。」

老馬不由他分說，一把將他扯在身前作掩護，舉槍頂住了他的太陽穴，向追過來的人喝道：「站住，否則我立刻殺了他。」

浩連忙停步，令道：「快站住，別讓他傷了人質。」

「我看他們原是一夥的，不必顧忌。」逍說。

「不，年輕人，你別亂猜。我與他素不相識，只是被他挾持了。」紹卿急道。

「你們快棄槍，不然，我先送他去見閻王。」老馬說，扣上了板機。

紹卿嚇得魂不附體，大叫：「黃浩，救命！」

「不，不要殺他。你放了他，我們讓你走。」浩說。

「我信不過那個蠻小子，一定要他棄了槍才行。」

黃浩也害怕葛逍亂來，誤傷了紹卿，便向他下令：「你快把槍放下。」

「不成。你瘋了嗎？」

「住口。你敢抗令，眼下還有我嗎？」黃浩平日很少發怒，但此時怒不可遏。

葛逍不得已，只得將手槍拋棄在地上。

老馬執著紹卿倒退到船邊，強迫他一同跨上了船，然後開槍射斷了纜繩。紹卿乘機掙脫，逃上岸。老馬想殺他，黃浩已先開槍射來。老馬急忙開船逃走，船漂浮不定，浩連射不中。

葛逍撿起槍，跑向河邊，正與紹卿撞了個滿懷，兩人都摔了一跤。等他爬起來，趕到河邊射擊時，船早已順流而下，超出了射程之外，不久就消失了。

他遷怒紹卿，回頭罵道：「你故意撞我，助匪徒逃走了，可見你是他的同黨。」

紹卿反唇相譏：「小兄弟，你媽病重，你怎麼不回家探望，卻來這裏捉強盜了。」

逍大怒，舉起槍柄便往他頭上摜下去。若受這一擊，紹卿非頭破血流不可。幸而，黃浩喝道：「不可對孟博士無禮！」同時伸手阻擋了逍的下擊之勢。

紹卿驚魂未定，需由浩扶著才能站起來。

驀然，出現了無數武警，迅速地將他們三人團團包圍了。

黃浩連忙喊道：「不要開槍，我們是同志。」

警長看了他們的身分證，仍然懷疑地問：「你們都到這裏來幹什麼？剛才有人報警，說聽見了槍聲，是你們開的槍嗎？」

因真相未明，黃浩決定暫時為紹卿掩飾，說：「我們是奉程首長之命，暗中保護孟博士。今日，見他被一個匪徒挾持，便跟蹤到此。雖救了他，但讓匪徒乘船逃跑了，請你們協助追捕。」

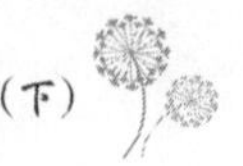

警長半信半疑，將他們帶到地方警察局，撥了個電話到友義的辦公室去查證。他親自和友義交談一陣後，便將話筒交給黃浩，說：「首長要和你說話。」

黃浩聽完友義的指令，掛了電話，轉向警長說：「首長準備親自審問此案，令我即刻帶孟博士回去。」

「你可以帶他走，但他的文件包和身上的東西都得留下當證物。」警長說。

紹卿沒有異議，讓他們搜了身。

黃浩向警長借了部車子，開回到城中，已經天黑了。他先送逍和紹卿到賓館，令他們在一間客房內等候，然後獨自去見友義。

友義憂心如焚，一見黃浩，即問：「孟紹卿究竟是被歹徒綁架，還是想叛逃？」

「我無法斷定。起初我懷疑他有逃跑的企圖，後來見他差點被歹徒殺了，他被挾持上船後又冒險逃下來，讓我覺得十分困惑。」

「你認為，那個歹徒會是國民黨的特務嗎？」

「我猜想是的，因為謀財的土匪應該不會選中孟博士為綁架的目標。」

友義惱怒，一拳敲在桌上，罵道：「可恨，他居然敢與國特為伍。」

忽然電話響了，是玉蘭打來的。

他遷怒於她，接過電話，即大聲喝道：「喂，妳找我有什麼事？」

「友義，你怎麼啦？我只不過想問你回不回來吃晚飯。」

「我已經吃過了。」他不耐煩地說。

「你好像在生氣。發生了什麼令你不愉快的事嗎？」

「一個我最親信的人，居然和國特為伍，想叛逃。妳說，我該如何處置他？」

「既是你親信的人，怎麼會背叛你呢，其中可能有誤會。你能告訴我，他是誰嗎？」

「妳不用知道他是誰。我將親自審問他，不會冤枉他的。」

「那就好了。辦完案子，請早點回來，我等你。」

「我可能很晚才回家，妳不用等了，早點休息吧。」

友義掛上電話，怒氣稍減，憂慮卻加深。他點了支煙抽著，陷入沉思。接著，又拿出紙筆，準備書寫，半晌也沒寫出一個字。

黃浩默默地站在一邊，等了一個多鐘頭，實在忍不住了，開口說：「首長，葛逍單獨守著孟紹卿，我不大放心。我們都沒吃晚飯，我連中飯也沒吃，實在餓了。」

友義如夢初醒，連忙站起來，說：「啊，對不起。我們走吧。」

賓館裏，葛逍早已不耐煩了，不斷地揮拳頓足，以威脅紹卿來打發時間。「坐好，不許亂動，否則我揍你。」

紹卿忍耐著，不與計較。他知道自己闖了大禍，將會惹來不少麻煩。

驀然，門被打開了，友義和浩一起走進來。

逍立即迎上去，想要作報告，但友義用手勢制止他，說：「葛逍，今天你立了大功，我會獎賞你的。現在，你和黃浩先到樓下的餐廳去吃飯吧。」

「可是，他留在這兒，我擔心你的安全。」葛逍說。

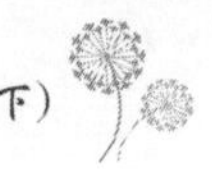

「不要緊的，你去吧。」友義說。

「走吧。」黃浩拉著逍一起走出去，關上了房門。

友義回頭正想斥責紹卿，不料，先聽見他抱怨：「你這麼久才來。我的肚子早已在唱空城計了。」

他大發雷霆，罵道：「這時候，你還只想著吃飯。好，我請你吃一頓銀彈，從此你再也不會餓了。」

「你這是什麼話，難道已將我判了死刑嗎？」

「你還不知道自己犯了多麼嚴重的罪嗎？」

「即使我犯了死罪，你也不該剝奪我的晚餐。古代皇帝都肯賜死囚一頓最後的晚餐，你竟連這一點人道都沒有嗎？」

友義被他說得啞口無言，心想不如讓他吃了飯再審他，便忍住氣，拿起桌上的電話，按了一個鍵。

不一會，賓館經理親自進來問：「首長，有什麼吩咐，你要點宵夜嗎？」

「客人還沒吃晚飯，你馬上準備兩菜一湯拿上來。」友義說。

「另外，請加一瓶紹興酒，我自己付帳。」紹卿想喝酒壓驚，然而，話說出口才想起身上的錢已全被警員沒收當成證物了。如何付得了帳?

好在，友義還算大方，說：「就照他說的做吧。酒菜都記在我帳上。」

紹卿暗中噓了一口氣。

等酒菜都擺上了桌，友義遣走了服務員，仍坐在沙發上抽煙。

紹卿等不及了，很快坐到飯桌上，說：「好酒好菜。友義，快來吃吧。」

不料，友義沒好氣地說：「這是你的永別酒、長休飯，你自己享用吧！」

紹卿一聽，便不再理睬他，自顧自地大吃大喝起來。

友義看他吃得津津有味，不免口饞，又因晚餐吃得很少，這時肚子也餓了，於是捻熄了煙，上了餐桌。他一眼看見拼盤中有一塊鮮美的鴨肉，便用筷子去夾。

「放下！這是我的長休飯，你吃不得。」紹卿說。

「我為你餞行。」友義為了吃那塊肉，只得陪笑。

他很快把鴨肉放入口中吃下了，又喝了一大口酒，才說：「紹卿，不論你犯了什麼錯，只要肯坦白招認，我會給你一個改過的機會。」

「我說實話，你不見得會相信。」

「你試說看看。今天早上，你出門後，遇見了什麼人？」

紹卿原不善於說謊，便坦白說：「我路過公園，意外地遇見了一個陌生人，他不僅知道我的姓名，還知道我不能出境，他說可以幫助我潛返香港。因思念妻兒，我冒冒然同意出走。」

「笑話！你又不是三歲兒童，這麼容易就被拐走嗎？」

「唉，難得糊塗。」

「哼，其實你早已有預謀。你曾當著我全家人的面，揚言要逃走。我們只當你開玩笑，想不到你會和國特有勾結。」

「不，請別誤會。那天晚上，我的確只是開玩笑。今天的遭遇，並非預謀。」

「你在公園遇上的，和在車站見到的，應是兩個不同的人吧？」

「是同一人，他自稱老馬。」紹卿暗想，絕對不能說出胡不歸，否則百口莫辯。

「你不肯說實話，我就將你交給公安局處置。」友義不信，威脅說。

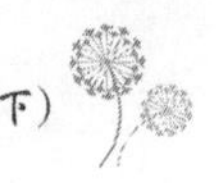

「你抓起我不要緊，只怕有人掀風作浪，從我的遭遇中製造出一個大冤案。」

友義也擔心，這件案子若被擴大化，後果真不堪設想。

還剩許多菜，但他倆都沒胃口了。

紹卿放下碗筷，後悔地說：「今日之事，我難辭其咎，但絕對與第三者無關。目前我最擔心的，不是自己的安危，而是可能會連累那些曾接觸過我的學生和科學家，甚至給你和玉蘭帶來禍害。唉，都怪我一念之差呀。」

友義權衡輕重，當機立斷，倏地站起來，指著他呵叱：「你走吧！我要將你驅逐出境，永遠不許你回來。」

豈知，放他走，他反而不想走了。

紹卿不領情，搖頭說：「不，我不能一走了之，讓他人為我受過。也不願接受終身放逐的判決，我要上訴，為自己辯護。」

「痴心妄想。你與特務為伍，還能辯白得了嗎？」

「事實上，今日的遭遇只是一個意外事故，我及時覺悟，並沒鑄成大錯。」

「算了吧！你今日不走，明日又逃，我哪有功夫陪你周旋。」友義不耐煩地說。

「我再也不會逃了，請你給我一個補過的機會吧。」紹卿低聲下氣地請求。

「哦，你願意揭發特務組織了？」

「不，我不認識特務，更別說他們的組織了。我剛才下了決心，今後死心塌地留在國內，竭盡所能，為國人服務。」

友義聽他語氣誠懇，相信他原是特務企圖綁架的對象而非同謀者，便決定息事寧人，臉上卻不動聲色，冷冷地說：「既然如此，走吧！」

「走？去哪裏？」紹卿不解其意，還以為將被押去監獄。

「跟我回家。蘭一定在家等急了。」

「啊，回你家！」紹卿喜出望外，又懷疑自己聽錯了，問：「你不再追究今天發生的事了嗎？」

「追究！你堂堂一個物理博士，叫人三言兩語給拐跑了，還好意思要我追究嗎？」

「哈，罵得好。程友義，這回我可真服了你了。」紹卿大笑。

玉蘭被友義的一番話弄得心神不寧，一直在猜想他所指控的叛徒是誰。紹卿也沒回來，她獨自守在大廳裏，坐立不安。直等到凌晨一點多，才見他們一同回來。她驚喜地說：「小叔，原來你和友義在一起。剛才，我還以為你失蹤了呢。」

「妳不知道，我被他軟禁了大半天。他還請我吃長休飯，喝永別酒，百般威脅我，直到我向他屈服，他才放我回來。」紹卿訴苦。

「真是惡人先告狀。黃浩，我們不該帶他回來，早該送他去公安局。」友義笑罵道。

「現在讓我押他過去，還來得及。」黃浩點頭附合說。

「友義，難道你在電話中說的叛徒，竟會是他嗎？」玉蘭驚駭問。

「除了他，還有誰膽敢和我開這種玩笑！」

「小叔，快說實話，你究竟幹了些什麼？」

「唉，自從妳出嫁後，就只聽老公的一面之詞。我無論說什麼，妳都不會相信的，不如問他吧。晚安。」紹卿唉聲嘆氣地往客房走去了。

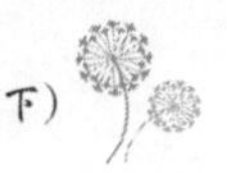

玉蘭依然驚惶失措，說：「友義，請你不要嚇我。他真的被牽連上特務了嗎？」

「妳別急，坐下聽黃浩說吧。」友義拉她一同坐了。

黃浩把跟蹤紹卿的經過，從頭到尾詳細地說了。

玉蘭聽得毛骨悚然，戚惶地說：「天呀！小叔遇到這種事，可怎麼得了。」

友義安慰她：「妳別害怕。他雖曾產生一念之差，但已悔過了。我決定姑且饒他一次，將此案以他被綁架未遂來處理。」

「友義，我太感激你了。」她大大地鬆了口氣。

「妳應該感謝黃浩才是。」

「黃浩，謝謝你，救了我叔叔的命。」

「老實說，我一直覺得像是在做夢似的，不敢相信剛才發生過的事。」

「唉，就是做夢也要把你累壞了！你快去睡吧。」

【第三章】險遭滅頂　波及對岸

次日早晨，紹卿依舊和友義夫婦一同進早餐。大家都閉口不談前一日發生過的事。

忽然，黃浩慌慌張張地走進來，手中拿了一份報紙，叫道：「你們看，你們看。」將報紙交給了友義。

玉蘭和紹卿都好奇地站到友義身邊去一同看，只見頭版大標題寫著：大海驚魂，百餘條水蛇屍沉海底。原來，夜裏有一艘滿載了逃亡者的輪船在沿海被海軍追擊，結果顛覆沉沒了。

紹卿大驚說：「啊！我聽老馬說，夜裏將會有輪船接應，不是差點上了這條船嗎？」

「好險呀。要不是黃浩救了你，你恐怕已葬身海底了。」玉蘭說。

「友義，是你下令擊船的嗎？」紹卿惶恐地問。

「不。我只令漁家灣的警長通緝逃犯，若因此而發現了偷渡船，那還得歸功於你呢。」

「住口。這不是功勞，而是謀殺。如果我與這個慘劇有任何關聯，寧可以死謝罪。」

「哼，你若想跳海自殺，悉聽尊便。」友義自討沒趣，惱怒地離座走了。

紹卿悲傷不已，掩面痛哭。

玉蘭勸慰他：「小叔，請莫過分悲傷。這確實是個不幸的事件，但不見得與你有關，海軍自有戒備，或許這個悲劇早已注定了。」

謠傳孟紹卿和沉船事件有關，蘇文傑一家人立即被恐懼籠罩，彷彿七年前的悲劇又將重演了。當年因文康投共，文傑代弟受罪，險遭槍決。

果然不出所料，文傑旋即被拘禁審訊。經過半年的調查，他被判無罪釋放，但仍免不了受革職的處分。他從拘留所回到家裏，家人都喜極而泣。「謝天謝地，你平安回來就好了。」父母、妻子和孩子都擁抱他，安慰他，忙著給他準備飲食，令他感到溫暖。他也慶幸保全了性命又重獲自由，不想計較所受的冤屈了。

✻ ✻ ✻

豈知，他們高興得太早了。

一小時後，就有人來宣佈接收他們的住宅。

「這房子是公家的。你既已被革職，就得立即搬出去。」來人說。

「你們太不講理了。我有年老的父母，還有妻子和三個女兒，一家七口，叫我們馬上搬到哪裏去呢？」文傑抗議。

「我們只是奉命行事，最多只能給你三天的期限。三日後，若你們還不搬，就將被驅逐門外。」接收員說完就走了。

「太無情，太不人道了。」文傑氣憤不已。

「你去向方部長求個情吧。或許他會寬限你一個月再搬家。」蕙英說。

方部長是他的老上司，平日與他交情不錯，因此文傑抱了一絲希望去打電話。

一個秘書接了電話，請他稍候，卻過了好久才回覆：「方部長不在辦公室，開會去了。」

「請問他幾時有空，我能和他定個約會嗎？」

「對不起，他這兩天都很忙，沒空見你。」秘書不耐煩地說，隨即掛斷了電話。

文傑大失所望，懷疑方部長不肯見他，故意叫秘書推拒。他剛出獄又失業，臨時要租一間大房子實在不是一件容易的事，不由得憂心如焚。

中午，高琇瑩在辦公室吃便當，接到蕙英打來告急的電話，決定請半天假，幫文傑想辦法解脫當前的困境。

回到家門口，她看見宗保的摩托車擺在路邊。這原不足為奇，自從家中請了女佣後，宗保每天都回家吃中飯。但是，院門關著，屋子的大門也鎖了，就不免令她起疑。只吃頓飯，馬上就得趕回去上班，為何要關鎖兩重大門呢？莫非宗保和碧桃有私？

韓碧桃二十五歲，她和宗保是同鄉，半年前來到台北。她不識字，又只會說家鄉方言，找工作不容易，宗保便請求琇瑩雇用她作女佣。

「其實，我早就想請佣人了，只是屋子小，沒佣人房。」

「沒關係，碧桃目前住在我姐姐家，她願意清早來上工，晚上才回去。」

「那太好了。你就請她明日來上工吧。」

碧桃很快適應了新環境。家務、煮飯燒菜都作得不錯。每天早上，她準時七點鐘到，晚上八點鐘才回家。琇瑩滿意，不久就自動給她加工資。宗保更是愛護她，時常用摩托車載送她回家。

琇瑩掏出鑰匙打開門，走進屋子，發現飯廳裏靜悄悄不見人影。忽聽得有笑聲從臥房傳出，她躡足走到房門外傾聽。

「儂真的愛我嗎？」碧桃說。

「愛得發瘋了。」宗保說。

「那麼，儂一定要和她離婚噢。」

「一定。離婚後，我就娶妳。」

琇瑩大怒，用力推開了房門，赫然發現一對裸體的男女正在床上作愛。她不忍目睹，急忙轉過身去。

宗保和碧桃都大驚失色，匆忙下床找衣服穿上了，雙雙跪下求饒。

「琇瑩，請妳原諒我，我們馬上離婚吧。妳不是一早就想和我離婚的嗎？」宗保說。

琇瑩聽他這麼說，快氣瘋了。自從接受了紹卿的勸導後，她決心和宗保重修舊好，沒想到，他暗地裏背叛了她。

「你休想！我一定要控告你們犯了奸淫罪。」她怒道。

「不，太太，千萬不要告發。請求妳饒我們這次，下次再也不敢了。」碧桃膝行到琇瑩身邊，雙臂抱住了她的腿，哭求。

「妳快放開我，滾出去。」琇瑩呵斥。

「太太，妳打我，罵我都可以，但求妳不要送我去警察局。」

碧桃不肯放手，琇瑩更加惱怒，握緊雙拳，往她頭上捶打下來。

宗保急忙叫道：「碧桃快逃。琇瑩求妳別打了。」他企圖分開她們。不料，琇瑩的小腿被抱住，經他一推，身子失去重心，往後仰倒。

碧桃連忙鬆手，已經來不及了，琇瑩跌了個四腳朝天，後腦撞到房門上，頭破血流，暈了過去。

宗保和碧桃見闖了大禍，嚇得魂飛魄散，第一個念頭便是逃走。他們跑出屋外，一同騎上了摩托車，宗保駕車，飛也似地逃離了。

鄰居一位老太太，恰在門口，瞧見他們慌張離去，大門也沒關上。她好奇地走進屋裏去看，發現琇瑩倒地流血，以為出了命案，便立刻報了警。

宗保騎車盲目地東走西撞，遠離現場後神智清醒了，突然剎車，說：「碧桃，妳下車吧。我要回去送琇瑩到醫院，她受傷了，流血過多會死的。」

「你若回去，一定會被警察抓走的。」

「無論如何，救人要緊。」

「我和你一起回去吧。」

「不要！妳快給我下車。」宗保生氣了，大聲喝道。

碧桃只得跳下車，眼看著他將車子掉轉方向，開走了。

宗保返回家門口，瞧見琇瑩正被抬上救護車。周圍的警察發現他，立刻將他拘捕了。

蘇文傑為找房子，求職業，馬不停蹄地東奔西走，無奈到處碰壁。

他走了一天，剛回到家裏，就聽見侄兒女在哭訴，說他們的母親被後父打傷了。他心想真是禍不單行，顧不得又餓又渴又累，立刻和妻子一同趕往醫院。

其實，琇瑩受的傷並不嚴重，在被送往醫院途中，已經甦醒了。她的後腦撞破，起了個大包。醫生為她止血，貼上紗布，說：「妳的傷勢不重，回家休養就行了。」然而，她的心裡受了重傷，堅決不肯出院。

文傑夫婦來到時，她正在向醫生大發脾氣：「你們再逼我走，我就死在這裏！」

「琇瑩，妳怎麼啦。傷得很重嗎？」蕙英關心地問。

「妳走開，不要理我。」

「琇瑩，妳若不願意回家，就和君安、君怡都到我家住兩天再說吧。」

文傑說這話時內心十分痛苦，因為兩天後，連他自己一家人都不知將往何處安身。

豈料，琇瑩非但不領情，還變得歇斯底里，哭鬧著說：「煩死了。我要清靜。你們都走，快走！」

「她可能受了刺激，精神有點不正常，還是讓她住院吧。」醫生建議。

文傑正逢經濟困難，不僅房租沒著落，還有斷炊之憂，真是有苦說不出。但他怕琇瑩鬧出人命，最後還是硬著頭皮答應擔她的住院費，替她辦了住院手續。

到了第三天的早晨，文傑出門第一件事便是去探望琇瑩，勸她出院。他坦白告訴她，自己實在無力負擔她的住院費用了。他還想請她幫忙解決自己一家人的住宿問題。然而，他說了半天，琇瑩竟無動於衷。

見她始終默默無語，他忍不住問：「琇瑩，妳到底聽見我說的話沒有？」她仍不回答，只轉過頭去，望著窗外，流下淚來。

他感染了她的沮喪，默默地走出醫院，信步來到淡水河畔。

望著滔滔的河水，他真想縱身跳下去，擺脫一切的煩惱，但又覺得肩負太多的責任，似乎連自殺的自由都沒有。

他在河邊徘徊良久，最後還是拖著沉重的步伐回家了。

一進門，兩個女兒就拉住他，高興地叫道：「爸爸，你回來了。我們正愁不知到何處去找你呢。」

他惱怒地甩脫她們，斥道：「明日就要被趕出門了，妳們還高興什麼呢？」

蘇老先生走過來，說：「不必愁，船到橋頭自然直嘛。」

「一條破船，可能來不及到橋頭就沉沒了！」文傑沒好氣地頂父親，心中暗怨，一家老小對租屋問題似乎都漠不關心，好像只是他一個人的事似地。

「你太悲觀了。房子問題已經解決，我們明天就搬家。」蘇錦山含笑說。

「爸，都到這時候了，你居然還有心情開玩笑！」他懷疑父親瘋了。

「不，他不是開玩笑，也沒發瘋。你老子可真能幹呢，今天他不但租到房子，還賺了一筆錢。」蘇老太太笑道。

「這究竟是怎麼回事呢？」文傑覺得迷糊了，懷疑自己在做夢。

「是這樣的。過去幾年，我一直在研究莊子思想，將心得都作成筆記，原本只想供自己消遣。你被停職後，我就將它拿到一家書局，希望能出版，賺點錢補貼家用。今晨，你出門不久，書局老板親自來訪，說他決定出版這本書了，預付我一筆酬金。可巧，他聽說我們正為房子發愁，就說他剛搬進了一棟新屋，想將舊屋出租。我們可以即刻搬進去，免費住兩個月，如果滿意，再簽租屋合同。」

文傑聽了，轉憂為喜，說：「哈，真是天無絕人之路呀！」轉首又問：「怎麼不見蕙英呢，她已經知道了嗎？」

「不，媽媽還不知道。她說有個重要的約會，一早就出門去了。」君美說。

驀地，聽得有人說：「我回來了，有天大好消息呀！」

大家回頭看，原來是蕙英。她剛推開門，還沒跨進屋子就大聲嚷著。

文傑驚訝地問：「什麼好消息，難道妳也寫了本書，要出版了嗎？」

蕙英被他問得莫名其妙，搖頭說：「不是的。一個月前，我在報上看見中央信托局招考職員的廣告就去報考。今天放榜，我被錄取了。我在看榜時，遇見了一位老同學，她也被錄取了。我們一起去茶館敘舊。她聽說我正急著找房子，很熱心幫忙，說我們全家人可以分成兩批，暫時到她和她的親戚家裏棲身。」

「啊，還是妳行！」文傑十分羨慕，又說：「可是爸爸已租到房子，我們不需要借住朋友家了。」

「真的租到房子了？」蕙英驚喜地問。

眾人立刻七嘴八舌地向她解釋，一剎時，曾籠罩屋裏的愁雲慘霧都飄散了，只聽得一片朗朗的笑聲。

「今天真是雙喜臨門。蕙英，妳快去告訴琇瑩吧。」蘇老太太說。

「好，我這就和君安、君怡一起去。奇怪，怎麼不見他們呢？」蕙英說。

這兩天，君安和君怡又投宿到伯父家來了。兄妹倆心情很不好，整日躲在房間裏，不想見人。

「他們在房間裏，我去叫他們出來。」君美說。

半晌，卻只有君怡一個人走出來，說：「伯母，聽說妳找到工作，恭喜妳了。爺爺也解決了租屋的問題，我和妳一起去告訴媽媽吧。」

「君安呢，他為什麼不出來？」蕙英問。

「他在鬧憋扭，說不願意去見媽媽。」君怡說。

「豈有此理。君安，你快給我出來。」文傑朝屋裏叫道。

君安垂頭喪氣地走出來，懶洋洋地說：「伯父，你叫我嗎？」

「喜事重重，你為何還哭喪著臉呢？快振作點，和你伯母一起去醫院看你媽，好讓她也高興一下。」文傑說。

不料，君安憤然說：「不，我不要見她。伯父母有難，她不設法幫助，反而成了你們的累贅，我不要一個自私自利的媽媽。」

「胡說。你媽有病，她不是故意的。」

「我恨她。開始我們都反對她和田宗保結婚，她不聽。結了婚，一下子鬧離婚，一下子又鬧醜聞，叫我們做子女的也成了人家的笑柄。」

「住嘴！」文傑氣極了，舉手摑了他一掌，罵道：「你說這話，對得起養育你的母親嗎？都怪我平日對你疏忽管教，今日我非好好教訓你不可。」

錦山連忙以身袒護孫子，說：「不，你不要打他。這可憐的孩子，你不知道，他心頭的壓力有多重呀。」

蘇老太太傷心落淚，說：「君安，你不要恨媽媽。要恨，就恨你爸爸吧，因他離家出走，傷透了你媽的心。你媽獨自辛辛苦苦將你們兄妹撫養長大，無論做錯了什麼，你都不能恨她呀！」

君安聞言，頓時覺悟，跪下大哭，說：「我錯了。請伯父責罰我吧。」

大家都跟著落淚。文傑也覺得傷感，扶起他說：「知錯能改就好了。」

蕙英擦了淚，說：「時候不早，我們還得準備搬家呢。君安、君怡，你們跟我走吧。君美、君婉，你們留在家裏照顧小妹。文傑，你應該去找搬運公司接洽了。」

「嘿，妳好像成了總司令！我想和爸爸先去看新房子，再去搬運公司。」文傑笑道。

於是，他們一塊出門，分頭走了。

琇瑩躺在病床上，無精打采，聽了蕙英帶來的好消息，只平淡地說：「哦，妳找到工作了，可是文傑找到房子了嗎？」

君怡搶先說：「伯父和爺爺剛去看房子，明天就可搬家了。」

「呀，那太好了。」琇瑩的情緒好轉。

其實，早晨文傑對她說的話，她句句都聽見了，只因無法幫助他解決問題，令她變得更沮喪。這時得知蘇家的厄運有了轉機，她的憂鬱症便好了一半。

「媽，請妳跟我們一起回家吧。」君安懇求。

「不，我永遠不要再回那棟房子，更不要見到臥房那張床。」琇瑩憤恨地說。

「我們可以另找房子，搬家呀。」君怡說。

「對呀，我們可以搬家，我怎沒早想到呢！」琇瑩神智突然清醒了，開始自責：「我太自私了，對不起你們兄妹，更加重了你們伯父的負擔。」

「媽，這些都別說了，只要妳答應出院就行了。」君安說。

「好吧。我明天就出院。」

「明天我們要搬家，沒法子來接妳。不如妳現在就走，到我們家住一晚吧。雖然擁擠點，總比醫院裏溫暖呀。」蕙英說。

「不，不用再麻煩你們了。我自己會辦理出院手續，支付費用。蕙英，請妳留下你們新屋的地址，我會去找你們的。」

「那也好。我們走了，再見。」蕙英說。

「你們忙，快走吧。君安、君怡，要幫忙伯父母搬家呀。」琇瑩關照說。

「我們知道了。媽媽，再見。」

目送他們離去後，琇瑩下床坐到靠窗的椅子上，忽又覺得心中怏怏，後悔答應出院。

忽然，病房外出現一男兩女，彼此竊竊私語。琇瑩聞聲抬頭，瞧見宗保的姐姐、韓碧桃和一個陌生男人走進來。

「高小姐，我弟弟入獄已三天了，請求妳看在你們夫妻一場的份上，去保釋他吧。」

「我問妳，碧桃和宗保究竟是什麼關係？他們早就已認識了吧。你們聯合欺騙我，不是嗎？」琇瑩怒道。

「不，他們原先並不認識。只因戰亂，單身男子逃的逃，死的死，還有不少被抓走了，整個鄉村變成了女兒村，成年女子嫁不出去，便想辦法往外走。碧桃逃到香港，又由她哥哥申請來台。這和宗保毫無關係。」

「我是碧桃的哥哥，是當兵的。雖然把妹妹接來了，但沒法子照顧她，只好懇求同鄉的田家姐姐收留她，並託宗保替她找工作。」陌生男人說。

「一個月前，宗保對我說他愛上了碧桃。我警告過他，不許他背叛妳，但是他說妳早已提過要和他離婚了。高小姐，我父母就他一個獨子，日夜盼望他回鄉。懇求妳高抬貴手，饒他一次吧！」宗保的姐姐苦苦哀求。

琇瑩還是不能平息心中的怒氣，把碧桃叫到跟前，說：「我不怪妳和宗保談戀愛，但你們不該瞞著我，在我家裏幹那種事。更可惡的是，你們見我受傷暈倒竟然不顧而去，太沒良心了。」

碧桃急忙跪下，說：「對不起，當時我們嚇壞了，只想逃。但是才走了不久，宗保就後悔了，他趕回來救妳，剛到家門口就被警察拘捕了。」

琇瑩聽了，怨氣頓消，說：「原來他良心未泯。也罷，我不再計較你們的過失了，我會去保釋他的。」

「謝謝妳，我給妳磕頭。」碧桃感激不盡，伏地磕頭。

「不必了，妳起來吧。」琇瑩離座，扶起她。

「碧桃，從今起，再也不許妳和宗保在一起了。」宗保的姐姐警告。

「不，田家姐姐，妳錯了。是我不該再和宗保在一起了，我同意和他離婚。碧桃，祝妳和宗保有一個美滿的家庭。」琇瑩說。

「妳真是大好人。」碧桃喜極而泣。

訪客們歡天喜地走了。

琇瑩突然意識到她與宗保的緣份已盡。一個錯誤的姻緣，在另一個錯誤中結束，誰也不必怨誰。況且，在那段短暫而充滿波折的婚姻中，確曾有過真誠的愛情，不必後悔，也無須有恨。

她決定馬上出院，當晚就住進了一家旅館。

次日一早，她到警察局保釋宗保，他們一起去市政府辦了離婚手續。

「琇瑩，我對不起妳。」宗保含淚說。

「過去的恩怨都無須再提了。我已將房子退租，你快回去收拾東西，準備搬家吧。」

「我們一起回家收拾吧。」宗保有點依依不捨。

「不，已經沒有屬於你和我的家了。我還有事，各走各的吧。再見。」

她租到了房子，便去蘇家接兒女。他們都高興得左擁右抱，親著她。

「媽，妳終於來了。妳出院後去了哪兒？」君安說。

「這兩天，我們到處找妳，以為妳又失蹤了呢。」君怡也急著說。

「真對不起，害你們著急。我在旅館住了兩天，一口氣將該辦的事都辦完了，立刻就趕來看你們。」

「是大了些。這屋子的主人有個大家庭，以前他一家共住了十個人。」蕙英說。

琇瑩環顧四周，又驚奇地說：「文傑、蕙英，你們的新居好像比舊屋還大些呢。」

「屋大，房租也貴。我目前失業，不知還能住多久呢？」文傑愁眉苦臉地說。

「文傑，我建議你自己創業，開家電器行，你認為如何？」琇瑩說。

「做生意，我一竅不通呀。再說，開店需要資金，我哪有錢呀？」文傑面有難色。

「我勸你，乘早拋棄了士大夫的觀念吧。若你決心開店，我願傾囊相助。你若向銀行借貸，我也願做保人。」琇瑩慷慨地說。

「我贊成琇瑩的建議。文傑，你可別辜負了她的一番好意。」蕙英說。

「好吧，看來我也該學習如何和金錢打交道了。」文傑苦笑說。

在家人的鼓勵下，文傑終於決定從商。不久，他開了一間電器行，做起生意來。

琇瑩離了婚，搬進新居後，心靜如水，只想與一對兒女安祥地過日子。然而，生命的小舟總是搖擺不定，無法避免波濤的沖擊。

一天，君安自外回到家，興奮地宣佈：「媽媽、妹妹，我考中了。」

「呀，你考中大學了，是哪間學校？哪個科系？」琇瑩高興地問。

不料，君安說：「不，是空軍軍校。」

「什麼，你想從軍！」琇瑩驚愕。

「是的。我想做反攻大陸的先鋒。」

「痴心妄想。我不贊成。你還是給我上大學，好好唸書。」

「媽，妳不能阻止我上軍校，因為這是我的志願。妳不是一向獨斷獨行的嗎？為了和宗保結婚，妳甚至和外公斷決了父女關係。」君安激昂地抗議。

琇瑩無言以對。這是第一次，她深悔自己的任性。暗想，莫非這是報應。

驀然，一個男人走進屋裏來，說：「君安，恭喜你，考上武壯元了。」

君安回頭，驚喜地說：「外公，你這麼快就知道了。」

「不錯，你外公的消息靈通，凡事都有捷報。我已為你預備了慶功宴，特地來接你和你媽媽妹妹一起去吃飯。」

「好極了，媽媽，我們一起去吧。」君安喜道。

「我不去。」琇瑩生氣地說，轉身走入臥房，關上了門。

「她不去，由她。君安、君怡，我的兩個寶貝，我們走吧。」高將軍說。

君怡感到左右為難，既想陪伴母親，又不願令外公和哥哥掃興。

「妹妹，走吧。等我們吃完晚飯回來時，媽媽一定已回心轉意，不再生我的氣了。」君安滿懷自信地說，拉著妹妹走了。

過了幾天，君安果然說服母親，如願地上了軍校，搬進校舍住。

【第四章】

憧憬未來　鳥語花香

自從紹卿被指控與沉船事件有關，曉鵑便一直忍受著旁人的唾罵和仇視，過著痛苦的日子。她堅信丈夫是無辜的，仍不免埋怨他失信不歸。尤其是蘇文傑被連累受了牢獄之災，更使她深感不安，因此遲遲不回應他邀請她回國的懇求。

直到次年的春天，她才回心轉意，決定前去和他相會。

雖然只分離了十個月，但這期間發生的變故太多了，以致他們見面時猶如隔世重逢。

「曉鵑，不瞞妳說，我差點乘上了那艘被擊沉的船，葬身海底了。今日能僥倖和妳重逢，我內心充滿感激。」

紹卿將遇上胡不歸以及自己一時糊塗，想潛逃而不遂的事說了。

「這麼說，你真的和沉船事件有關嗎？」曉鵑擔憂地問。

「不，此事與我無關。玉蘭幫我查訊過，漁家灣的警察局第二天才向外地發出通緝逃犯的命令，而那艘偷渡船早已被擊沉了。」

「原來如此。謠言實在可怕，如今真相大白，我可以安心了。」曉鵑噓了口氣，又轉為傷感地說：

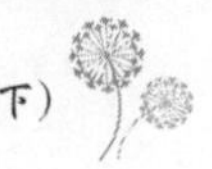

「過去十個月，我好想你，真是度日如年。」

紹卿將她攬入懷中，撫慰著說：「真對不起，我未事先徵求你的同意就決定居留。如今，我請求妳帶玉思來和我團聚，妳肯嗎？」

「我願意。但是，玉思這孩子受反共思想影響，恐怕還需要一段時間才能改變。我想，等明年他初中畢業，我們再搬過來定居較好。」

「你們明年來也好。目前我要做的工作實在太多了，無暇照顧家屬。」他已被任命為一間大學理學院的院長。

當天晚上，友義夫婦帶了女兒一同來訪。

「小嬸，妳真會保養，還是這麼青春嬌媚。」玉蘭讚道。

「妳不是在批判我養尊處優吧。」曉鵑不安地說。

「不，她是羨慕妳哩。」友義笑道。

曉鵑見他頗友善，沒打官腔，緊張的心情才鬆懈下來。

「小鈴，這位是妳的表嬸婆，妳和她親親吧。」紹卿說。

「妳看來好年輕，真要我叫妳婆婆嗎？」小鈴走到曉鵑身邊，好奇地問。

「可愛的小鈴，隨妳怎麼叫我都成。」曉鵑抱住她，親了一下她的小臉。

「妳好香，我就叫妳香婆婆吧。」小鈴說。大家都笑了。

玉蘭關心父親的病情，問：「我爸爸的胃疾已醫治好了嗎？」

「他動了手術，還在復原期。醫生說他的情況良好，沒有後遺症。」

「哪我就放心了。我媽媽和弟弟一家人都好嗎？」

「他們都好，但很掛念你們，尤其是妳媽媽。」

「曉鵑，請妳回去和我岳母說，她若回國，友義一定會親自到機場迎接。」

「好的，我一定替你轉告她。」曉鵑答應。忽又想起什麼來似地，說：「對了，玉棠託我帶了許多香港的土產給你們。我也給你們選購了一些禮物。」即去房裏去拿出兩大袋禮物來。

她首先取出一個洋娃娃給小鈴，說：「這是我買給妳的，妳喜歡嗎？」

「好漂亮的洋娃娃，眼睛還會動。謝謝香婆婆。」小鈴歡喜地抱它在懷裏玩。

過了一會，她忽然覺得困惑，走到父親的面前，說：「這個洋娃娃穿的衣服好漂亮，看來像是資產階級。我能和它玩嗎？」

友義暗嘆孩子的心靈也受了教條的束縛，安慰女兒說：「它只不過是個玩偶，妳不必分析它的階級成分。再說，穿華麗的衣服並不是件壞事。目前我們國家仍然有許多窮人，所以應提倡樸素。未來，全國人都豐衣足食了，人們愛穿什麼漂亮的服裝都可以。」

「未來，還要等多久呢？」小鈴問。

「只要全國人同心合力，十年內一定能達到富強康樂的境界。」友義說。

「那麼，我給這個洋娃娃取名為未來，好嗎？」小鈴說。

「好極了。」大人們一致贊同。

「未來，未來，我可愛的未來。」小鈴高興得抱著洋娃娃，一邊唱，一邊跳，在客廳裏起舞。

曉鵑停留了兩個月，發現社會風氣純良，四周朝氣蓬勃，人人都想使國家富強起來，所見所聞都給她十足的好印象。

正巧，就在這時，毛主席推出「百花齊放，百鳥爭鳴」的方針。全國人心振奮，都以為已進入了民主政治的階段。

有一次，曉鵑跟隨紹卿到大學的理學院，看見校園裏到處都貼滿了壁報，其中有不少是批評該校的黨委書記曲揚。

「這位曲先生，好像很不得人心呀。」她說。

「可不是嘛，此人不學無術，但掌握權力和經費。凡是我們的研究計劃都得經他批准，他逢書制肘，耽誤了不少時間和人力。他還對每個研究員的一言一行都嚴密監視，逼走了不少英才，包括前任院長。」

紹卿一到辦公室，就有一群研究員來找他。其中一人拿了份陳情書，說：「我們全體研究員聯名呈請，要求撤換曲書記。院長，請你也簽個名吧。」

「好，我簽。」紹卿拿起筆，毫不猶豫地簽了名。

回到香港後，曉鵑向家人盛讚國內安定，並且已開始實行民主。

「我決定回去定居了。玉思，你乘早作好思想準備。明年一畢業，就跟我走，別讓你爸爸失望。」

「好吧。父母之命不可違。我只有投降了。」玉思勉強說。

曉鵑的父母剛從美國搬來香港，準備和女兒一起住，聽說她一家人要離開，又得為前程打算。

「我們只有一個女兒，她全家人都將回國了，我們為何還要飄流異鄉呀?不如也回祖國吧。」林夫人向丈夫建議。

「嗯，葉落歸根，我們都老了，不如歸去吧。」林繼聖同意了。

「好極了。屆時你們還是可以和我們一起住，相依相靠。紹卿一定會贊同的。」曉鵑高興地說。

婉珍也很想回去探望女兒女婿和一對外孫兒女。但紹鵬不為所動，還警告說：「依我看，這場大鳴大放的把戲，險夷難測。你們還是三思而行。」

不幸，竟被他言中。

【第五章】乍來風暴　百花凋落

原以為「百花齊放，百鳥爭鳴」必有歌功頌德的悅音，沒想到招來了大量的批評和控訴，毛主席惱怒了，出其不意地使出一招「引蛇出洞」的陽謀。剎時裏，陶醉在言論自由中的民眾，全都跌入了「反右運動」的大陷阱。

孟紹卿也逃不過惡運，被加上了右派的帽子。曲書記將他軟禁在家裏，脅迫他在天亮前寫好自白書，否則就要將他移送監獄。

他提筆疾書，不是寫自白書，而是給毛主席寫信。等到半夜，外面的守衛睡著了，他便溜出來。本想去北京上訴，恐怕沒達到目的就先被捕了，於是他轉往友義家去。

清晨，他來到程府，黃浩請他在客廳等候，便入內去通報。

他已筋疲力盡，靠在椅子上閉目養神。久等友義不來，他打瞌睡了。

聽見腳步聲，他張開眼，猶睡意惺忪，不見眼前有人，只聞到一股香煙味。轉身看，才發現友義站在一個牆角，悶聲不響地抽著煙。

他急忙走過去，說：「友義，你們攪什麼陽謀。先鼓勵民眾大鳴大放，等聽了不順耳的話，就發動反右運動，懲罰敢說真話的人。這合法嗎？」

「我早已警告過你，少說話，學明哲保身。」

「你難道不知道，每個機關都被迫交出定額的右派人數。這分明是對知識份子的集體鎮壓。至於我，昨夜遭受了批鬥和軟禁，我是逃出來的。」

「原來你把我這裏當避難所。對不起，我不能留客。」

紹卿驚駭，沒料到他會如此翻臉無情，忍怒說：「我並不期望得到你的庇護，只請求你替我向毛主席轉遞一封諍諫的信。」說著，從衣袋中取出了信。

不料，友義接過信，立刻用香煙頭點燃了，擲在地上。

紹卿搶救不及，眼睜睜看著一封信在頃刻間化為灰燼。他忍無可忍了，一拳向友義揮去。

友義只顧低頭踩熄餘燼，冷不防被他擊中下顎，震怒，吼道：「你敢打我！」

「哼，你是在我跟前磕過頭的人，難道我打你不得。」紹卿輕篾地說。

當年，紹卿曾作弄侄女婿，令他向自己跪拜。這件事，若在往日開玩笑說起，友義尚能一笑置之，但此時提起，無異於火上加油。

「來人！」他向門外喊道。

立刻有兩個警衛員像旋風似地衝進來，不等他吩咐，即一左一右執住了紹卿。

「將他趕出去。今後再也不許他進我家門。」友義在盛怒中說。

「用不著你驅趕，我自己會走。以後，就是你請我來，我也不會來的。」紹卿也發怒，轉身就往外走。

忽然，黃浩慌張地走進來，說：「警察開了囚車等在門外，說是來逮捕孟紹卿的。」

友義似乎毫不驚奇，冷冷地說：「犯人在此，就交給他們帶走吧。」

「可是，他是蘭姐的親叔叔。」黃浩不以為然說。

「是又怎樣？還不快將他帶出去。」友義聲色俱厲地呵斥。

「是，遵命。」黃浩立正敬禮，隨即走出去，看著紹卿被押上囚車。

天未亮，王蘭就悄悄地溜出了家門，去探望被關在藝術專科學院的校長和一群師生。她是這所學院的黨書記，一向維護創作自由，很受師生們愛戴。鳴放時期有人提出了一些溫和的意見，並沒有過分的批評。然而，反右命令一下達，學院被要求交出定額的右派份子名單。她不贊成這麼作，故意幫校長拖延。不料，來了個中央特派員胡勝，監督當地的反右運動。他竟拿她的學院當作第一個目標來開刀。

她向友義求助，非但得不到他的支持，還受了譴責：「都因妳不服從命令，才招來了一個中央特派員。從現在起，妳就不要再管藝術學院的事，那裏的反右運動就讓胡勝一人去攪好了。」

友義實有難言之衷。他猜想，胡勝打著反右的旗號，說是來幫他整肅右派份子，真正的目的是想拖他下台。他不敢告訴妻子，胡勝就是曾導至她的爺爺奶奶暴亡，還令她父親入獄的人。

當年造成暴亂後，胡勝被明升暗降，從一個縣委書記轉調到北京一個有職無權的部門去當主任。他對屬下嚴厲而不公正，人人都恨他又怕他，大鳴大放時，紛紛呈書批評他。他的女秘書也控訴他性侵犯。案子尚未查明，就掀起了反右運動，胡勝乘機反戈一擊，把控告他的人都定為右派份子，送到勞改營去了。

時來運轉，他剛發配完他的敵人，就被老上司狄橋召見。

「有人打報告，說程友義對反右運動不熱心，中央想派一人去督導他，我舉薦了你。上回你沒得手，

這回你可要把握機會呀。」狄橋說。

打倒程友義正是胡勝的宿願，他欣然答應。

蘭正聽著校長和一群師生們訴說他們的苦情，忽見胡勝大搖大擺地走進來。

「王蘭，早啊，聽說妳和右派份子商討了一夜，妳不會是想和他們共謀造反吧。」胡勝皮笑肉不笑地說。

她一見他就有氣，指責他：「你太過份了。汪校長是中外有名的藝術家，你竟然無緣無故將他囚禁在禮堂裏。是何道理？」

「老校長不肯交出右派份子的名單，我只好拿他充數了。」

「無論如何，我要你先放了校長，撤出校園。我會自行解決指標問題。」

「好大的口氣。老實告訴妳，我是看在程友義的份上，才沒把妳也圈起來。既然妳不識抬舉，我就馬上給妳開個批鬥會。」

胡勝一聲令下，即刻有兩個壯漢執住了她，想將她拖上禮堂裏的高台。

「放開我。」蘭掙扎，卻脫不得身。

驀然，門外進來一個人，喝道：「住手。你們為何執住王蘭同志不放？」

胡勝驚問：「你是何人，敢闖進來管閒事？」

「我是程首長的侍衛長，奉首長之令來接王蘭回去。」

蘭乘機逃到他身邊，說：「黃浩，你來得正好。我們走吧。」

胡勝沒有阻攔，看著她走了，喃喃自語：「妳走吧，妳只能逃避一時，終逃不出我的手掌。」

蘭坐在腳踏車後座，問：「黃浩，友義急著找我，究竟有什麼事呢？」

「我也不知道，他叫我先送妳回家。妳哪裏也別去了，只在家裏等他吧。」黃浩心亂如麻，他原是溜出來的，想告訴她紹卿被捕了，這時什麼也不敢說了。

他匆匆趕回友義的辦公室，在室外見了葛逍，便問：「首長開完會了嗎？」

「早開完了。剛才他發現你不見了，很不高興呢。令你一回來，立刻進去見他。」

黃浩敲門進入室內，喊了聲：「報告！」

友義抬起頭，嚴肅地瞪著他，問：「你剛才到哪裏去了？」

「我去找蘭姐，正見她……。」

「大膽！」友義拍桌，打斷了他的報告，怒道：「你竟敢背叛我，去向她通風報訊。」

「我已知錯了。」黃浩惶恐地說。

「你犯了大錯，我不能饒你。你給我下鄉去勞改吧！」

「首長，你要趕我走嗎？」黃浩傷心，落下淚來。

友義冷靜了，嘆氣說：「唉，你已跟了我許多年。這次我不能不處罰你，但不想革你的職。你下鄉去鍛練一段時間後，我會讓你回來的。」

「謝謝首長。我願下鄉接受鍛練。」黃浩用衣袖擦淚。

「你是否已告訴蘭，孟紹卿被捕的事，她的反應如何呢？」友義憂愁地問。

「不，我沒告訴她這件事，因為我剛到藝術學院就見她被胡勝執住了。」

友義驚駭，從座椅上站起來，問：「胡勝要批鬥她嗎？」

「是的。我假造你的命令，說你有事找她，替她解了圍，然後送她回家了。首長，我假傳命令，是否罪加一等呀？」

「不。剛才我正想派你去找她，你只先一步做了。不過，你得馬上去組織部報到，準備下鄉，我會讓宋秘書把行李給你送過去的。」

「遵命。請你和蘭姐保重。我走了。」

當晚，友義來到胡勝住的旅舍訪他。

「啊，程友義，你來了。無事不登三寶殿，你有事求我吧。」

「沒錯。我請求你不要利用反右來攻擊我的愛人。」友義開門見山地說。

「你老婆同情右派份子，你總不會不知道吧。」

「我已下令將她撤職，不讓她再管院校的事。我也會監督她作檢討。」

胡勝沈思，自己剛來不久就和程友義鬧翻了，並沒好處，於是妥協說：「我最多只能給她一個月的時間。倘若到時她仍不肯認錯，那就別怪我不客氣了。」

「好，我答應。在一個月之內，我一定會說服她支持反右的政策。」

「我還有一個條件，她的檢討書，必須獲得我的批准才行。」

友義接受了胡勝的條件。回到家，便將蘭鎖在一個房間裏，並將葛逍調來看管她。

蘭完全與外界隔絕，甚至連住在同一屋子裏的女兒也見不到。

距離期限只剩十天了，她仍不肯屈服。友義失去了耐心，葛逍也變得不客氣了，從早到晚，強迫她坐在書桌前，逼她寫檢討。

一日，葛逍找來一根藤鞭，敲打著桌子，威脅說：「我警告妳。若妳今天還是交白卷，就要挨打了。」

「你們想要用私刑嗎？我寧死也不願出賣自己的良心。」

「妳若有良心，就別再讓首長為難了。」

「我初到延安時，你恐怕還沒出世。你不知道，我入黨時是懷著多麼崇高的理想。」

「妳不過是資產階級的人，混進了黨裏。妳再不寫檢討書，我就揭發妳。」

「我不和你說了。拜托你去請首長來，我有話和他當面說。」

「他不願見妳。除非妳把思想檢討寫好了，我可以拿去給他看。」

「好，我寫。」蘭拿起毛筆，沾了墨，寫下「言者無罪」四字。

逍看了，冷笑一聲，便拿了紙條走出去。

蘭預料友義會生氣，但沒想到，他竟衝入室內，一言不發，拿起桌上的藤鞭便向她揮來。刷地一下，抽打在她的左臂上。

「啊，」她疼得發出呻吟，驚駭地叫道：「你打人。」

「妳頑固，不肯悔改。今天我非給妳點教訓不可。」友義罵道，又舉鞭要打。

蘭急忙抓起硯台向他擲去。逍搶上前，掩護友義，被濺了一身墨水。

她乘機逃出房間，因走得太急，不慎在走道上摔了一跤。

友義追上，怒氣不息，連揮了兩鞭，抽打在她的臀腿上。

她又疼又怒，猶想爬起來對抗他。猛抬頭，見小鈴背著書包站在前邊，她深怕女兒心靈受傷，恐慌地喊道：「小鈴！」

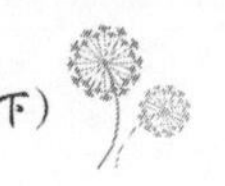

豈料，小鈴竟無動於衷地望著她，學著大人的腔調，冷酷地說：「右派份子是沒有好下場的。妳快悔改吧。」

她一怔，頓時崩潰了，伏地痛哭起來。

友義神智清醒了，丟棄藤鞭，俯身去扶她。

「不要碰我！」她憤然摔開他的手，自己站起來，淚眼模糊，困難地走回房間裏。

她從未如此傷心過，倒在床上，淚如泉湧，卻無法沖洗心頭感受的恥辱。

⌘ ⌘ ⌘

蘭昏睡，也不知過了多久，被一個聲音喚醒。她以為友義又來勸說，憤怒地喊道：「滾出去，我什麼也不要聽。」

「媽媽，妳怎麼啦。我是克強呀。」

「克強。」她睜眼看見兒子，一下子坐起來，悲從中來。

克強似乎也有無限委屈。母子倆竟抱頭痛哭了一場。

「兒子，你怎麼突然回來了？」她收了淚，問。

「我是被一名校警押回來的。他正在向爸爸告我的狀呢。」

「你犯了什麼錯？」

「說來話長。陶蓉被劃成右派，受批鬥。昨夜裏，我悄悄地約她出來，重申對她的愛情永不變，並請明月和眾星為證，和她訂了婚。不料，被人發現，告訴了羣書記。他十分震怒，當場宣佈將蓉下放到新疆去勞改，又派人將我押來交給爸爸處理。」克強一口氣傾訴完了，抓住母親的手臂，說：「媽媽，我寧可和蓉一同去新疆。請妳支持我。」

「唉。」蘭發出一聲呻吟。她穿了長袖衫，克強無法看見她左臂上的傷痕。

「媽，妳的手臂受傷了嗎？」

「沒什麼。我贊同你陪陶蓉去新疆，我也想和你們一同去。」

驀然，友義出現在房門口，說：「不，你們哪裏也不許去。」

「爸爸，陶蓉已經是我的未婚妻。你不能拆散我們。」克強說。

「你們的婚約沒經過黨部的批准，不成效。」

「程友義，你真有本事，竟能讓時代倒退了一百年。」蘭譏諷道。

「你們說什麼也沒用，還是做自我檢討吧。」友義掉頭走了。

「天呀！爸爸變得無可理喻了。」克強悲痛地說。

「是的，他已變得喪心病狂，但是你別絕望，我有一樣東西也許能招回他的靈魂。」蘭說著，走去打開櫥櫃，找出一個小盒子。

克強打開看，只見一塊大理石製的文鎮，上面刻了字。他讀道：

志之所驅，無遠不居。窮山距海，不能限也。
志之所向，無堅不入。銳甲精兵，不能禦也。
謹錄古訓一則，敬贈
孟玉蘭弟　　　　程友義　一九三〇年

次日早晨，克強來到餐廳，說：「爸爸，早安。」
「早安。快坐下來吃早餐吧。」友義見兒子的神情輕鬆，放心了。
父子倆一邊吃早餐，一邊聊天。
「你的氣色比昨日好多了。晚上睡得好嗎？」友義問。
「睡得很好，因為我想通了。」克強說。
「哦，想通了，請把你的心得說給我聽聽。」
「俗語說：三軍可以奪帥，匹夫不可奪志。我想，爸爸只不過是在考驗我的意志，終會答應我陪陶蓉去新疆的。」
友義凝視著兒子，感到十分內疚。克強不到兩歲，他便離家了，過了十多年才得父子重逢，之後他一直因忙碌而很少有表達父愛的機會。這是第一次，兒子向他提出請求，但要求的不是他的恩寵而是懲罰，寧可和被他的黨所排斥的右派人士在一起。
「克強，我希望你能重新考慮。」
「不必考慮了。爸爸，你還記得這件東西嗎？」克強從衣袋裏掏出文鎮盒。
「這裏邊是什麼？」友義望著陳舊的小紙盒，似乎眼熟，但已記不起裏面的東西。
「原來你已忘了它。讓我取出給你看。」克強打開紙盒，取出文鎮給他。
友義心頭一震，用顫抖的手指，撫摸大理石上雕刻的字跡，視線漸漸模糊了。「想不到，這麼多年來，她仍然保留著這塊石頭。」
「因為上面刻的是真理。」克強說。

「真理也有行不通的時候，只能讓後人刻在紀念碑上。」友義想起一位自殺身亡的名士，感慨地說。

「你把這塊石頭砸了吧！如果你能粉碎它，我就向你屈服。」克強憤怒了。

友義望著他苦笑說：「不。我已經被你說服了。」

「那麼，你答應我陪陶蓉一同去新疆？」

「是的。我也準備接受她做我的兒媳婦。」

「謝謝爸爸。」克強悲喜交集。喜的是，終於能和蓉不分離了。悲的是，即將被下放到遙遠的地方，不知何年何月才能回來。

「克強，在你離家之前，你能為我做一件事嗎？」

「什麼事？只要能做得到的，我一定幫你做。」

「你母親視我如仇，你能幫我挽回她的心嗎？」

「你為何將她囚禁呢？」

「因為我不想失去她。你知道外面是什麼情況。」

「好吧。我可以幫你勸勸她。等你們和解後，我再走吧。」

「好極了。謝謝你。」

吃完早餐，友義出門去了，還帶走了葛逍。臨走前，他吩咐守屋的衛士，王蘭可以在屋子裏走動了，只是不能外出。

克強回來後，還沒見過妹妹，又沒見她出來吃早餐，便去到她的房間探望。

只見她坐在床上，兩眼哭得紅腫，他驚問：「妹妹，妳為何傷心？」

「哥哥。」小鈴跳下床，投進他的懷裏大哭。
「別哭，快告訴我，是誰欺負妳了？」
「我，我昨天看見爸爸鞭打媽媽，打得好兇。」小鈴哭著，斷斷續續地說。
「嗄，有這回事？可是媽媽沒和我說呀！妳會不會是做惡夢呢？」
「不，是真的。我不但沒有幫媽媽，還罵她，因為老師說不能同情右派份子，即使是自己的家人也要責罰他們。」
克強一足跪倒，抱著她痛哭道：「可憐的妹妹，妳怎會讓人剝奪了天真呀！」
「我錯了，我要跟媽媽說對不起，可是我怕媽媽不會理我了。」
「不要怕，媽媽一定還是疼愛妳的。走，我帶妳去見她。」
克強拉了小鈴的手，正要走出房間，卻見母親出現在門口。
「小鈴，我可憐的女兒。」蘭奔進來，緊緊抱住了女兒。
「媽媽，妳原諒我吧。」小鈴哭道。
「別哭。媽媽不怪妳，是媽媽對不起妳。」蘭撫慰女兒。
「以後我再也不許爸爸打妳了。」小鈴說。
「對，我們一定要向爸爸抗議。」克強說。
晚上，友義回家，一進門就見一對兒女對他怒目而視。
「爸爸，你怎麼可以鞭打媽媽，太可恥了。」克強氣憤地說。
「爸爸，下次你再打媽媽，我就和媽媽一起逃走，不理你了。」小鈴也嘟著嘴說。

友義自知理虧，為平息兒女的憤怒，認錯說：「我已經後悔了。我這就去向你們的媽媽道歉。」

他想以安撫兒女的方法來軟化妻子，一走進房間，就高舉雙手說：「蘭，我向妳投降，好不好？」

「真投降，還是假投降？要是真的，就立刻還我自由。」

「妳完全無自衛能力，自由對妳又有什麼用呢？只要妳走出大門，就像羊入狼群。」

「你終於承認了。在你統治下的王國，已經成了滿街狼犬的恐怖世界。」

友義失言，惱羞成怒，罵道：「妳真是不知好歹。」

他砰一聲關上房門，發現克強和小鈴在門外偷聽。這一回，兒女都被他震懾住了，一聲也不敢出。他瞪了他們一眼，轉身走了。

小鈴哭求：「哥哥，我好害怕。請你不要走，好嗎？」

克強安慰她：「妳別害怕。我會等爸媽和解後才離開的。」

一等就是七天，克強發現他父母之間的矛盾似乎是無法化解的，不由得心中著急。

「克強，我看你坐立不安，一定是掛念陶蓉吧。你為何還不回北京去找她呢？」

「媽，我不能走，因為我答應過爸爸和妹妹，一定要等妳與爸爸和解後才離家的。」

「原來如此。傻孩子，你為什麼不早說呢。」

一語提醒了克強。他心想，我真笨！為何不一早爭取母親的同情呢。於是，馬上裝出傷心的模樣，說：「我夜夜夢見陶蓉在向我求援，恨不得立刻回到她身邊。求求妳，早日和爸爸妥協吧。」他原想裝模作樣，卻動了真情，說得聲淚俱下。

「你放心。快去收拾行李，明天一早，你就走吧。」

「這麼說，妳願意和解了？」

「你不用管。今天晚上，我和你爸之間的事將會有個了斷。」

夜深人靜，友義如約來見蘭。

「聽克強說，妳願意與我和好了，是嗎？」

「不，我要和你離婚，因為你已變了。克強有志向，就像你當年一樣。我請求你放他走，不要再留難他。」

「我們若離了婚，小鈴將依靠誰？」

「請允許她跟隨我。」

「唉，」他發出一聲長嘆，說：「不如讓我效法克強，自請下鄉去墾荒吧。」

「你肯罷官？」

「連自己的妻兒都保不住，這個官又有何用呢？」

「那好。我們也去新疆，這樣全家人就可以在一起了。」她願意與他和好了。

不料，他沮喪地說：「妳想得太天真了。事實上，我一旦被撤職，就只能任人擺佈。胡勝決不會手軟，他能使我們家破人亡。」

「太可怕了。若被他害死，我真不甘心。」蘭腦中浮現出胡勝的獰笑，不寒而慄。

「唉，妳既然想做烈士，就不必計較誰是劊子手了。」友義嘆道。

蘭權衡輕重，意志開始動搖，說：「如果我寫一篇檢討，就能逃避胡勝的迫害嗎？」

友義等的就是她這句話，不禁莞爾，說：「只要我的地位不變，足以保妳。」

她突然有上當的感覺，嗔道：「哼，原來你根本無意罷官！」

「哈，原來妳也是個膽小鬼，害怕胡勝哪。」他譏笑她。

她被他說中弱點，啞然失笑。

他乘機將她摟入懷中。她再次被他的魅力征服，依從了他。

【第六章】
欲守冰心　惟有瘋狂

蘭花了三天的功夫，費盡心血，寫成了一篇厚厚的檢討書。

友義看了一遍，讚許說：「行了。妳在短短的幾天內，思想上能有這樣的覺悟很不錯。只是，你在胡勝面前，語氣還得更謙遜些才能過關，懂嗎？」

她一夜難眠，早晨起身後，精神萎靡。照約定，上午十點鐘，必須呈交檢討書，她真想改變主意不去了。

忽然，外面走進來一個人，說：「首長、蘭姐，我回來了。」

「呀，黃浩，你這陣子到哪裏去了？怎麼變得又黑又瘦。」蘭驚訝地說。

黃浩雖然有點疲倦，但興高彩烈地說：「過去一個月，我在鄉村幫忙築水壩，一肩能挑兩大擔石頭哩。」

「友義，可不可以讓黃浩陪我去？否則我可能半途就打退堂鼓了。」

「好吧。你們早去早回，千萬別節外生枝。」友義答應了。

於是，蘭和浩各騎了一部腳踏車，出發往藝專學院去。

校園已經變了相貌，到處貼了反右的標語，冷清清的，見不到學生。

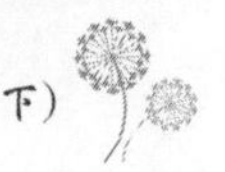

「黃浩，你不用跟我進去了，就在這裏等我吧。」蘭獨自走進了行政大樓。

胡勝坐在辦公桌後，他的左右各坐了一位穿制服的男人，拿著筆記本準備記錄。

見蘭進來，他沒起身招呼，還照抽他的煙，帶著譏諷的語氣說：「王蘭，久違了。這陣子妳躲到哪裏去了？」

蘭站著回答：「我在家認真學習毛主席的思想，研讀他的講話。」

「妳承認自己同情右派，犯了錯嗎？」

「我開始對反右運動不夠理解，已做了一番自我檢討。這是我的檢討書。」

「哦，妳寫了自白書了。拿過來我看。」

蘭厭惡他的傲慢無禮，但極力忍耐，謙卑地走上前，雙手將檢討書遞上。

胡勝翻了幾頁，說：「這是妳自己寫的，不是程友義代筆？」

「是我自己寫的。」

「好，妳把內容說說看。」

蘭只得簡述了內容。胡勝不斷地打岔盤詰。她小心翼翼地回答，仍不免有說錯話的時候。她發現，記錄員似乎總是在她答錯時才寫得特別起勁。足足被審問了一個小時，她已漸漸感到不耐煩。

「今天就到此為止，妳可以走了。等我看過妳的檢討書後，再對妳的問題下結論。」

蘭如獲大赦，轉身就想走。

「等一下。」胡勝叫住她，說：「汪校長已被下放勞改了。妳有什麼意見？」

蘭不願入他的圈套，按住內心的怒火，故意冷靜地說：「像汪校長這樣難得的藝術家也成了右派份子，實在令人惋惜。你對他的判決，我沒有意見。」

黃浩站在外面等得著急，見她走出來才鬆了口氣，說：「蘭姐，妳進去這麼久才出來。過關了嗎？」

「我受夠了。不管能不能過關，我再也不願在胡勝面前低聲下氣了。」

「總之，這回妳沒被他扣留，算是成功了。我們快回去吧。」

「好，我們快走。」

他們剛騎車經過校園裏一個角落，突然有一個女生從樹叢下鑽出來擋車，說：「王書記，求妳主持公道，為秦美燕和高峰申冤呀。」

「梅音同學，原來是妳。秦美燕和高峰也都被判了右派嗎？」蘭問。

秦美燕和梅音同學舞蹈，高峰是一位年輕的鋼琴老師。蘭平日很讚賞他們，但是被錯判為右派的人實在太多了，她已感到愛莫能助。

「不是為右派的事，而是胡勝強姦了秦美燕，又嫁禍高峰，用私刑逼他認罪。王書記，請妳一定要救他呀。」梅音哭訴。

「妳有證據嗎？」

「我是見證人之一。秦美燕被關在三樓一間教室裏。高峰和我都為她擔心，約定半夜裏偷偷地去探望她。我們走近大樓，見一人從樓內走出來，靠著月光，認出他是胡勝，於是趕緊躲起來。不料，他走後就有人跳樓，我們跑過去看，竟是美燕。」

「嗄，美燕自殺身亡了嗎？」

「不，她沒死，但受了重傷，跌斷了脊椎骨，醫師還說她有被人強姦過的跡象。」

「妳和高峰可曾報警嗎？」

「高峰不要我出面，他獨自去報警。不料，胡勝反控他是強姦者，將他捉起來，私刑拷打。要不是我為他去向公安局長陸榮求救，他恐怕已被活活打死了。但是陸局長也難辨是非，只得將高峰收押在牢裏。」

「秦美燕是活證人，為什麼陸榮不去問她呢？」

「美燕身子癱瘓了，人也變得痴呆，不能言語。」

「可恨，我非要拆穿胡勝的假面目不可。」蘭握拳說。

「首長一再關照我們，不可節外生枝。妳還是先回家再說吧。」黃浩勸道。

「不。我就是因聽了他的話，才向那惡棍卑躬屈膝。我真恨極了！」

「但是，妳也不能只聽一面之詞呀。」黃浩說。

「梅音，妳肯跟我一起去見胡勝，當面對質嗎？」蘭問。

「不，我不敢，怕遭他的毒手。」梅音拒絕，忽又說：「不好，有人走過來了，怕是胡勝的密探，我走了。」竟像驚弓之鳥似地飛跑了。

「妳看，梅音都知道自保。妳還沒過關，就不要多管閒事了吧。」浩說。

「我不能眼看著兩個年輕的藝術家被殘害而袖手不管。你若怕事，就先回去吧。」蘭騎上單車，就返回行政大樓。

黃浩覺得進退兩難，想跟她去，怕闖禍。想回去向友義報信，又怕她有危險。直到見她走進了大樓，他才匆匆地追上去。

胡勝正在辦公室內與幕僚談話，驀地，見王蘭怒氣沖沖地走進來，他大感意外。

「咦，妳回來做什麼？我準備過兩天才宣佈對妳的判決。」

不料，蘭指著他大罵：「胡勝，你作惡多端，天理不容。」

「妳敢罵我？」胡勝又驚又怒，離座走向她。

「你憑良心說，是誰強姦了秦美燕，又誣陷高峰？」

「啊，原來妳聽了謠言。快說，是誰造我的謠。」

「你以為打著反右的旗子就能一手遮天嗎？這件案子，我一定要查個水落石出。」

胡勝心慌，湊近她的耳邊，說：「妳用不著和我作對。我已經準備讓妳過關了。」

蘭不但覺得這句話逆耳，而且聞到他的口臭幾乎透不過氣，本能地把手一揮，就像驅蚊趕蠅，想要他站開點。不期，揮中了他的左頰。

胡勝以為她故意打他，不禁惱羞成怒，叫道：「妳敢打我！造反了。」

這一掌打中，蘭感到意外，只後悔沒打重一點。「誰叫你把臉湊那麼近。我無意和你打架，我們在法庭上見吧。」她轉身要離去。

不料，胡勝一把扯住她，凶狠地說：「妳打了人，還想走？」

「你想怎樣？」

「妳被捕了。我們要為妳開個鬥爭會。」胡勝決定先下手為強。

「你憑什麼拘捕我？」

「妳的檢討書是假的。我已把妳說過的每一句反動的話全記下來了。」

「你終於露出了狡猾的本相。我現在完全相信了你用殘忍的手段迫害高峰的事。」

「哈哈，恐怕妳要步他的後塵呀。」

蘭掙扎，但擺不脫他的掌握。

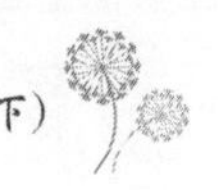

忽然，黃浩衝進來，喝道：「快放開她。」

「又是你！上回你奪走了人，我還沒找你算帳。這回可饒不了你。」

「少廢話，你放不放手？」黃浩怒目圓瞪，掄起一個拳頭對準了他的臉。

胡勝怕吃眼前虧，趕緊放了王蘭，說：「別以為你們有程友義撐腰，就能對抗我。我令你們今晚七點鐘到人民廣場出席反右鬥爭大會，若逾時不到，我就到程府要人。」

「你若敢上門來，有我黃浩等著你。」

「別理他，我們走。」蘭說。

半路上，他們們分頭走了。黃浩去辦公室找友義，蘭獨自騎車返家。

到了家門口，見一個女人蹲在牆邊，蘭認出了她，下車招呼：「阿蓮，妳是來找我嗎？」

阿蓮未開言，淚先下，說：「我已來過好幾次了。以前每一次都被門衛趕走。今天他們說妳出門去了，准許我在這裏等妳回來。」

「前陣子，友義不准我見客。妳若有緊要的事，可以直接找他呀。」

「妳大概還不知道紹卿被捕了吧。聽說是友義親口下令拘捕他的。」

「啊，這是什麼時候發生的事？」蘭大驚問。

「大概是一個月前。」

蘭如受當頭一棒，感到暈旋。她很不容易才重新建立對友義的信任，在頃刻間，完全瓦解了。「我又被他欺騙了。原來他和胡勝一般心狠手辣。」

「胡勝？妳是說，那個引起暴動，令妳爺爺奶奶身亡的縣委書記？」

「什麼！那個禍首也叫胡勝？真是冤家路窄。」蘭握拳恨道。
「過去的事，妳就不必計較了，眼前還是救紹卿要緊。」
「他被關在哪裏？」
「在城南監獄。」阿蓮說完，走了。

蘭轉身進入屋裏，心亂如麻，似乎每條亂麻都是恨。
忽見葛逍來說：「王蘭同志，首長請妳一回來就馬上給他打電話。」
「不用打電話了。我要親自去見他，請你開車送我去他的辦公處。」
「好。我這就去備車。」葛逍想彌補和她的關係，顯得份外殷勤。
蘭走進友義的書房，找到一支手槍，將它放入手提包，便走出去坐車。
葛逍剛將車開動不久，忽覺有一支槍口頂住了他的後腦，從車鏡中看，蘭面帶殺機。他大吃一驚，問：「王蘭同志，妳想幹什麼？」
「不許多問。我要你將車開到城南監獄。你若不服從，我就殺了你。」蘭狠狠地說。
逍不敢不從，只得將車倒轉了方向，開往監獄。

友義在辦公室，剛聽完黃浩的報告就大發雷霆：「她出門時，我千叮萬囑，叫她不要節外生枝。她偏偏要管閒事。黃浩，你為何不阻止她呢？」
「蘭姐聽說胡勝強姦秦美燕，又嫁禍高峰，非要去找他理論不可。我阻擋不了呀。」
「她正在接受審查，卻當起法官來了，真不自量力！」

「難道說，胡勝犯罪，也能逍遙法外嗎？」

「唉，我們還沒有取得他犯罪的證據，反倒讓他先發制人。」

「胡勝令蘭姐和我今晚七點去人民廣場，出席反右鬥爭大會。我們該去嗎？」

「還問我！你們自己闖的禍，自己去擔當吧。我不管了。」

友義正在氣惱，忽見葛逍慌慌張張地闖進了辦公室。

「報告首長，不好了。剛才王蘭叫我開車帶她來見你。不料，半途中，她突然用手槍指住了我的後腦，令我將車開到城南監獄去。我只得順從她。」

「啊。」友義震驚，問：「她去城南監獄做什麼？」

「我也不知道。她回家時，在門外和一個叫阿蓮的女人聊了很久。不知這和她的行動有無關係。」

友義尚未猜到阿蓮說了些什麼，電話響了。

他拿起話筒，聽見城南監獄的獄長說：「程首長，你的愛人持手槍來到監獄，要求和犯人孟紹卿單獨會談。這件事，你是否知情？」

「不，我不知道。你讓他們會見了嗎？」

「是的。我要她繳了械後，就讓他們在會客室裏談話。」

「好，暫時不要驚動他們。我馬上就來。」

友義心想真是一波未平一波又起，隨即帶了黃浩和葛逍匆匆地向外走。

監獄的會客室裏，叔侄倆相擁而泣。

「小叔，真是友義下令將你拘捕的嗎？」

「沒錯。起初我是被關在拘留所內受軟禁。後來胡勝找上門來，給我加上莫須有的罪名，將我投入監獄，還判我到北大荒去勞動改造。」

「對不起，都是我害了你。我不該勸你回國。」蘭掩面痛哭。

「千萬不要這麼說，當初是我自願留下的。誰又能預料會落到這般地步呢！」

「一切都破滅了。我的愛人，原來是個騙子。」她傷心欲絕。

驀然，會客室門被推開了，友義怒氣沖沖地走進來。

「王蘭，妳瘋了嗎？居然私自到這裏來。」

「王蘭已死，我是孟玉蘭。你與我劃清界線吧。」

「胡說。妳今天闖的禍還不夠多嗎？快跟我回家去。」

「程友義，你不必再哄我。我寧死也不願跟從你了。」

友義大怒，揚手猛摑了她一掌，打得她踉蹌摔倒在地上，口鼻流血，半邊臉腫起。

「你是禽獸。」紹卿氣得就要向友義撲去，卻被獄警打倒。

兩個獄警不停地對他拳打腳踢。

「住手，快住手。」蘭喊道，但獄警不理。她害怕紹卿被打死，慌忙爬行到友義的腳跟前，跪地哭求：「求求你，放過他吧。」

友義一直冷酷地袖手旁觀，這時才打開尊口，說：「夠了。不要打了。」

紹卿已是鼻青眼腫，遍體鱗傷，隨即被獄警拖走了。

「小叔。」蘭喊著，想追上去，卻被友義擋住了去路。

「別鬧了。回家吧。」他柔聲說，取出手帕，想為她抹去臉上的血跡。

她往後退避，說：「不，我已沒有家了。」

「還是不聽話。黃浩、葛逍，你們快抓住她，給我帶走。」友義令道。

室內狹小，蘭見無處可逃，忽地鑽到桌子底下，雙臂和雙腿緊緊地盤住了一根桌腳。

黃浩蹲下，勸道：「蘭姐，家裏還有小鈴，妳還是回去吧。」

「可憐的小鈴。我只好拜託你照顧她了。」

黃浩只是苦苦勸說，動口不動手。

葛逍卻不客氣了，用力去扯蘭的手腳，但扯開了一隻手，另一隻又盤上了，他費盡力也無法把她拉起來。

友義看得著急，正想親自去拉她，卻聽見獄長悄悄地在他耳邊說：「我看，你們就是能拉她起來，她也不肯老老實實地走的。倒不如，將她麻醉了再帶走。」

「啊，你有麻藥嗎？」友義覺得這不失為上策。

「有，我去拿來。」獄長說。即去拿來一個注滿麻藥的針筒。

「我自己來吧。」友義從獄長手中接過了針筒，走到桌邊，說：「葛逍，快把她的左手袖子捲起來。」

蘭抬頭，見他拿著一支針筒，先是一怔，接著明白了他的用意，突然狂笑起來，說：「哈，想不到，二十五年後你還要故計重施，麻醉我。這一次，我決不會上你的當了！」

友義聽她這麼說，竟不忍下手。但聽獄長在一旁說：「還是讓我來吧。」他便把心一狠，抓住她的左臂，一針刺下。

「啊。」蘭叫痛，大顆的淚珠滾滾而下，喃喃地說：「你好狠心，好狠心。」

等他注射完畢，將針頭拔出，她已暈倒。

友義放下針筒，即令黃浩抱起她，一同走出去。

回到家，友義將蘭抱到床上，望著她，耳邊猶迴響著她的泣訴，但想到眼前的危機尚未解除，煩惱勝過了悲哀，使他欲哭無淚。

「報告，陸榮和沈瑛求見。」黃浩來到房門外說。

他正想找他們，便立刻走出房間，去會客。

「首長，不好了。胡勝大張旗鼓，召集群眾，定在今晚批鬥王蘭。你可知否？」陸榮緊張地說。

「我已經知道了。」友義說。

「是王蘭不肯寫檢討書？還是她所作的檢討被胡勝否決了？」沈瑛問。

「都不是，我猜想是因秦美燕的案子。這件事，還是讓黃浩說給你們聽吧。」

黃浩便把梅音告狀，申訴了秦美燕和高峰的遭遇，以致王蘭義憤填胸，回頭去譴責胡勝的事，從頭至尾詳細說了一遍。

「梅音說的不錯。高峰報案，反被胡勝捉了私刑拷打，若非我及時將他救出，他可能被打死。因受害者秦美燕已變得痴呆，不能指證強姦她的真兇，我被迫將高峰關押。」陸榮說。

「這就讓胡勝有了先發制人的機會。他知道，若能將王蘭打成右派份子，她就無法替秦美燕和高峰申冤。」友義說。

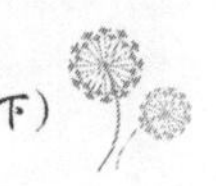

「可惡，我們不能讓他的奸計得逞。首長，你已經把蘭藏起來了嗎？怎麼不見她呢？」沈瑛說。
「唉，說來話長呀。我是萬不得已，才給她打了麻藥。」友義把王蘭探獄的事說了。
「我有辦法可以對付胡勝了。」沈瑛興奮地說。
「有什麼辦法？妳快說呀。」陸榮說。
「乘蘭昏迷，將她送入精神病院去躲避一陣子。同時，我們可以加緊查案，只要有了證據，就不怕胡勝利用反右來掩飾他的罪行。」
「主意是好，但是那個精神病院肯收容她呢？」友義說。
「仁愛精神病院的院長方鶴齡一定肯幫助她的。我的姪女沈安琪在這家醫院當護士，我聽她說過，方院長和王蘭熟悉並且很敬愛她，因為她時常去慰問病人。」
「即使方院長肯收容，蘭未必肯合作。」友義仍有顧慮。
「我可以託安琪守著她，等今夜她清醒了，就告訴她我們的計謀，教她裝瘋，為我們爭取辦案的時日。她既然要胡勝伏法，一定肯合作的。」
「此計值得一試，沈瑛，請妳先去和方院長商量。」友義同意了。
「好，我先走了。再見。」沈瑛答應，走了。
「今晚可能有群眾暴動，我必須去做防範的部署，也告辭了。」陸榮說。
一小時後，友義接到沈瑛的電話，得知方院長同意相助，便叫黃浩備車。
「首長，請讓葛逍護送你們去吧。恐怕胡勝會帶人來，我願意留下守屋。」黃浩說。
「不成。今後你必須緊緊跟著我，沒有我的允許，你一步也不能離開我的左右。」

「可是，若胡勝來搜人，怎麼辦呢？」

友義轉向葛道，問：「你能應付來人嗎？」

「行。如果首長令我守屋，我決不會讓任何人進來。」葛道拍著胸膛說。

「不要逞強。能守就守，若守不住，我也不會怪你的，千萬別造成傷亡。」

晚上七點鐘，廣場上已聚集了上萬人。群眾受胡勝指使，提著毀謗王蘭的標語，但也有不少人暗中同情她，氣氛緊張。

過了一刻鐘，王蘭仍未出現，胡勝說：「我早就預料她不敢來。我們到程家去要人。」立刻率領了一大隊人浩浩蕩蕩地走了。

他們來到程府門前，只見一個穿警衛制服的年輕人，雙手交叉在胸前，擋住了大門。

「小鬼，你是誰？」胡勝好奇地問。

「我叫葛道，首長出門去了，叫我看家。」

「哈，他竟選了一個乳臭未乾的小子來應付我，真是可笑。」胡勝笑道。「黃浩說好要在門口等我的，怎麼變成縮頭烏龜了？」

「黃浩本想等你來，但是首長命他跟從，他只得去了。」

「這麼說，王蘭也不在家了。」

「沒錯。她也不在家。」

「他們都到哪兒去了？」

「不知道。我無權過問。」

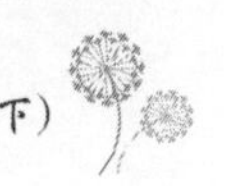

「呵，你這小子倒會耍嘴皮。你不說，我們就進屋去搜。」

「我看家，外人誰也不准進去。」

「好大的口氣。你不要命了嗎？」胡勝威脅說。

不料，葛逍忽然抽出手槍對準了他的額頭，說：「你敢威脅我，我就殺了你。我不惜與你同歸於盡。」

胡勝嚇得渾身發抖，說：「同志，有話好說，你千萬不要開槍。」

「我可以放了你，但你要答應立刻離開，不再來找我麻煩。」

「好，我們撤退。你說了，王蘭不在家裏，我們不會再來了。」

「你先叫你的隨從們離開，我最後才放你。」

等胡勝走了，葛逍立即進屋，緊閉門戶。

胡勝後悔太大意，竟讓一個衛士給逼退了。離開程宅後，他心中萬分惱恨，口口聲聲要向葛逍報復。他的手下勸說：「葛逍只不過是個無名小卒，要整他還不容易嗎？我們已探聽到，程友義把妻子送進了精神病院，快去那裏向他要人才是。」

聽說王蘭有了下落，胡勝立刻忘了剛才的不快，笑道：「哈，原來她躲進精神病院去了，可真想得妙呀。他們以為這樣就可以瞞天過海了嗎？」

於是，他又重整隊伍，即刻出發往醫院去。

到了醫院門口，見黃浩守著大門。

「果然在這裏。」胡勝走上前說：「黃浩，原來你們躲到精神病院來了，你快去叫王蘭出來。」

「王蘭病了，首長不許任何人驚擾她。」

「笑話。別說是程友義的老婆，就是毛夫人，如果她站在右派一邊，我也一樣敢抓她。」胡勝誇口說。只因當時毛夫人受丈夫冷落，他才敢出此狂言。

他正想闖入醫院，卻見程友義出現在門口，擋住了他。

「胡勝，你來得正好，你逼瘋了王蘭，我正要找你算帳。」

「早上她還好好的，怎麼一下子就瘋了呢？你若想庇護她，將會自取滅亡。」

「你不必為我擔心。今有證人控告你強姦秦美燕，我已令陸榮加緊查案。」

胡勝一聽，氣焰消失了大半，暗想私下談判，便說：「你別聽信謠言，那是右派份子想害我而誣告的。看來，今晚的鬥爭大會是開不成了，明天我會帶精神病專家來查驗。王蘭究竟有沒有發瘋，一驗便知。」

他含怒離去了。群眾也一哄而散。

⌘　⌘　⌘

深夜，蘭甦醒過來，不知身在何處，也記不得日間發生的事。驀然，聽見淒厲的叫喊聲，她嚇得一下子跳下床來，不慎跌倒了。

「啊，王阿姨，妳醒了，妳沒跌傷吧！」安琪慌忙上前去扶她。

蘭驚駭地抓住她，說：「有，有鬼。妳聽，鬼在號叫。」

「不要怕。這裏是精神病院，有個病人常在半夜喊叫，聽慣了也就無所謂了。」

蘭由安琪扶到椅子上坐下，不害怕了，說：「我肚子餓了。」

「哦，我已為妳準備了麵包，妳吃點吧。」

「好吃。」蘭吃著奶油麵包，十分高興。

安琪一面看她吃，一面說：「王阿姨，首長是為了保護妳才把妳送進醫院來了，但是妳必須裝瘋瞞過胡勝，妳懂嗎？」

「我懂。」蘭似懂非懂地點頭。

「好極了。妳剛從麻醉中醒來，還是很累，吃完後再睡一會吧。等天亮了，我就叫醒妳，教妳怎麼裝瘋，好嗎？」

「好。」蘭同意了。

蘭睡了不久，又被哭喊聲驚醒，她將枕頭壓住了頭睡，開始作夢。

她夢見亡弟玉琪和她的爺爺奶奶來訪她。她歡喜地跑去迎接，不料，看見的都是血淋淋的僵屍。她吃驚地關上門，但僵屍穿牆而入，搖搖欲墜，在她面前一個個摔倒了，把她壓在底下。她逃出來了，到荒郊野外又迷路了，心中徬徨。驀然，四周出現了妖魔，向她圍來。她拔腿便逃，一會兒爬高山，一會兒落入深淵，最後回到了平地，卻見一個高大的魔王站在前邊。魔王手中握了一支大針筒，一步一步向她逼近，她嚇得仆伏在地上發抖，動彈不得。

清晨六點鐘，安琪打開病房的門，瞧見蘭抱著一個枕頭，翹著屁股，橫臥在床上。棉被和床單全都被踢落地上。

安琪搖搖頭，心想，王阿姨的睡相真差！

她先把棉被和床單檢起放在床上，然後搖一搖蘭的肩膀，輕喚：「王阿姨，該起來了。」

蘭受驚，猛然翻身跳下了床，瞪眼望著她。

「王阿姨，妳還記得夜裏我和妳說的話嗎？」

蘭聽了她柔和的聲音，消除了恐懼，全身鬆懈下來。但這一放鬆，竟尿了。

安琪見她尿濕了衣褲和地板，還以為她故意以行動來回答，便高興地說：「原來妳已知道怎麼裝瘋了。」

不料，蘭惱怒了，將她用力一推。安琪倒地，跌得頭昏眼花，一時裏爬不起來。

蘭乘機跑出了房間。在走廊上，她撞倒了一個手捧藥盤的女護士，杯盤落地，發出巨響。女護士坐地大喊：「病人逃跑了，快抓住她。」

安琪扶起女護士，一起去追。兩個值班護士和一名醫生聞聲而來，參加圍捕。

蘭竟像狡兔一般靈活，左閃右躲，跑進了一間職員辦公室。

眾人正要追進去，忽然，裏面飛出一個玻璃杯，打破了男醫生的頭。接著，剪刀、筆硯齊飛，大家只得後退。

安琪心中埋怨王蘭太過分了，雖然要裝得像瘋子，但不該如此出手傷人。

她走到職員室門口，喊道：「王阿姨，是我沈安琪，請妳別摔東西了。」不期，又飛出一把小刀。

「安琪，快躲。」剛才被撞倒過的女護士連忙上前去拉她，卻被小刀劃破手臂，鮮血淋漓。

「天呀！她真的瘋了。」安琪驚道。

正在這時，方院長上樓來了。

「安琪，早安。王蘭已經起身了嗎？」院長面帶憂慮說。

「院長，不好了，王蘭瘋了。」

「哦，是嗎？」院長好像鬆了口氣似的，微笑說。

「我是說她真的瘋了，不是假裝的。她已打傷了兩個人，還摔壞不少東西。」

方院長見安琪一本正經地說，才覺得事態嚴重，連忙走過去看。果然，見地上碎物狼籍，一個醫師的頭和一個女護士的手臂都綁了繃帶，露出血跡。

「啊，這都是王蘭幹的嗎？她人在哪兒呢？」

「她躲在職員值班室。」安琪說。

「讓我進去看看她。」

「院長，不行呀，太危險了。她一見有人要進去，就擲利器出來。」

「沒關係，我會小心的。」

方院長不顧職員們的勸阻，緩緩地走進了室內，卻不見人影。他覺得奇怪，再用眼四下巡視一周，才發現王蘭像貓兒一樣躲在桌子底下。方院長經驗豐富，一看她的眼神已知她的確是個精神病患者。

「王蘭，我是方鶴齡，妳還認識我吧。妳出來，我們坐下談談，好嗎？」他伸出一隻手，想去扶她。不料，就在他的手快要觸及她時，她突然竄出來，往外跑出去。

門外的人沒防備，措手不及，被她跑下樓去了。

方院長和安琪一起追下樓，正巧遇見友義來了。

「方院長、安琪，早安。蘭的情況怎麼樣了？」友義問。

「王阿姨發狂了」安琪說。

友義也誤會了，以為蘭已經在裝瘋，便不在意地說：「哦，我能去看她嗎？」

忽見胡勝也帶了一位醫師和兩個保鏢來了。

「瞧，你們還說太早，人家可已先到了。」胡勝向他的隨從們說。

方院長上前招呼：「胡同志，早安。啊，梁大夫，你也來了。」

梁大夫是另一家醫院的精神科主任，與方院長是好友。他受了胡勝的威脅而前來，神情有點不安，說：「方院長，早安。聽說你有一個新病人，我可以看看她嗎？」

「當然可以，你們來得正好。我剛要帶首長去看她，大家一同去吧。」

程友義和胡勝相見如仇，彼此不打招呼，只默默地跟著方院長走。

後院有一大片綠地，草木扶疏，幾個醫護人員正在追逐王蘭。

胡勝看了，笑道：「他們在玩捉迷藏哩！我們也去參加遊戲。」說著，就帶了他的保鏢一起走過去。

友義著急，也想過去。方院長拉住他，說：「不用擔心。她真的瘋狂了。」

「你說什麼？」友義驚問。

方院長發現自己失言。人家的妻子瘋了，怎麼可以叫他不用擔心呢？

蘭跑累了，蹲在一顆大樹下喘息。

胡勝走近她，笑道：「王蘭，妳再跑呀。這回讓我來追妳。」

豈知，在蘭眼中，他就是夢中所見的妖怪，因此她大叫一聲，一頭向他撞去。

這一撞，力大無比。胡勝仰面跌倒，覺得腹部疼痛欲裂，忍不住呻吟。

蘭也自撞得頭昏眼花，倒在一邊。

友義俯身去抱她，問：「蘭，妳怎麼了？」

然而，她只當他是魔王，用力在他手臂上咬了一口。

「噉。」友義叫痛，連忙抽回手臂。

醫護人員一擁而上，抓住了蘭，架著她走了。友義和方院長也跟隨著去。

胡勝見狀，急忙叫他的保鏢扶他起來，說：「我們快跟去，莫讓他們做手腳。」

病房裏，醫護人員用皮帶將蘭綁在床上，她拼命呼叫和掙扎。

「我們都出去吧。只留下梁大夫診視她就行了。」方院長說。

蘭的嚎叫聲漸漸平息。約莫過了半個時辰，梁醫師才打開病房的門走出來。

「梁大夫，她究竟怎麼了？」友義急迫地上前問。

「她的確患了神經分裂症，不是偽裝的。」梁醫師說。

「啊，天哪！」友義把一腔悲憤轉移到胡勝身上，恨道：「你滿意了吧？」

「唉，不關我事。我們還沒批鬥她，她就瘋了。」胡勝說。

「你還要鬥她嗎？好，你先和我鬥一場吧。」友義握拳說。

胡勝怕他向自己揮拳，連忙彎腰捧住腹部，說：「唉喲，我的胃痛死了，一定是被王蘭撞得內出血了。你們快扶我去看醫生呀。」

他的兩個保鏢便扶著他走了。

友義轉向梁醫師，憂傷地問：「你給王蘭注射了麻醉藥嗎？」

「沒有。我只是用催眠術讓她睡著了。」

「啊，謝謝你。我現在可以去看她嗎？」友義激動地說。

「可以的。」

友義走進了病房，只見蘭閉目躺在床上，一邊臉蒼白，另一邊青腫。他感到無限的歉疚，跪到床頭，忍不住失聲痛哭。他知道，自己也是導致她瘋狂的禍首之一。

王蘭發瘋的消息傳到了北京。當局特派了一個專案組來調查。

「秦美燕，妳的案子已受到關注。這位同志是北京派來查案的。妳不必害怕，有什麼冤情，儘管實說就是了。」陸榮說。

原來，美燕並沒變啞，只因受了胡勝的威脅，一直不敢出聲。如今，見了特派員，便將滿懷積怨全傾吐出來：「胡勝威脅利誘逼我和他同居，我都拒絕了，他便將我關起來，兩天不給我吃飯。那天晚上，乘我虛弱時，強姦了我。他走後，我便跳樓自殺。」

調查員們發現控訴胡勝強姦的女子不只一個。他還利用反右橫行霸道，製造冤案，甚至口出狂言，侮辱了毛夫人。

罪證鑿鑿，連他的後台狄橋也不保他了。「胡勝真該死，但是家醜不可外揚，讓我寫封信，令他自絕就是了。」

胡勝接到狄橋的手令，被迫服下大量安眠藥自殺。

然而，一群被他迫害，錯判為右派的人並沒即刻獲得平反。

友義也沒感到絲毫的慰藉。蘭一見到他就像是見到魔鬼似地，嚇得大哭大叫，病情加重。他只得在深夜，等她睡著後才去探望。

繼反右之後，又興起了一連串的運動，除四害、大煉鋼、大躍進，弄得全國上下暈頭轉向。人們整天敲鑼打鼓捕殺鳥雀。家家戶戶的院子裏都建起了煉鋼爐，連醫生護士們都得抽空去後院煉鋼。

友義每天進出瘋人院，已分不清究竟是病人還是院外的人更瘋狂。

他一籌莫展，只能以煙酒消愁。

總理聞知，將他召到北京，對他說：「友義，聽說你最近變得很消沈，我想你還是出國去散散心吧。我已經為你安排了到東歐各國考查的行程。」

「不，我不想出國。王蘭病了，女兒還小，我走不開。」

「事實上，你沒有選擇的餘地，因為已經有人對你很不滿意了。」

友義明瞭了自身的處境，不得不答應出國，只能問：「我幾時出發呢？」

「一個月內，交接完畢後，你就可以走了。」

這次，他獨自悄悄地去北京，悄悄地回來，連身邊的衛士也沒帶一個。

進門，見小鈴和黃浩全神貫注地望著一隻在鳥籠裏的小鳥，竟沒發覺他回家。

「小鈴。」他喚了一聲。

小鈴猛回頭，立即投入他的懷抱，叫道：「爸爸，你回來了。」

「這隻小鳥好像受了傷，你們哪裏弄來的？」友義問。

「學校裏打麻雀，這隻青鳥也被打下來了。我把牠帶回家，黃浩替牠裹了傷。我們剛去買了個鳥籠給牠住，等牠的傷好了，再放牠走。」

「很好。黃浩能幫妳照料小鳥，爸爸不在時，他一定也能照顧妳的。」

「爸爸，你說什麼？」

「爸爸不久就要出國了，也許要一、兩年後才能回來。」

小鈴一聽就哭了，說：「不，爸爸，你不要走。媽媽病了，哥哥到很遠的地方去了，我好孤單，好害怕，請你不要離開我。」

友義也不禁淚下，傷感地說：「爸爸也捨不得離開妳，但是沒辦法。」

這是他第一次在衛士面前落淚。

黃浩忍悲，說：「首長，請你放心，我一定會好好照顧小鈴的。」

小鈴也停止了哭泣，說：「爸爸，你放心走吧。我會和黃浩一起常去看媽媽的。」

「好孩子。」友義緊緊摟住了女兒。

友義卸任，將他身邊的衛士和職員都遣散了，但他特別為葛逍作了安排。

「葛逍，我已請陸榮任用你，他答應了。你明天就去公安局聽他差遣吧。」

「首長，我真捨不得你。等你回來，請讓我再作你的衛士吧。」

「不。我相信陸局長會栽培你的，你不必再作衛士了。」

出國前，他搬了家，安頓了女兒，請黃浩作她的監護人。他還想為蘭雇請一位私人護士，沈安琪建議他找阿蓮。

阿蓮白天在紡織廠作工，晚上回家吃完飯又趕著出門，去醫院看蘭。雖然她關心病人，但也有說不出的苦衷。

兩個月前，江進田突然獲釋回家。據說是因監獄關不下右派份子，所以批准他提前出獄。他仍得在獄外服刑一年，繼續接受勞動改造，被分派了挑大糞的工作。

自從他回家後，一家人便遭受鄰居們的歧視，不但沒法享受團圓的快樂，反而增加了煩惱。最令進田痛心的是因家庭成分不好，兒子沒獲准升學，被分發到一間工廠作學徒。工廠距家遠，重慶只能搬到宿舍去住。

兒子走後，進田的脾氣變得更暴躁，不時發牢騷。阿蓮聽得心煩，又怕他惹禍，終日提心吊膽。因此，去探望蘭似乎成了她躲避進田的辦法。

每當阿蓮有滿腹辛酸無處可訴時，便說給蘭聽。不論是苦或是樂，蘭都聽得大笑，她也跟著一邊笑，一邊擦淚。

這天晚上，阿蓮照常等蘭睡著了才離開。

剛走出醫院外，忽然見一人走過來，叫道：「阿蓮。」

「啊，姑爺。不，首長。」阿蓮驚奇叫道。

「妳還是叫我友義吧。」

「哦，你是來看玉蘭的吧。她已經睡著，你可以進去了。」

「不，我今天是專程來找妳的，有件事情想和妳商量。」

「對不起。今天太晚了，我們改天再談吧。」

「我明天就要出國了。我想請妳換工作，轉到醫院來照顧蘭。妳願意嗎？」

「我願意。不過，還得問進田的意見。」

「啊，進田已經出獄了嗎？那太好了。我想見他，我送妳回家吧。」

「不，不要。他的脾氣變得很古怪，你還是不要見他的好。」

「聽妳這麼說，我更要見他了。來，請上車吧。」

剛來到阿蓮家門口，友義就聞到一股刺鼻的臭味。見一輛糞車停在門前，他皺眉說：「是誰把糞車停放在妳家門前呀？」

「沒辦法。這是進田的家當。」阿蓮苦笑說。

驀然，屋門開了，一個高個子的黑漢出現在門口，粗聲粗氣地說：「阿蓮，妳現在才回來，還和誰在門外聊天呀？」

友義走上前，說：「是我，程友義。進田，好久不見了。」

進田不敢相信自己的耳目，怔了一會，突然拉住阿蓮，說：「活見鬼了！我們快回屋裏去。」

「你幹什麼？還不快請姑爺進屋去坐。」阿蓮說。

「那來的姑爺？妳要請這人進門，我就走。」進田生氣就想跑走。

「站住。不許走！」友義喝道。

儘管進田心中不服氣，他的兩隻腳不由得停住了。倏地，他轉回頭，像一股旋風似地衝進了屋裏。

阿蓮抱歉地說：「友義，對不起，請別見怪。」

「沒關係。妳已事先警告過我了。」

友義走進屋內，見進田拿了酒瓶正在倒酒，便說笑：「別倒光，留點給我吧！」

不料，進田反而把酒瓶往上一提，全倒光了，剛注滿一杯，坐下獨自喝。

阿蓮連忙說：「那是劣酒，你還是喝茶吧。請坐，我馬上給你沖茶。」

友義坐下了，想找話題，隨便問：「怎麼不見你們的兒子重慶呢？」

他不問還好，一問卻觸發了進田的心頭之恨。

「他媽的！」進田拍桌罵道。

「你罵誰？」友義被他惹火了。

阿蓮又趕緊打圓場，說：「請別理會，他是罵自己。重慶初中畢業，沒獲准升學，被分配到郊外的工廠去當工人了。進田整天自責，說是他害了兒子。」

「原來如此。」友義聽說，怒氣頓消。

阿蓮走到進田身邊，說：「友義馬上就要出國了，想請我當玉蘭的私人護士。我已經答應了，只是帶他來問問你的意見。」

不料，進田一口否決：「我不贊成。」

「為什麼？」阿蓮驚愕問。

「他逼瘋了老婆，想一走了之，卻把個包袱丟給妳。妳別上他的當。」

「胡說八道！我能照顧玉蘭，求之不得。你難道不希望她早點好嗎？」

「好了又怎樣？這年頭，還是做瘋子的好。」

「啊，你，你還胡說。我打死你！」阿蓮氣極了，掄起兩個拳頭就往進田頭上亂捶。

進田一面用手臂招架，一面喊道：「妳既已答應他了，又何必來問我呢，我有權利說話嗎？下回，他就是叫妳去做婊子，妳要去，我也不出聲了。」

「啊，做孽。你說這種話，是不想活了，不如去尋死吧！」阿蓮恨得詛咒，因氣惱過度，趴倒在桌上，嚎啕大哭起來。

進田也哭了，說：「都是我不好，害苦了妳和慶兒，我真不如死了吧！」

友義見了這般光景，真不知如何是好。他不願逗留了，站起來說：「阿蓮，既然進田反對你做護士，我也不勉強你。我走了，再見。」

阿蓮還在悲傷中，沒理會他，任由他走了。

等她哭夠了，抬起頭，看見進田在房間裏到處亂翻。

「你找什麼？」

「妳不是叫我去尋死嘛，我想找根繩子上吊。」

「去你的。我那有閒功夫替你收屍。」

「這麼說，妳不要我死了。」進田歡喜，乘機抱住了她，說：「其實我只想氣一氣程友義，並不反對妳去醫院照料玉蘭。」

「放開我！你氣走他，稱心了，可是你也要把我氣死了。」

進田跪下，像塊軟糖似地貼著她，說：「阿蓮，請原諒我吧，我下次不敢了。」

阿蓮覺得又好氣又好笑，說：「真是現世寶，快起來吧。」

「我愛妳。」進田情不自禁地把老婆抱上了床。

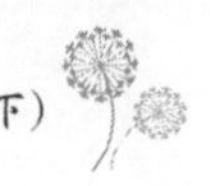

友義出國後，阿蓮以為失去了當護士的機會，心中十分懊悔。不料，聽安琪說：「方院長仍為妳保留著這份工作，只要妳願意，我可以帶妳去見他。」

阿蓮大喜，立刻去見院長，說妥了當蘭的私人護士。

次日早晨，她到醫院上班，恰巧在走廊上遇見小鈴。

「咦，小鈴，妳今天沒上學嗎？」

「我逃學了。」小鈴低下頭說，哭了。

「啊，妳為什麼逃學！學校裏有人欺負妳嗎？」」阿蓮驚問。

「有同學說，因為媽媽瘋了，爸爸不再愛她，所以拋棄我們母女走了。」小鈴泣道。

阿蓮氣得大罵：「哪家的野孩子專說謊話。妳千萬別相信他們。其實，妳爸爸很愛妳媽媽。他臨走前，特地來請求我做妳媽媽的私人護士。」

「真的嗎？」

「當然是真的。要不然，我怎會在這裏呢。我剛辭去了廠裏的工作，今後可以全心全意照顧妳媽媽了。」

「媽媽身邊有妳和安琪姐姐，可是我只有一個黃浩。」小鈴又傷心哭了。

阿蓮聽了這話，不由得心酸。往日她不願自稱是程家人的親戚，如今見小鈴孤苦零丁，便覺得義不容辭，要以長輩的身分來保護她。當下，牽了小鈴的手，帶她到走廊邊的椅子上坐了，說：「今後我也要照顧妳，因為我是妳的表姑婆。」

「妳真的是我的表姑婆嗎？可是，我只聽媽媽叫妳阿蓮，從沒叫姑媽。」

「說來話長。我本姓吳，妳的外曾祖父收了我作義女，我就成了妳外公的妹妹。但我只比妳媽大四歲，不敢以長輩自居，所以堅持要她叫我的名字。」

「原來是這樣。我記起來了，我聽哥哥叫過妳表姑婆。」

「妳哥哥小時候，爸媽也不在他身邊。他是由妳外公外婆撫養長大的。抗日戰爭時，我逃到了重慶，和他們住在一起。我也幫忙照看過妳哥哥。」

「表姑婆，我好開心，我身邊又有親人了。」

正在此時，黃浩慌慌張張地跑來了。見了小鈴，鬆了口氣說：「我總算找到妳了。學校派人來通知我，說妳沒上學，可把我急壞了。我到處找妳，怕妳被壞人拐走，後來猜到妳來了這裏。」

「對不起。以後我再也不敢逃學了。」小鈴說。

「有同學欺負她。黃浩，你該去警告那些壞學生。」阿蓮說。

「小鈴，快告訴我，是誰欺負妳啦。我去報告校長，要求懲罰他們。」

「不要。我不理他們說什麼就是了。」

「那麼，讓我陪妳回學校去上課吧。」黃浩說。

「好的。表姑婆，我走了。放學後，我再來看媽媽。」

「小鈴，再見。」阿蓮說。

下午，小鈴放學後，又由黃浩陪同到醫院來了。他們走進病房，看見有一個陌生的男人坐在阿蓮旁邊，與玉蘭說笑。

「這位同志是誰？」黃浩問。

「他叫江進田，是我的丈夫。」阿蓮說。

「原來你是姑公。」小鈴上前說。

「小丫頭，妳真聰明。」進田摸摸她的頭，讚道。

「你叫我小丫頭，我就不叫你姑公了。」小鈴嘟著嘴說。

「沒關係。妳就叫我老江吧。」

忽然，玉蘭指著他倆大笑，說：「老江、小丫頭，哈哈哈。」

【第七章】

禍不單行　同病相憐

林曉鵑已準備攜子回國與丈夫團聚，沒想到，大陸突然掀起反右運動。港台的傳媒紛紛報導有大批知識份子被捕了，她的親友們都勸她暫時不要回去。她也想等情況穩定後再走，就把原定的行期延遲了三個月。

豈知，情況愈來愈糟，紹卿沒了音信，寫給玉蘭的信也全被退回。她等不得了，不願再改期，決定按時出發去尋夫。

臨行前一日，恰有一個剛從大陸逃出來的朋友來訪，帶來紹卿被捕的消息，還說玉蘭瘋狂已住進精神病院了。

「天呀，怎會變得這樣呢？如果他們真把紹卿抓起來了，我一定要上北京去抗議。」曉鵑悲憤地說。

「不，妳千萬別去自投羅網。目前，抗議對妳的丈夫只有害無益。妳忍耐一段時間，或許他很快會被釋放的。」她的好朋友勸道。

時局迷亂，沒情理可講，也沒有申訴的管道。她不得不接受抗議無效的冷酷事實，萬般無奈地取消了行程，換之以忍耐和等待。

歲月如流，曉鵑捱過了一年，從焦慮轉為絕望。她早已辭職，也沒心情另找工作，一天到晚只呆在家

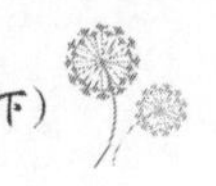

裏看報紙，希望能看到和她丈夫有關的消息。然而，看到的只是一連串令她困惑的新聞。
「吹牛，人民日報上說河北省有些縣裏小麥畝產十二萬磅，全國小麥產量已超過美國了。在這麼不誠實的國度，紹卿還有平反的機會嗎？」
「這陣子，沒有右派份子的消息了，人人都在造火爐、煉鋼鐵。天呀，究竟要等到哪年哪月才能為紹卿申冤呀。」
她每日悲嘆著。最後，連她身邊的親人都聽厭了她的怨言。
玉思忍不住說：「媽，我和妳一樣掛念爸爸，但是我深信他有能力度過難關，總有一天會回到我們身邊的。他已被剝奪了寶貴的年華，我們不能荒廢時間，還得自力更生，將來重逢時他才會有所安慰。」
林繼聖讚道：「瞧，我的外孫多懂事呀。曉鵑，看來妳還得向他學習。」
「可不是嘛。曉鵑，妳在家賦閒已經一年多了。紹卿下落不明，妳總得為自己打算，找份工作才行呀。」林夫人說。
「爸爸、媽媽、玉思，你們說的對。我應該開始找份工作了，免得坐吃山空。」
於是，曉鵑不再評論新聞，開始關注求才廣告。過去，她是當老師的。十月中，學校都已開學，申請教職太遲了。其他的行業，她沒經驗，寄出的求職信全被回絕，不由得令她灰心。
一日，玉棠來訪，見了她的臉色，說：「小嬸，妳到現在還是愁眉不展，可比我爸媽還不如了。」
「哦。你爸媽還好嗎？我好久沒去看他們了，真抱歉。」
「最近他們變得開朗多了。一來是因薇薇又有喜了，二來是因我警告他們，若他們再用愁苦的臉色折磨我，連我也要發瘋了。」
「玉棠，首先恭喜你，又要添丁了。也謝謝你提醒我，要振作起來，以免令家裏人更難受。其實，我已經在找工作，只是做老師今年已無希望了，其他的工作又找不著。」

「高不成低不就，工作確實難找。妳不如到我的製衣廠來幫忙吧，總比日坐愁城好。」

「你要我去你的工廠做女工？」

「豈敢。我請妳當女裝部的業務助理總成吧。」

「好吧。我試試看。」曉鵑答應了。

曉鵑的工作忙碌，漸漸擺脫了沮喪的心情。

一天，她下班回到家，卻見玉思在哭泣。她以為是紹卿的噩耗，驚恐地問：「你們聽到壞消息了嗎？」

「妳瞧，這晚報上報導，一架國軍的飛機在演習時失事墜海，駕駛員遇難了。」她父親遞給她一份報紙。

「一個空軍軍人失事墜亡。玉思，你為何這麼傷心呀？」

「他是蘇君安。」玉思泣道。

「天呀！原來他是蘇文康和高琇瑩的兒子。」曉鵑驚呼。

⌘　⌘　⌘

高琇瑩剛才擺脫了兩次婚姻失敗的痛苦，不幸又遭受兒子意外死亡的打擊。君安的屍體和戰機一同沈沒在台灣海峽，因太靠近敵方的陣線而無法打撈。她只收到了一包覆蓋了國旗的軍裝。雖然她不是弱者，但是這一次，她完全向命運認輸了。

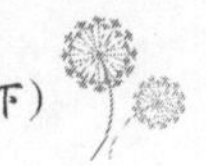

禍不單行，蘇錦山聞知愛孫的惡耗，當場心臟病發，性命垂危。琇瑩不得不節哀，到蘇家看望公公，安慰婆婆。

「琇瑩，我走前，要替文康向妳說聲對不起。」錦山用微弱的聲音說。

「不，請不要這麼說。我欠文康的，不比他欠我的少。」琇瑩跪在床邊泣道。

忽聽文傑說：「高將軍來了。」

她不願見父親，即刻走避到另一個房間去了。

過了一會，蕙英走進她房裏，勸說：「妳爸在老爺面前痛哭流涕，自責說君安是他害死的。我看他的樣子，好像一下子蒼老了許多，萬一他像老爺一樣突然病倒，有個三長兩短，妳恐怕要後悔莫及呀。」

琇瑩忽然醒悟了，連忙回到錦山的臥房，卻不見她爸。

「君怡，妳外公呢？」她問。

「他剛由伯父送出門去了。」君怡說。

她趕緊走出屋外，見一個老人手扶拐杖，由文傑陪伴著向院子門口走去。

自從因婚事與父親決裂後，她一直拒絕重修父女情。而今，她深怕永遠失去這份珍貴的感情，忍不住內心的激動，大聲喊道：「爸爸！」

高將軍的身子一震，站住了，緩緩地轉過身來，淚眼望著她，說：「妳叫我嗎？」

「是的。我剛失去一個兒子，想要回一個爸爸，你肯認我嗎？」

「妳不知道，是我害死了妳的兒子。當初，你們都反對他從軍，只有我鼓勵他。」

「不。當空軍軍人是君安的志願，相信他死而無悔，我感激你一向對他的愛護。」

「琇瑩，我的好女兒。」高將軍叫道。

她上前擁抱了父親，父女倆都悲喜交集。

文傑感動，不願驚擾他們，獨自返回屋裏。

錦山聽說琇瑩與她父親和好，點頭露出微笑，即閉目而逝。

剛辦完侄兒的追悼會不久，文傑夫婦又得籌備父親的後事，蘇家再度陷入愁雲慘霧中。

⌘　⌘　⌘

曉鵑得知琇瑩喪子，因遲遲而來不及去參加追悼會。正在後悔，又聽說文傑喪父，便毅然決定前往參加喪禮。

「紹卿和文傑情同手足，他不能去，我應該代他去。」她說。

孟紹鵬聽說蘇錦山亡故也感到悲痛，說：「他是我最敬佩的朋友，可惜我年老病弱，無法去為他送喪。玉棠，你代表我去吧。」

於是，玉棠和曉鵑一起出發去台北。

他們參加了喪禮，慰問蘇文傑和他的家人，然後陪伴琇瑩回家。

「紹卿仍受困大陸，你們肯冒險前來這裏，我很感激。」琇瑩說。

「紹卿重蹈了文康的覆轍，至今下落不明，生死未卜。過去一年，我像失神落魄似的，只要一想到他就心痛不已。」曉鵑落淚說。

「當初我思念文康也是一樣，但是現在我已經想開了。若今生還能和他重逢最好，否則我也能獨自走完一生。」

曉鵑暗想，原來琇瑩還不知文康死了，仍盼望重逢。但她不忍心在這時候說出真相，所以避開不談，只說：「妳能教我如何不想他嗎？」

「妳有工作嗎？或許忙碌可以減輕妳的相思之苦。」

「目前我已在玉棠開的製衣廠做事。」

「是女裝製衣廠嗎？」琇瑩似乎很有興趣，她剛辭去大學的教職，準備自己創業。

「我的工廠兼做男裝和女裝，曉鵑是在女裝部當我的業務助理。」玉棠說。

「你們的女裝部門規模如何？」琇瑩問。

「目前公司仍以男裝為主。女裝部的規模不大，只有一名師傅，二十幾個車衣工人。最近，我承接了兩筆外銷成衣的生意，覺得這方面的市場潛力很大，正準備擴充女裝部門。」

「嗯，很有意思。玉棠，我想去香港參觀你的工廠，可以嗎？」

「當然可以，隨時歡迎妳來參觀。如果妳有興趣的話，我也可以為妳增設一個助理的職位。」

「對不起，我不做助理。如果我覺得滿意的話，就和你合股發展女裝部門，如何？」

「好啊，若妳願意投資，我們可以合作。」玉棠欣然說。

曉鵑聽了大喜，說：「玉棠，謝謝你。若琇瑩能來香港和我一起工作，那太好了。」

「不必客氣。」玉棠說。

在他眼中，曉鵑和琇瑩是兩個孤單可憐的女人。他能幫助她們，心中頗感自傲。沒想到，有朝一日，她們會成為服裝界的女強人，享譽國際市場。

【第八章】

荒原囚客　獄中逢友

北大荒，顧名思義是一個偏僻又荒涼的地方。然而，一夜之間，幾十輛卡車開到，載來了數百名華夏精英，有科學家、教育家、作家、藝術家，還有不願出賣良心的公務員。這塊不毛之地頓時變得人才濟濟。可惜，滿腹經綸的專家們並非來此發揮他們的才智，改造荒原，反而是被迫來接受荒原的改造的。他們將被拘困在此，直到他們的心園也變得像不毛之地。

孟紹卿夾在這群被放逐的知識份子中，下了車，環首四顧，不見人間煙火，只見天蒼蒼，地茫茫，猶如被遺棄在天涯。

三月裏了，仍是天寒地凍，荒原對他們施展出一招下馬威。無論他們心中懷有多麼大的委屈和悲憤，此時此地，不得不放開一切，面對現實的挑戰。

運土舖路、伐木造屋、務農、畜牧，秀才們不久就被改造成無所不能的勞工。他們實在太疲乏，只能默默忍受著，沒有精力去抗議了。

一天晚上，紹卿和同宿舍的難友們都已準備睡覺，忽見營長帶了一個新到的犯人進來說：「你們這間房還可以容納一個人，就讓他住這裏吧。」

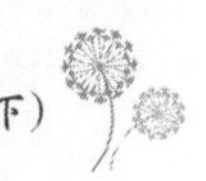

紹卿抬頭一看，竟是他的老朋友侯健民，他即刻說：「好，人多暖和，我這床位邊還可以插一人。」他特意挪動了自己的鋪位，讓健民睡在他邊上。

豈知，健民望了他一眼，一句話不說，倒頭便睡。

紹卿了解剛被下放者的心情，便不吵他，也自睡了。

到了半夜，他發覺健民悄悄地起身走出宿舍，他急忙跟了出去。只見健民走到了一顆大樹下，揚手將一根繩子拋上了樹幹，就要上吊自殺。

紹卿大驚，衝上前，一把抱住了他，說：「健民，千萬不可輕生。」

「放開我。我一再蒙受冤屈，不想活了。」健民用力推開他。

「被打成右派，下放到勞動營的，又不只你一人，你為何想不開呀？」

「你不用管我的死活，因為我曾害了你最要好的朋友蘇文康。」

「你說什麼？」紹卿訝異。

「你有所不知，讓我從頭說給你聽吧。」健民想在死前把心中的秘密全吐出來，便靠著樹幹坐下了，開始訴說。紹卿也就地而坐，傾聽他和文康的故事。

「當初，是我引導蘇文康投共的。沒想到，建國後不久，他就以間諜的罪名被拘捕。我怕受牽連，不得不與他劃清界線，還寫文章評擊他。後來，聽說他在獄中自殺未遂，我感到良心不安，決定去探獄。」

紹卿聽到此，忍不住打斷他的話，問：「快告訴我，你是何時去探獄的。」

「是一九五五年的五月裏。他蒼白消瘦，脖子上有一道明顯的傷痕。我勸他要保重身體，或許會有獲得特赦的一天。他感慨地說自他入獄以來我是惟一去探望他的人。我們隔著一道鐵窗，總共只交談了十分鐘。」

「原來文康還活著，我受騙了。」紹卿自言自語。

「我還沒說完，你別打岔。」健民繼續說：「我去探獄的事被工作單位的主任知道了，他指控我和文康是同一集團的間諜，立即將我隔離監禁。審查了三個月，他們拿不出真憑實據，但審查員威脅說我若再不坦白認罪就要受刑了。幸而，就在此時，出現一位女同志，她為我平反了。」

「女同志？她是否叫沈瑛，山東人，短髮齊耳，身高體胖。」

「咦，你怎麼會知道的？雖然我不曉得她的名字，但是她的確有山東口音，體形也正如你說的一樣。」健民驚奇說。

「那年我剛回國，曾要求程友義尋找蘇文康的下落。他派沈瑛去查詢。結果，沈瑛回來報告說文康已病死了。我信以為真，沒想到她是騙我的。」紹卿心想，沈瑛並沒有權力為健民平反，一定是程友義過問的結果。

「奇哉！難道是因你尋找文康，我才獲救的。不過，我相信文康死了，他瘦弱的身體絕對承受不了審訊的折磨。我猜，沈瑛不願讓你知道他真正的死因，才謊稱他病亡。」

「不，你猜錯了。我敢和你打賭，文康還活著。」

「好，我們打賭，可賭什麼呢？」

紹卿想了一下，說：「還記得當年我們在北京常去的那家牛肉麵館嗎？我們就賭一碗牛肉麵吧。」

「我贊成。聽你說得我已口饞，肚子也餓了。」

「好現象，你又有求生的慾望。你知道嗎，我還在工地上碰見了許夢延和莫挺。當年是你介紹他們給我認識的。」

「許夢延已是有名的大作家，居然也被下放了。他在哪個隊裏？」

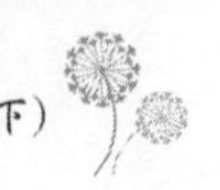

「明天再和你說吧。你看，都快天亮了，快去睡一會吧，白天還得做工呢。」
他們相扶著站起來，回木屋裏去了。
侯健民和一群老友在患難中重逢，同舟共濟，不再有自殺的念頭。

在勞動營捱過了艱苦的三年後，有些知識份子被轉移到文工團去了，有的被摘去右派的帽子還鄉了。孟紹卿一直都不肯認罪，然而，他畢竟是難得的物理學家，開始有幹部來找他談話，準備給他平反。
侯健民自以為他應該是第一個被平反的，因為他是老黨員而且是冤枉的。眼看著其他的人一個個先走了，他有滿腹牢騷。又聽說紹卿即將被平反，他無法忍受了。
「紹卿，你是怎麼獲得平反的？你為什麼瞞著我呢？」
「昨天有位幹部約我談了一會，但他並沒有給我任何承諾。是否能獲得平反，還是個未知數，你聽到的恐怕只是謠言。」
「實在太不公平了。許夢延一早就脫離農場到文工團去了，莫挺已回北京，如今連你也要走了，為什麼他們如此漠視我呢？」
「我也為你抱不平。你本是無產階級出身，為什麼你的黨不照顧你呢？」
「嗄，你敢批評共產黨，我要揭發你。受平反的應該是我，不該是你！」健民怒喊，跑出去了。
「健民，回來！」紹卿著急，預料將會出事。
健民一口氣跑到農場公社，向場長揭發：「孟紹卿有反黨的言論。」
「咦，他不是你的好朋友嗎？」場長驚訝地望著他說。

「今後，我要和他劃清界線，因為他是資產階級，是敵人。」

「他說了些什麼反黨的話呀？」

「他批評我們的黨不明理、不辨是非。他叫農場幹部為新老爺子。」

「唉，這不算什麼新鮮事。孟紹卿口直心快，常因說錯話在檢討會上挨批，但他是個人才，中央還要用他。你就什麼也甭說了。」

「不。我還要揭發，他密藏了一本日記簿，可能是情報，你們千萬不能放他走。」健民像喪心病狂似地，千方百計，只想阻止紹卿走出勞改營。

場長開始緊張了，說：「真有這種事？我們立刻去搜查。」

果然，在紹卿的枕頭裏，搜出一本厚厚的簿子。

場長翻開簿子一看，氣得大罵：「他媽的。我平日當你是一位學者，原來你竟是個間諜。在日記簿裏，記了這麼多密碼情報。」

「你誤會了。這些都是物理學的講義，我準備將來編入大學教課書的。請你還給我吧。」紹卿說。

「呸，鬼才信你的。」場長沒收了簿子，又令衛兵：「快把他綑起來，帶走！」

勞改營裏的犯人有了間諜嫌疑，案情太嚴重了。場長決定將紹卿押往一所監獄待審。

健民後悔莫及，他原本想留住紹卿才進行誣告的，結果適得其反，可能永遠失去一位朋友。

紹卿痛惜健民被改造得喪失了人格，發現他躲在一顆樹幹後哭泣，便喊道：「侯健民，別忘了我們的約定，將來不論誰請客，都要一起上北京館子吃牛肉麵。」

健民驚異地抬頭，只見紹卿回頭對他一笑，即被推上囚車載走了。

「孟紹卿，我對不起你。」他追著囚車跑，瘦弱的身體就像一根被風吹起的麥桿似地，搖搖幌幌，直到摔倒在地上。

⌘ ⌘ ⌘

山西一座監獄的獄長名叫盧俊，四十多歲，為人剛直。這日，押來了一個新犯人，他看著呈文，向他的副手說：「勞改所派人押了一個名叫孟紹卿的犯人來，說是有間諜嫌疑，但還沒審訊定罪，要我們暫時看守他。」

副獄長毛威，五十中旬，目光冷竣，面帶凶氣，說：「最近到處鬧饑荒，勞改所怕餓死的人太多，就把犯人都往我們這裏送。我們也缺糧，這人既有間諜嫌疑，槍斃算了，還養他幹什麼。」

「不能草菅人命，他還沒被定罪，先收押了再說吧。」

紹卿被領去浴室沖了個冷水澡，換上囚衣。又被帶到邊上一個小房間去理髮。

一個身材瘦長的中年男人，也穿囚衣，指著一張凳子，說：「你坐這兒。」

等他坐下了，替他身上圍了塊膠布，開始理髮，同時和他聊起來，問：「你是新來的吧，叫什麼名字？」

「我叫孟紹卿。你呢？」

「我叫段永福。但是大家都叫我段（斷）二指，因為我左手斷了兩根手指頭。」

紹卿這才注意到他左手的中指和無名指都被截去了一半，驚問：「這裏究竟是哪個監獄呀？」

「這是龍潭監獄。」

紹卿心頭一震，因他聽健民說過，文康就是被關在這所監獄裏。他急忙轉首問：「這裏是否曾有過一個企圖割頸自殺的犯人？」

「別亂動，小心我割破你的頭皮。」段永福警告他，才回答：「曾割頸自殺的犯人不少，但活下來的只有一個，他成了瘋子。」

「瘋子！他為什麼發瘋了？」紹卿感到毛骨悚然。有犯人被斬斷手指，又有人自殺瘋狂，他想這真是個可怕的監獄。

「瘋子沒瘋前，曾有一個朋友來探訪他，結果又弄出一件間諜案來，所以你千萬別去接近他。」

聽他這麼一說，紹卿猜想瘋子八成是蘇文康，還想追問，卻又聽他說：「理好了。」

紹卿只顧談話，這時才覺得頭上發涼，用手一摸，頭髮已全被剃光了。

不久，盧俊接到了一個從北京打來的電話，立即將紹卿遷移到一座獨立的牢屋，隔離軟禁。

毛威對這樣的處置十分不以為然，問：「憑什麼給這個犯人特殊待遇呀？」

「這是上級的命令。因事關機密，我沒多問，你也不必過問了。」

毛威認為盧俊隱瞞了內情而懷恨。其實他積怨已深，因他倚老賣老喜歡出主意，但盧俊是個有主見的人，不肯事事聽從他的。

「那個新囚犯的一舉一動，你都給我密切監視。若發現有可疑的，立刻向我報告。」他吩咐一個獄卒。

「知道了。」獄卒李根回答。

紹卿在獄中受到特殊待遇，但是他一想到文康近在咫尺卻如隔天涯就焦慮不安。為了打探摯友的下落，他經常把難得的食物讓給看守牢房的李根吃。

過了一個月，他覺得和李根也算是朋友了，便懇求說：「我聽說這監獄裏關了一個瘋子。你能讓我在放風時偷偷地見他一面嗎？」

「奇怪，你為什麼要見瘋子呢？」

「我懷疑他是一個失蹤已久的好朋友。」

「這事情太冒險了。讓我考慮幾天再答復你吧。」

當晚，李根向毛威報告：「孟紹卿請求我帶他到犯人放風的場所去，他想看瘋子。」

「看瘋子！他怎麼知道這裏關有瘋子？」毛威愕然問。

「他聽人說的。」

毛威忽然像開竅了似地，拍案而起，說：「妙哉。瘋子是因間諜罪才入獄的，孟紹卿一定是他的同黨。過去盧俊一直庇護著瘋子，如今他又秘密保護孟紹卿，可見他是他們的頭子。」

「不，我不相信獄長是間諜頭子。你有證據嗎？」李根說。

「證據鑿鑿。例如，段永福原本就是特務，盧俊卻讓他作理髮師，這是聯絡黨徒最便利的方法。有關瘋子的事一定是他洩漏給孟紹卿的。」

「哦，原來段二指也是活躍的間諜。」李根更加驚奇。

「等我們證明瘋子是裝瘋，盧俊就再也掩飾不住他包庇間諜的事實。」

「你要審訊瘋子和孟紹卿嗎？」

「我有妙計可使他們不打自招。你只要依計而行。」

李根聽了毛威的計策，領命去了。

半夜三更，紹卿被人叫醒。

「你要求我帶你去見瘋子，今夜是個好機會，快跟我來。」李根說。

紹卿真以為在作夢，然而故友重逢的美夢他想作到底，所以毫不猶豫地跟著走了。

蘇文康也被隔離監禁，但他的境遇比紹卿悲慘多了。牢房陰暗，除了一張床，一無所有。這天夜裏，他饑餓得輾轉難眠，不免又想起往事。自從與愛妻一夜相聚後，他就被囚禁。在獄中，他結識了段永福。有一次，他們一起在田裏割麥，永福提起當年被捕時有個女人也在偷渡船上落難，她自稱蘇秀玉，是來尋夫的。文康怔住了，因為蘇秀玉正是他的妻子的化名，一時裏無限愧疚和悔恨湧上心頭，他舉起鐮刀就往脖子上一抹，企圖自殺。幸而，永福奮不顧身，死命抓住了他的鐮刀，以致他的傷口割得不深。他被送到醫院救活了，可是永福的左手兩根手指頭被鋒利的鐮刀截斷。接著，侯健民來探他的獄，惹出一件莫須有的間諜案子。他不堪毛威的逼供，開始裝瘋作傻。案子終因缺乏證據被撤銷了，他卻無法恢復作正常人。多虧盧俊禁止毛威虐待他，他才得苟延殘喘。

自從成了瘋子，他不曾理髮剃鬚，長髮已過肩，鬍子滿腮，看來像個野人。

驀然，牢門被打開，天花板上的燈也亮了。有人走近他的床，叫道：「蘇文康，真的是你嗎？你快醒醒呀。」

他猛地翻身坐起，卻把來人嚇了一大跳。

紹卿乍見一個蓬頭散髮，形態恐怖的人，不由得驚叫一聲：「唉呀！」仰跌在地上。

他還沒定過神來，瘋子已撲到他的身上，貼近他的臉，仔細瞧。

忽地，瘋子仰首發出一聲悲鳴：「嗚哇。」接著，舉手摑打他的雙頰。

他一面舉臂招架，一面叫道：「文康，我是孟紹卿呀，你不認得我了嗎？」

瘋子益怒，罵道：「你這笨豬，自投羅網，還敢冒充我的朋友，我打死你。」

從這句話中，紹卿意識到他沒瘋，頓時悲喜交集，嗚嗚地哭道：「喔，你不是瘋子。文康呀，我終於找到你了。」

文康停止了毆打。他倆相擁而泣。

驀然，聽見聲響，紹卿回頭一看，駭然發現李根和毛威一起走進來，他們身後站著四個獄兵，他頓時覺悟，說：「啊，李根，你出賣了我！」

「原來瘋子只是裝瘋，你們早就認得的。副獄長完全猜對了。」李根說。

「我要求見獄長，當面向他解釋。」紹卿說。

「哈哈，這又證明了我的另一個猜測，盧俊是你們這個集團的頭領。」毛威大笑說。

文康衝到他面前，喊道：「你整天這個集團，那個集團，無非是想藉口殺人。」

毛威知道他沒瘋，但見了他的模樣還是有點害怕，倒退了一步，叫道：「來人，快把他們銬起來。」

獄兵們立刻上前，執住文康和紹卿，將他們的雙手反銬了。

「你們若想活命，就得招供盧俊是你們的首領。」毛威說。

「你休想。我們寧死不會幫你作偽證。」紹卿憤然說。

「哼，你們一日不招供，就一日沒飯吃，等著餓死吧。」

「你企圖謀殺我們，你是凶犯。」文康說。

「犯人餓死，盧俊要負責。何況，他還有殺人滅口的動機。」毛威說。

「原來你謀害我們，是想嫁禍盧俊。」紹卿說。

「廢話少說。」毛威發怒了，向獄兵下令：「將他們關到地牢裏去。」

地牢裏，黑暗無光。

「文康，想不到，我找到你，反害了你。」紹卿悲哀地說。

「不，我只恨不早點死，害得你為尋我而來陪葬。」文康說。

忽聽得，邊上有人微弱地說：「瘋子，你也被關進來了嗎？」

「段永福，原來你也已被關入地牢了。」文康驚道。

三人爬行，湊到了一塊，已沒力氣再說什麼了。絕望令地牢變得更黑，他們感覺如同被活埋了。

【第九章】

如幻如真　兩世為人

王蘭神智漸漸清醒，可是喪失了對往事的記憶。她只知道小鈴是她的女兒，卻不記得她的丈夫和兒子，甚至忘了自己的身世。

她尚未完全復原，就獲准出院了。一連串的天災人禍使得全國缺糧，精神病醫院裏也感到緊縮的壓力，少一個病人，就少一個負擔。

回家後，才過了一個星期，她就開始抱怨。

「黃浩，怎麼晚餐就只有稀飯和鹹菜呢？」

「唉，沒法子。妳剛從醫院回來就嚷著要打牙祭，才幾天功夫就把一個月的配糧吃掉了大半。若再不省吃儉用，我們就要絕糧了。」黃浩說。

「你胡說，我不相信。」蘭生氣了。

「媽媽，是真的。大家都在挨餓，我們班上有些同學連中飯都沒得吃。」小鈴說。

「只要小鈴的爸爸回來就好了，他一定會有辦法解決饑荒的。」黃浩說。

東歐一個小國家，一間公寓內坐著一個孤寂的中年男人。他思念著病中的妻子、孤零的幼女，還憂慮

祖國的混亂局勢。為了排除沮喪，他點起一支又一支煙來抽，彷彿變成了一個噴雲吐霧的怪獸。

驀然，門鈴響了，他走去打開門，是大使館派來的傳信員。他收下一封機密文件，打開看了，得知他將被委任為中央一個部門的首長，必須立刻應召回國。他的放逐生活終於可以結束了。

抵達北京，下了飛機，他被接送到一棟已預先為他安置好的住宅。

他的第一個訪客是言得軍。

「友義，你回來了真好。總理將會有重要任務交託你去辦。」

「我出國三年了，對國內情況不大清楚。曾聽大使館的人說大躍進成果輝煌，但最近看到一份機密文件，提到彭德懷因批評了冒進政策而被整肅了。這到底是怎麼回事？」

「彭總說了實話。農夫都去錬鋼，耽誤了秋收。人民公社辦大鍋飯，吃光了存糧。基層幹部瞎指揮，搞衛星田，揠苗助長，又虛報糧食產量。兩、三年攪下來，全國爆發了大饑荒。農民餓得提不起鋤頭了，工人也無力生產，整個經濟已面臨崩潰。」

「啊，這麼嚴重！」友義驚道。

「如今，我們必須力挽狂瀾，改絃易轍，來搶救這場災難。」

「救災的任務，義不容辭。不過，我也想知道妻女的情況。」

「王蘭已經出院。你接受任命後，就可把妻女一起接到北京來住。」

友義稍一安頓，即趕來探望久別的妻女。因擔心妻子的反應，他在了公寓門外踟躕了好一會，才鼓起勇氣去敲門。

「首長，你回來了！」黃浩打開門，感到意外地驚喜。

「黃浩，久違了，蘭和小鈴都在家嗎？」

「都在。請進吧。」

小鈴在房內聽見父親的聲音，急忙跑出來，叫道：「爸爸。」隨即投入他的懷抱，喜極而泣。

「小鈴。」友義低頭端詳女兒，見她面黃肌瘦，心疼地說：「妳太瘦了。」

忽聽得一個熟悉的聲音說：「她每天都吃不飽，那能不瘦呢！」

他猛抬頭，見愛妻站在面前，不禁悲喜交集，叫道：「蘭。」

蘭這時才看清他的臉，一種似曾相識的感覺襲擊了她，令她怔住了。他惟恐她仍懷著仇恨，便靜止不敢動，也不敢出聲。

他倆默默地對望了好一陣子，她先開口了，問：「你是小鈴的爸爸？」

友義覺得驚異。聽黃浩在他耳邊說：「蘭姐失去了記憶，從前的事都不曉得了。」他才大大地鬆了口氣，說：「是的。我是程友義，妳的丈夫，小鈴的爸爸。」

「你是個無情無義的人。見我病了，你丟下女兒不管，自個出門遠走了。」

「不，我是不得已才出國的。我保證，今後再也不離開妳們母女了。」

「我聽黃浩說，你會有辦法拯救饑餓的民眾。這是真的嗎？」

「我將盡力而為。我還需要妳的幫助。」

「我能幫你什麼？」

「只要妳答應留在我的身邊，讓我看見妳的笑容，我就會有勇氣克服一切困難。」

「這倒容易。」蘭說，即刻對他展顏一笑。

友義歡喜得落淚。

不料，她即刻收起笑容，說：「好了，我對你笑過了，你可以去救災了。」

「別急。我想先帶妳和小鈴去北京，把家庭安置好。」

「去北京？好呀，可以見到毛主席，為民請命。」蘭同意。

「爸爸，黃浩可以和我們一起去嗎？」小鈴著急地問。

友義轉首望著浩，笑道：「我們還少得了他嗎？當然是帶他一起去啦。」

「謝謝首長。謝謝小鈴。」浩放心了。

「我們什麼時候去北京呢？」小鈴又問。

「明天中午就乘飛機走。」

「這麼快。明天我不用上學了嗎？」

「妳不用去了，請黃浩去學校說一聲就行了。時間不早，妳該去睡了。」

「好，爸爸、媽媽、黃浩，晚安。」小鈴乖巧地走了。

「我也累了。晚安。」蘭說。逕自走入了臥房，像平日一樣，關上房門，並沒有考慮到丈夫的睡覺問題。

「首長，你也進去睡吧。」黃浩說。

「不，還是等她先睡著了，我再進去吧。我們坐下聊聊。這幾年，多虧你照顧她母女倆，真辛苦你了。」

「其實是因阿蓮的照顧，蘭姐才復元得這麼快。她和江進田還幫我照顧小鈴。」

「我知道了。你先睡吧。我去洗個澡，也將睡了。」

友義洗完澡，穿上睡衣，走進臥室。室內有盞小燈整夜開著，他看見蘭睡在一張大床的中央，不願驚醒她，便在床邊的椅子上坐著睡。因旅行疲憊，不一會他便沉沉地睡去。

蘭被他的鼾聲驚醒，發現他斜靠在椅子上睡著了，身上蓋的外衣有一半掉落在地上。

這人自稱是她丈夫。她對他感到好奇，又怕他著涼，就去櫥櫃裏取出一條毯子，替他蓋上了。不料，弄醒了他。

他睜開眼，見她站在身邊，便握住她的一隻手，溫柔地叫了一聲：「蘭。」

蘭吃驚，抽回手，說：「你醒了，快出去吧。這是我的房間。」

「不，這是我倆的房間，這張床也應該是我們共睡的，因為我們是夫妻。」

她想了一下，不知如何反駁他，只得同意：「好吧。我們各睡一邊。」

她只想睡覺，完全沒顧慮其他的事。於是，他們一起上了床。

他緩緩地移動身子向她靠攏，碰觸到她柔軟溫暖的軀體，感到無限的欣喜。她也同樣地被一股暖流吸引，竟不能自禁地貼近他。

他得寸進尺，伸展手臂將她摟進懷裏。她側臉望著他，突然哭了。

「啊，對不起。我冒犯了妳。」他慌忙道歉，想收回手臂。

但她靠在他懷裏，泣道：「我不記得了，以前的事全都記不得了。每次，我努力去想，都像掉入一個黑洞裏，似乎有一群鬼怪奪取了我的記憶匣子，我不敢前去討回。」

「那麼，就不要再去想過去的事吧。我們一切重頭來過。好嗎？」

她點了點頭，停止了哭泣。

他吻去她臉上的淚痕。瞬時，全身像被充了電，愛慾一發不可節制，他解開了她的睡衣，饑渴地享有她。

她沒反抗，任他佔有，愛著，纏綿地與他交合了。

早晨，小鈴一醒來便奔出臥房，看見黃浩，問：「我爸爸呢，他走了嗎？」

「噓，小聲點。妳爸爸和媽媽都還在房裏睡覺，妳別吵醒他們。」

「真的嗎？快讓我瞧瞧。」小鈴好奇，想去打開一道門縫偷看。

「不行。」黃浩急忙阻擋她，說：「小孩子怎麼能偷看大人們睡覺呢！」

「你讓開。我只瞧一眼就好了。」小鈴耍賴喊道。

忽然，房門被自內打開了，友義出現在門口，含笑說：「早安。」

小鈴迫不及待地上前，問：「爸爸，昨夜你真的和媽媽一床睡嗎？」

「當然囉。妳若不信，就問媽媽吧。」友義笑道。

蘭也走出來了，含笑不語，算是默認了。

「好呀。爸爸和媽媽和好，永不分開了。」小鈴拍手歡呼。

聽見敲門聲，黃浩走去打開門，見一門外站著一個幹部，雙手捧了一袋食品。

「省委聽說程友義同志來了。特地叫我給他送早餐來，還令我傳話。」來人說。

黃浩接過食品袋，請他進來了。

「程同志早安，省委想請你吃完早餐後就去會見他，不知你是否能赴約？」

「好的。但十一點前，我必須趕回來。」友義說。

「我已備了車子，會在樓下等候你。」幹部走了。

黃浩將袋裏的東西拿出來放在桌上。有一大罐熱豆漿，還有六個香噴噴的燒餅。這在當時是極難得的食物。

「省委為我的家人賑災來了，可是老百姓的饑荒問題怎麼解決呀。」友義感嘆著說。

「好久沒吃到燒餅了，我要一個。」小鈴流口水了，隨即拿了一個來吃。

「黃浩，你也一起來吃吧。」蘭說。

黃浩強忍著饑饞，說：「不。我已習慣不吃早餐了。我出去走走，一會兒就回來。」

「別走，快坐下來吃。我可不要一個餓得沒力氣的衛士。」友義說。

黃浩聽說，高興地走到桌前坐下一塊吃。

他們喝完了豆漿。每人吃了一個燒餅，還剩下兩個，準備留著晚點再充饑。

吃完早餐，友義穿戴整齊，帶著黃浩走了。蘭和小鈴在家收拾行李，恰巧，阿蓮來訪。

「阿蓮，妳來得正好。要是再遲一步，恐怕見不到我們了。」蘭歡喜地說。

「你們要搬家了嗎？」阿蓮驚詫異問。

「是的，爸爸回來了。他要帶我們乘飛機去北京。」小鈴說。

「呀，友義回來了，怎麼不見他呢？」阿蓮半信半疑地說。

「他去見省委了。等他回來，我們就得走了。」蘭說。

「我恐怕再見不到你們了。」阿蓮傷心泣道。

「阿蓮，妳別難過。等我們到北京住定了，我會給妳寫信的。」蘭說。

「是呀，表姑婆，將來妳和姑公可以到北京來看我們。」小鈴說。

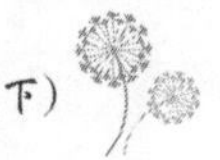

「我們都餓得腳起水腫了，只怕去不了北京，先餓死了。」阿蓮搖頭，悲哀地說。

「啊，早上省委給我們送早餐來，還剩兩個燒餅。妳先吃一個吧，另一個帶回去給進田吃。」蘭說。

阿蓮一見燒餅，如獲至寶，把兩個都收下了，說：「一個我回家和進田平分，另一個我要留給重慶吃。」

「廚房裏還有些剩下的鹽、糖和半罐茶葉。我們用不著了，妳都拿去吧。」蘭說。

「如今這些東西都成了寶物，很難買到。你們帶不走的，我全要了。」阿蓮歡喜，即刻去廚房收拾。

不久，友義回來了，一進門就說：「妳們母女準備好了嗎？我們得馬上出發。」

「友義，阿蓮來了。」蘭說。

「阿蓮，真高興見到妳。我要謝謝妳照顧我的妻女。」

「不用謝，能陪伴她們是我的安慰。現在她們要走了，我真捨不得，可是你們團圓了也好。」

「真對不起，沒時間和妳多聊，我們得趕往飛機場。」友義隨即從衣袋中取出一疊錢，交給她說：

「這些妳拿著用吧。」

「不用了。剛才蘭給了我兩個燒餅和一些廚房裏的東西。」

「別客氣了，收著吧。再見。」友義將錢塞入了阿蓮的手袋裏，就匆匆忙忙地帶著一家人走出去。

阿蓮看著他們坐上了汽車走了，突然感到不安全，害怕周圍的人會來搶她的手袋，便急忙離去。

【第十章】

誤打誤撞　吉人天相

平日，進田一早就下工。這天，阿蓮焦急地等著他回來，他偏偏遲歸。

她煮好了一鍋稀飯做晚餐，一個燒餅也放在桌上，準備和他分享。久等他不來，她忍不住饑餓，先把半個燒餅吃了。

直到晚上十點，進田才回到家，喊道：「我快餓死了。阿蓮，有什麼吃的快拿來。」

「你現在才回來，去哪兒了？」阿蓮抱怨。

「路邊有幾個餓死了的人，我幫忙把屍體帶到郊外去埋葬了。」

「稀飯冷了，我再去煮熱。這兒有半塊燒餅，你先吃了吧。」

進田驚奇問：「你在哪裏買到燒餅呀，市面上不是早已絕跡了嗎？」

「這不是買的，是玉蘭給我的。我已吃了一半，剩下這半塊是你的。」

她還藏了一塊準備給兒子吃，不想讓進田知道，以防他偷吃。

進田很快把燒餅吃完了，仍覺得餓。

阿蓮給他盛了一碗稀飯，說：「有個好消息，友義回來了。今天中午，他已把妻子和女兒都接到北京去了。」

進田一聽，忘了肚餓，問：「真的嗎！妳有沒有見到他？」

「我只和他匆匆地見了一面，他就帶著家人去飛機場了。」

進田緊接著追問：「妳可曾向他打聽紹卿的消息？」

阿蓮驚道：「啊，我忘了。不過，當時連和他多說幾句話的時間都沒有。」

「妳呀，人家給了妳一塊燒餅，妳就樂得什麼都忘了。前兩天，你還擔心紹卿會在勞改所餓死了。這回，卻白白失去了一個能救他的機會。」進田毫不留情地大聲指責。

阿蓮既委屈又後悔，難過得哭道：「可憐的紹卿，我真對不起他。」

「噓，別哭了，好像有人敲門。」進田說。

阿蓮連忙擦淚，驚慌地說：「這麼晚了，誰會上門呢？」

「妳別動，讓我先去看看。」進田說完便壯著膽去開門。

他向外探頭一看，立刻嚇得倒退了兩步，叫道：「有鬼。」

不料，來人閃進屋子裏，關了門，說：「我是王竹清。」

他兩頰深陷，面容瘦得像骷顱，又穿了一身黑衣服，夜裏看不清下身，以致被進田誤以為是鬼魂。

「竹清，原來是你。」進田定了神，驚喜地叫道。

阿蓮上前招呼，說：「竹清，快請坐。你怎麼來的？」

「一言難盡。我好餓，兩天沒吃東西了，你們有食物嗎？」

「有，有，我們正要吃晚餐。」進田即刻將鍋裏的稀飯全倒到碗裏，給他吃。

竹清一口氣把稀飯喝完了，還用舌頭舔著飯碗。

進田見狀，把自己的一碗也給他，說：「你把這一碗也吃了吧。我和阿蓮剛才已分了一個燒餅吃。」

竹清也不客氣，又吃完了一碗稀飯，這才感慨地說：「你們城裏人真幸運，還有稀飯和燒餅吃。鄉下人把樹皮都啃光了，每天餓死的人，不計其數。」

「其實，平日我們也都吃不飽，今天碰巧有人送給阿蓮一塊燒餅。」

「竹清，你是幹部，怎麼也弄得兩天沒飯吃呢？」阿蓮問。

「實不相瞞。我現在已成了通緝犯。」

「啊，你為何被通緝？」

「縣裏的人都快餓死了，縣長還在唱高調，昧著良心繳功求賞，所以我決定去北京告他的狀，如今他正派人追捕我。」

「狗縣官，真該殺。」進田罵道。

「可是去北京路途遙遠，我身上既沒有錢也沒糧，只怕餓死在半路。」竹清說。

阿蓮聽了，立刻說：「我正好有些錢，是程友義給我的。還有，玉蘭給了我兩個燒餅，我原藏了一個準備給兒子吃的，現在全送給你在路上用吧。」

「啊，妳說程友義已經回國了嗎？」竹清驚訝地問。

「是呀。今天早上我還看見了他。只可惜，當時他匆匆忙忙，要帶家眷去乘飛機上北京，沒空和我多說，只塞了一把錢給我就走了。」

「好極了。」竹清喜道：「我正愁告不成狀，現在好了，可以向他求助。阿蓮，妳有他在北京的地址嗎？」

「沒有。不過，你到北京後，大概可以打聽到的。你若見了他，千萬要記得請他為紹卿平反。」阿蓮說。

「啊，紹卿也被打成右派份子了嗎？」竹清驚問。

「他被下放到北大荒，已經三年了，一點消息也沒有，不知是否仍被關在那裏。」

忽聽進田說：「我決定和竹清一起上北京，去替紹卿伸冤。」

阿蓮立刻反對：「你瘋了。沒有單位批准，你怎能說走就走？」

「這年頭，一個清道夫失蹤了，誰會在乎呢？若有人問起，妳就說我餓斃街頭，被野狗叼走了。」

「進田，路上能有你作伴固然好，但是我若被捕了，你也會跟著遭殃的。」竹清說。

「我不怕，寧可和你共生死。」

「我想繞道先到山西去看我的一個老戰友，請他設法送我上京，這樣或許可以避過追捕者的耳目。」竹清說。

「行，無論你選擇那條路走，我都願意跟隨。」

「好，我們半夜裏就起程吧。」

進田和竹清說定了一起走。阿蓮只得同意，把友義給她的錢全部轉送給他們做盤纏。

天未亮，他們就出發了。

他倆沿途向北上的卡車司機請求搭載。從一個城鎮到另一個，司機收了些錢就讓他們上車。結果，只花了一天的時間就順利地到達了山西境內。

「竹清，你的老戰友住在哪裏呀？」進田問。

「他是一所監獄的獄長。從這裏起，我們沒便車搭，只能走路了。」竹清說。

他們跋涉了很久，走過一段崎嶇的山路，才來到目的地。

盧俊聽說門外有人求見，連忙走出來，問：「同志，請問你是那個單位派來的？」

「盧俊，我是王竹清呀，你不記得我了嗎？」

「噯，王竹清，原來是你。實在太意外了，而且你瘦得幾乎讓人認不出了。」

「不怪你。我們分離已有十多年了。」

「可不是麼。我們是在勝利的前一年分手的。想不到，重逢時會是這麼個情況，真令人感嘆呀！」盧俊握著竹清的手，眼眶濕了，但望見了進田，立刻警惕地問：「你身邊這位同志是何人？」

「他是我的好朋友，名叫江進田。」

盧俊請他們一起進到辦公室裏坐了，敬了茶煙，卻皺著眉頭，欲言又止。

竹清見他半晌無語，便說：「盧兄，我知道目前家家缺糧，你一定也有難處。請不必擔憂，我們自帶了些乾糧來。」

「不，你誤會了。我們曾是親密的戰友，我會在乎分你一口飯吃嗎？實在是，此處剛發生了一件令我十分困擾的事。我怕你們也受牽連，只好請你們喝完茶就走吧。」

「你這就不對了。我們本是有難同當的好兄弟，你既有為難的事，何不對我說呢？也許我能為你出個主意。」

「最近獄中餓死了不少犯人，我想即使缺糧，也不至於此。前天，我親自去糧倉調查，這才發現副

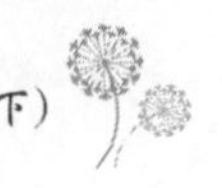

獄長毛威偷盜了糧食，暗地運回家。我便下令將他拘捕。不料，他竟反咬我一口，指控我是間諜集團的頭子。」

「你有人證物證，而他只憑口亂說，你何懼之有？」竹清說。

「問題是，有些事情糾纏在一起，真叫人百口莫辯呀。」

「難道說，你有把柄落在他手上？」

「說來話長。大約一個月前，有一名囚犯被押到此地，我依照上級的指示，將他軟禁。想不到，毛威說這人是間諜，特來與獄中關著的兩個犯人聯絡的，並指控我是他們的同黨。」

「那麼，你何不當面訊問這幾個犯人呢？」

「可恨。毛威竟瞞著我，將這三個重要的犯人秘密監禁。又乘我尋找他們時，他逃走了，還揚言說要上北京告我的狀。剛才我聽說有人來見我，還以為是北京派來的調查員。不料，是你們。」

「這三個囚犯，你找到他們了嗎？」

「我已查知他們被關在地牢裏，毛威帶走了地道出口的鐵門鑰匙。為了避嫌，我沒將他們救出，只派人每日給他們送飯，等待有關單位派人來澄清此案。」

進田聽到這裏，忍不住插嘴說：「盧俊，你真太老實了，竟將如此重要的證人，任由毛威擺佈。要是他謀害了證人，卻誣告你殺人滅口，你將如何自辯呢？」

「哎呀，我怎麼沒想到這一點呢！我馬上去地牢查看。」盧俊大驚說。

「我們跟你一起去，也好為你作證。」竹清說。

到了地道口，盧俊令衛兵用槍柄敲開了鐵門鑰匙。走到地牢的門外，竟發現李根吃飽睡著了，他的身邊放了四個空飯碗。

「混帳，快起來。」盧俊踢他一腳，喝道。

李根被踢醒，睜開眼一看，立刻嚇得趴地求饒：「盧獄長，請饒了我吧。我只是奉毛威的命令行事。」

「少廢話，快打開牢房的門。」盧俊喝道。

「是，是。」李根不敢違令，隨即去開門，點燈。

盧俊踏進牢房，一眼瞧見地上倒臥著三個人，還以為是三具屍體，驚叫道：「啊，他們都已死了嗎？李根，你是怎麼害死他們的？」

「毛威下令，他們一日不招供，就一日不給飯吃。」李根說。

「混帳。你剝奪了他們的食物，獨自一人吃了四個人的糧，你還有良心嗎？」盧俊氣得大罵，又問：「他們已餓了幾天了？」

「已經有三天沒吃沒喝了。」李根說。

竹清走進去，將一個倒臥的人翻轉來看，即驚駭地大叫：「嗄，孟紹卿！」

進田一聽，撲上前，大哭起來：「天呀，你死得好慘呀。」

紹卿原已昏迷，被他哭醒，張開眼迷惑地說：「進田？」

「啊，你還活著。謝天謝地。」進田反悲為喜。

竹清又去查看了另兩人，說：「他們也還有氣息，救人要緊。」

盧俊立刻令人將他們抬出去急救，反將李根囚禁在地牢。

紹卿被抬回他原先住的牢房，進了食，慢慢脫離險境。竹清和進田守護他一夜，確定他已無生命危險，便向盧俊告辭。

「盧兄，我這次前來，原本是要轉道上北京，為民請命。我準備先去見程友義請他協助我呈上狀紙。」

「啊，你要去見程友義同志，好極了，他最清楚蘇文康的案子，必能證明毛威對我的指控是莫須有的。」

「為了爭取時間，我想請你借我一輛車子。」

「沒有問題。我馬上派人開車送你去北京。」

【第十一章】
恩恩怨怨　先公後私

友義夫婦搬到北京後，有如新婚，彼此相愛又相敬如賓。然而，好景不長。

一天下午，有人運來了兩個大箱子，說是他們在舊居裏收藏的東西。蘭簽收了，請運貨員將其中一個標明是衣物的箱子搬到房間裏去。

她正缺衣服穿，便打開箱子，將衣服一件件取出，試穿了兩件女裝都很合身，覺得份外高興。有些是男裝，她猜想是友義的，也都取出掛進衣櫥。

最後，在箱底，她發現了一堆相簿，取出一本來看，第一頁是一張全家福。

望著一位青年的臉，腦裏像轟然響了一聲，她猛然記起她還有個兒子，但想不起他如何失蹤了。她急迫地要找答案，一頁頁地翻著相簿，往事開始從記憶匣慢慢地傾洩出來。她記起了自己還有一個名字叫孟玉蘭，接著，回憶便像洪水一般向她沖來。

她看到最後一張和紹卿夫婦的合照時，已覺得頭痛欲裂，雙手捧住了頭，在地板上翻滾，流淚呻吟，但是她堅持要追想到她發狂的前一幕。

她的腦海中，終於重現了友義拿著灌滿麻醉劑的針筒向她刺來的情景。她大叫一聲，昏暈了過去。

友義聞訊趕回家，見臥房地上攤開著數本舊相簿，心知不妙。

蘭已被抬上床，甦醒了，但兩眼望著天花板，一動也不動。

他伸手去撫她的臉，說：「蘭，妳記起了往事，是嗎？妳答應過我，一切重頭來起的。」

「你把我和往事一起埋葬了吧！」她開始哭泣。

「不，請妳給我一個贖罪的機會。」他哀求。

忽然，她跳下床，一面撲打他，一面罵道：「你是罪人，你是魔鬼！」

他只得退出臥房。

蘭病倒，拒絕進食。友義也感染了她的憂鬱症，連請了三天病假。

第四天早上，言得軍來訪，一進門，就大發雷霆。

「程友義，你是怎麼搞的？眼下到處鬧饑荒，中央決定派專員到重災區調查。你那組人兩天前就該出發了，你卻稱病一再拖延。」

「對不起，實因蘭病重，朝不保夕。我怕一走，就再也見不到她了。」

「王蘭病了，你為何不送她到醫院去？」

「我放心不下，我已經變得六神無主。」

「豈有此理！你快帶我去見她。」

友義正要帶言得軍上樓，卻見黃浩走進來報告：「有位叫王竹清的同志求見，江進田也和他一起來了。」

「王竹清？」友義驚奇道：「原來他還沒死嗎？快請他們進來。」

竹清走進來了，進田跟在他的後頭。

友義急忙上前握住他的手，激動地說：「你就是當年在尤家莊和劉大成一塊起義的同志嗎？我記得，在逃亡的途中，你為掩護我而中槍倒地。我一直以為你已喪生，原來你還活著。你為何不一早來見我呢？」

「當時我受了重傷，幸而被一個上山採藥的中醫救活了。後來我加入了八路軍，打過不少仗，還升為副團長。可是解放後，我在鬥爭會上為李勇辯護因而被開除了軍籍。」

言得軍突然插嘴，說：「咦，你不是于帆的部下嗎？我曾受于帆之託為你平反。」

「啊，原來言司令也在此！」竹清驚喜，又轉向友義說明：「于帆團長在朝鮮陣亡，臨終前保釋了我。言司令為我平反，組織部派我回鄉當了副縣長。」

「原來如此。請你們坐下再談吧。」

友義邀請大家都坐下了。

得軍不等竹清說明來意，先發問：「你快說，你那縣裏也鬧饑荒嗎？」

「災情慘重。全縣已有上萬人餓死。目前有不少村民只靠野菜草籽維生。我正是為此來北京為民求援的。」

「你們那裏是稻米之鄉呀，怎麼會變成這樣呢？」友義驚道。

「友義，你不能再耽誤時間了。我令你立刻出發，隨竹清去調查災情，將虛報產量的官僚繩之以法。」得軍說。

「是的，我不能坐視了。我決定將王蘭送去醫院，然後就帶隊出發。」友義說。

江進田原本默默地坐在一旁，這時驚問：「程友義，你又把老婆逼瘋了嗎？」

「放肆！你是何人，竟敢用這種語氣向首長說話？」得軍呵叱。

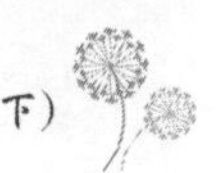

「不要緊，他是蘭的姑丈。」友義轉向進田解釋：「我沒逼害她。只因她恢復了記憶，想起往事，憎恨我，故而又病發了。」

「我可以幫你勸勸她。不過，你得先答應釋放孟紹卿。」

「啊，紹卿還沒被平反嗎？」友義問。

「不但沒平反，還差點在監獄裏喪了命呢！」進田說。

竹清接著將毛威的惡行以及盧俊的難處都說了。「這件案子並不單純。毛威已潛逃來北京告狀，盧俊擔心審案者不明是非，有冤難申。」

「為孟紹卿平反和調查毛威的事，全包在我身上。友義，你只管全心放在救災上就行了。」得軍說。

「好。我先帶你們去見蘭。她若知道紹卿將獲得平反，或許病情會好轉。」

房間裏，蘭坐在椅子上，一個女護士正餵她吃粥，勸著：「再吃一口吧。這一口，就算是為小鈴吃的。」

蘭勉強張口正要吃，瞧見友義進來，立刻轉過頭去，不吃了。

友義示意護士退下，上前說：「蘭，妳瞧，是誰來看妳了。」

蘭只是不理不睬。

「王蘭，妳心裏究竟有什麼不痛快，儘管和我說吧。我替妳作主。」言得軍說。

「我要和程友義離婚。」蘭抬頭說。

「這個，你們夫妻之間的私事，我管不著。不過，我已知道妳叔叔孟紹卿的下落，我準備幫他平反。」

果然，蘭聞言精神一振，說：「真的，你沒騙我？」

「當然是真的。妳若不信，可問兩個證人。王竹清、江進田，你們都進來吧。」

進田和竹清走進來，都說：「我們可以作證人。」

「啊，進田，你來了。阿蓮沒和你一起來嗎？」蘭驚訝地說。

「阿蓮沒來。我原是陪王竹清來北京為災民求救的，卻意外地找到了紹卿。」進田又勸道：「友義要去調查災情，可是放心不下妳。不管你們過去有多少恩恩怨怨，妳就饒他這一遭，好讓他安心去救災呀。」

竹清也說：「為了救父老鄉親的性命，我請求妳，不要讓友義同志為難了。」

蘭終於回心轉意，望著友義說：「你快去辦緊要的事，別以我為念。一切都等你回來後再說吧。」

次日，程友義帶了一批隨員和王竹清一起乘火車到達目的地。在行館安頓後，他即派隨員們分頭到鄰近的村鎮去調查災情。

他親自出巡，只由王竹清和黃浩陪同，他們都穿戴簑笠，打扮得像農民一樣。

原是富庶的稻米之鄉，卻因天災人禍，變得一片荒涼。沿路見饑民乞食，友義不禁毛骨悚然，災難的嚴重性超出了他的想像。

來到縣政府門前，竹清意外地瞧見妻子，他一高興竟忘了要偽裝，跑上前叫道：「麗紅，我回來了。」

麗紅見了他，先是驚訝，接著揚手摑了他一掌，罵道：「哼，你還有臉回來。」

「嗄，妳為何打我呀？」竹清吃驚問。

「你拋下我和一對兒女逃走了，害得我們幾乎餓死。還不該打嗎？」

「我是不得已的。為了要解救饑荒，我到北京去了一趟。」

驀然，彭大通走出來，喊道：「快抓住叛徒王竹清。」

竹清立刻被武裝警察執住了，他掙扎說：「放開我。我不是叛徒。」

「你膽敢去北京告狀，我把你這反革命份子就地槍斃了！」彭大通狠狠地說。

民眾聞訊，紛紛圍攏來抗議：「王竹清是好人。快放了他。」

彭大通驚慌了，命令武警準備鎮壓，喊道：「大家肅靜。誰敢替他說話的，就與他同罪，一律格殺勿論。」

村民知道他心狠手辣，在槍口下，只得悚然靜默，敢怒不敢言。

忽然，有一人從群眾中站出來，說：「彭大通，你連我也敢殺嗎？」

彭大通聽他的口音不像本地人，驚疑問：「你是誰？」

友義昂首，指著他罵道：「你有眼不識泰山。再仔細瞧瞧，我是誰。」

彭大通認出他是一位新上任的中央首長，頓時嚇得面如土色，緊張地說：「嗄，你，你是程友義同志，你幾時來到敝縣的？失迎，失迎。」

「我是被王竹清請來的。你還不快放了他。」

「是，是。我立刻放他。」大通連忙親自去為竹清打開手銬，低聲求他說：「竹清，對不起。請你看在我替你照顧家小的份上，原諒我吧。」

「少廢話了。首長來查帳，你照實報吧。」竹清說。

大通請友義進了縣長辦公室。

友義查看文件和帳目，說：「這文件上明明報了畝產萬斤，怎麼還會有人餓死呢？」

「因為接連發生了水災和旱災，上頭徵糧的指標不變，我們只好把倉庫的存糧全上繳了。」彭大通說。

「哼，你欺下瞞上，還敢狡辯。」友義生氣地把文件往桌上一摔，說：「這些都是假帳，不用浪費時間看了。你帶我去農村看看。」

村子裏，男女老幼都骨瘦如材，只靠野菜和雜糧勉強過活。

走到一戶人家，裏面靜悄悄的。「這是張寡婦的家。她丈夫參加赴朝鮮的自願軍陣亡了，她和一個女兒相依為命。」王竹清說著，向臥房裏望了一眼即大驚失色，喊道：「不好，她母女倆都已餓斃了！」

眾人進房裏看，床上躺著兩具枯木似的女屍，一具是中年婦人的，另一具是個女孩。

忽然，女孩的眼皮微微動了一下，竹清趕緊去測她的脈搏，說：「她還有氣息，可以救活。」又測了張寡婦的，說：「可是，她母親確實已死了。」

「快把女孩抱出去，設法救她。」友義說。

黃浩將垂死的女孩抱起，由竹清引導，來到農村裏唯一的一間醫院。

女孩被救醒了。由於兩頰深陷，一雙眼睛顯得特別大，她迷惑地望著圍住她的人，怯怯地問：「我還活著嗎？」

「是的。好在我們及時發現妳，把妳救活了。」竹清說。

「我媽媽呢，她也被救活了嗎？」

「很抱歉，我們沒來得及救妳媽媽。」

女孩哭了。周圍的人都覺得心酸。

「孩子，妳叫什麼名字，有多大了？」友義撫慰著她問。

「我叫張崇美，十歲。」

「崇美，妳好好在這裏休養。我們還會再來看妳的。」友義說。他準備去別處視察，轉對竹清說：「你不必跟隨我了，先回家去看看你的孩子們吧。明天早上，我們再會面。」

「謝謝你。明天見。」竹清送走了他。

麗紅忽變得親熱起來，抱住竹清，說：「你離家一個月，可想死我了。」

「哼，剛才妳一見面就打我，見我要被彭大通槍斃也不替我求情，現在卻來纏我。」

「我沒法子呀，為了兩個孩子不被餓死，只好去向縣委求助。他逼我和你劃清界線。」麗紅裝哭。

竹清心軟了，說：「我不怪妳。我們快回家吧，我想念孩子們。」

「好，回家。」麗紅挽著他走著，說：「我看彭大通要完蛋了。這縣長的位置，非你莫屬了吧。」

「眼看鄉親們餓死，妳漠不關心。這時候，還只想到要我升官。」

「你當了縣長，不就能處理饑荒問題了嗎？我猜中央很快會有新措施。這是你立功的大好機會呀。」

「我不想做縣長也不想爭功。目前，我只想幫助孤女張崇美。麗紅，我們收養她，好不好？」

「你瘋了。自家人都吃不飽，還要收養女。」

「唉，我知道妳不會同意的，算我白說。」竹清嘆氣。

「不爭氣的男人，我真嫁錯了郎。」麗紅也生氣了。

調查員帶回的全是類似的情報，鄰近各縣都缺糧，無從借貸。友義想不出就地解決的辦法，決定先回北京再說。

臨行前，他特地到醫院去探望孤女張崇美。

在特別護理下，崇美的體力恢復很快，已能下床行走。醫生希望她出院，因為醫院也缺糧。

「竹清，你能收養崇美為義女嗎？」友義問。

「我本想收養她，無奈我愛人麗紅反對。」竹清為難地說。

「我了解你的苦衷，因為我的家裏也有問題。不如，讓我安排她到專為陣亡戰士所設的孤兒院去吧。」

「只能如此了。她被孤兒院收容之前，可以暫時住在我家。」

他倆一起走進病房，見黃浩正在和崇美聊天。

「崇美，醫生說你已經可以出院了。這位王竹清同志答應讓你暫時住在他家裏，直到你有一個妥善的住所。你願意嗎？」友義說。

「我願意，因為我已經沒有親人了。」崇美說。

「好，叔叔今天就帶你回家。」竹清說。

「崇美，你要好好保重身體。再見。」黃浩十分同情孤女，有點捨不得離開她。

「謝謝你們。再見。」崇美對她的救命恩人充滿感激。

自從友義出公差後，蘭痛苦地在回憶中沉浮。過去的恩恩怨怨實在太多了，有時她恨不得與他一刀兩斷，有時又想拋棄前嫌與他和好。

她還沒打定主意，他已回來了。

她不願與他同房睡，說：「這是你的臥房，我搬到小房間去睡。」

「妳不必搬了，我到書房去睡就是了。我會把這間臥房當成禁地，直到妳願意與我共床為止。晚

安。」他走了。

她感到又氣、又悔、又恨、又愛。氣他擺佈自己，悔不早一日在他回來前就搬出去住，恨他過去的作為，又對他眼下的困境產生憐憫。

為了擬定改善經濟的方針，他花盡了心血。整個月，不是出去開會，就是閉門埋頭工作，連吃飯睡覺也都在書房裏。

一個夜裏，已凌晨兩點多了，他才開完會回到家。

她醒了，從臥房的門縫裏看到他進入了書房。又過了一個多鐘頭，書房的燈還開著，她真怕他累倒，終於忍不住走去敲門。

「友義，我可以進來嗎？」

「妳還沒睡嗎?進來吧。」

她推開門，見他仍坐在書桌後，便說：「都快凌晨四點了，你還在作什麼？」

「我正在估計，究竟要進口多少糧食，才能解決目前的危機。」

「你是說，政治局已經批准向外國購買糧食了嗎？」

「今晚終於通過了這個方案，可是真不容易呀。」

「單靠進口糧食就能解救饑荒嗎？」

「不，那只能救燃眉之急。為長久計，還得改變經濟政策，取消不合理的制度，雙管齊下才能使民生復蘇。不過，妳不必擔心，這些都已經在進行了。」

「恭喜你成功了，你的心血總算沒有白費。」

「謝謝妳。妳放心去睡吧，不用陪我了。我們明天再談。」

「不。我不許你再熬通宵了。你不睡，我就不走。」

「也罷。啊，真的好累，我睡了。」他打了一個大呵欠，走到床邊，和衣躺倒了。

「你這張床上推滿了文件，亂七八糟的，怎麼能睡呀！」

「怎麼不能睡，我都睡了一個月了吧！」

「今夜，你回臥房去睡吧。」

「咦，那不是禁地嗎？」他裝出受寵若驚的神情說。

「禁地，從今起，重新為你開放。」她不得不說。

他眉開眼笑，還耍賴，說：「我站不起來了，請妳扶我一把吧。」

她懷著七分情願，三分勉強，扶他走進了臥房。

【第十二章】

斷崖驚魂　九死一生

毛威潛往北京誣告監獄長盧俊，自以為棋高一著，結果反以盜竊糧食的罪名被拘捕，應了惡有惡報。

蘇文康獲救後，不必再裝瘋，待遇也大有改善，遷入了紹卿的牢屋同住。

他剪去了長髮和鬍鬚，露出了一張蒼白消瘦的臉，又戴上一付新配的近視眼鏡，照鏡子看，自嘲說：「真像個剛從墳墓裏走出來的人。」

紹卿撫掌笑道：「能復活就好了。」

兩位摯友獲得日夜相處的機會，藉友誼的溫馨彌補失去自由和饑餓的苦惱。

一天晚上，他們相對坐在一張書桌前閱讀。

突然，盧俊走進來宣佈：「孟紹卿，恭喜你。你已被平反，可重獲自由了。」

紹卿的第一個反應是回頭去望文康，擔心老友不能承受分離的痛苦。

果然，文康如受一擊，全身顫動，強忍著淚說：「紹卿，你去吧！不要以我為念。」

「我先走一步，請你等待。我一定會為你申冤，請求釋放的。」

不料，文康發怒，罵道：「笨蛋，沒用的。你就當我已死了吧！」

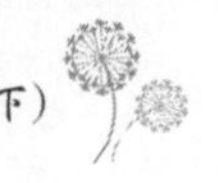

「不，千萬不要放棄希望。我相信你終會有出獄的一天。」

盧俊催促：「孟博士，別說了。有位首長要見你，他派來接你的車已在門外等候了。你快換好衣服就走吧。」說著，將一個本屬於紹卿的手提箱交還給他。

紹卿打開箱子，取出一套西裝換上了。發現褲腰寬鬆，他只得束緊了皮帶。

「文康，再見。」他含悲忍淚，提起皮箱走了。

乘車遠離了監獄，紹卿與司機攀談起來：「我該怎麼稱呼你呢？」

「人人都叫我小吳。你也這麼叫吧。」

「究竟是誰要見我？」

「對不起，我不能奉告，到時你就會知道了。」

「那麼，你能告訴我些什麼呢？」

「唔。我可以告訴你，我下個月就要結婚了，我和未婚妻戀愛已經有六年了。」

接著，小吳遞給他一盒麵包和一個水壺，說：「首長怕你餓，特地給你準備了點心。你吃完，就在車上睡一會吧。」

紹卿一面吃，一面心想，如果能和文康分享多好。

天黑，山路陡峭，他停止與司機交談，吃完麵包，便開始閉目假寐。

他睡著了。也不知過了多久，突然，一個緊急剎車將他震醒。

「他媽的。是誰將卡車停在路中央。」小吳罵道。

在車頭燈的照耀下，紹卿瞧見前邊停了一輛小卡車。

「大概是車子拋錨了吧。我們下去看看。」

「不能下車，恐怕有劫匪。」小吳小心翼翼地將車繞過了卡車，瞧見卡車司機的座位是空的，他更加懷疑有人埋伏。

忽然，前頭出現了一群人，小吳叫道：「不好，果然有人要搶劫！」

「我看只是行人，他們沒帶武器。你開慢點，以免撞傷人。」紹卿說。

但小吳不聽，踩足了油門，直向前衝去。

那群人中，有一個閃避不及被車撞著，身子整個飛起，又掉落在車頭上，撞裂了車前窗。車子失去控制，幾乎跌落崖下。千鈞一髮，小吳剎住了車，車頭已有一半懸空。

這一切都發生在瞬時裏，紹卿嚇呆了。他驚魂未定，忽然有幾個男人圍上來，敲開車門，要揪打司機，為同伴復仇。

紹卿慌忙下車，喊道：「住手！住手！剛才只是意外。」

眾人看他的裝束，猜想他是個首長，便站到一邊。

紹卿見小吳倒在司機座位上一動不動，便去將他的身子翻轉過來，赫然發現他的頭上插了一片破玻璃，已經氣絕。

「不好，他已死了！」

那一群共有六個人，都緊張起來，紛紛嚷道：「不是我們打殺的。」

「你們不要驚慌。等公安人員來了，我會向他們說明，兩樁人命都是意外。」

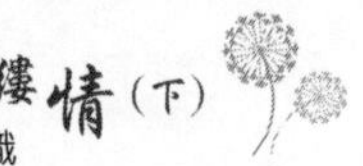

不料，一聽提起公安，這六人更恐慌。聚頭商量了一陣，便將同伴的屍體抬進後座，關了車門，將車子推下山崖。

轟然一聲，車子墜落在崖下，油箱爆炸，火焰吞滅了整個車子。

「你們鑄成大錯了。」紹卿驚駭地吶喊。

「住嘴。快走。」六個漢子挾著他逃入了山林中。

在山中盲目地逃竄了一夜，天明時他們都已精疲力盡，就地坐下休息。

一個中年漢子突向紹卿跪下，說：「長官，請你救救我們吧！」

「你們不聽我的勸，逃離現場，又犯了綁架罪，叫我如何救你們。」紹卿生氣地說。

「我們不能讓公安人員捉去，因為我們是從人民公社逃出來的農民，原想上北京去向毛主席告狀的。」

「告誰的狀？」

「告公社幹部。他們虛報了糧產，省府來徵收，他們繳不出便賴農民偷藏了。可憐，家家戶戶都餓死人了，還要受他們逼迫交糧，實在活不下去了。我們七個人偷了一輛公社的卡車，開往北京。半途中，汽油用盡了，只能徒步趕路，偏偏又遇上了車禍。」

紹卿聽了，不由得義憤填胸，說：「這些公社幹部真是喪盡天良了。好，我答應幫助你們上京告狀。」

「好極了。潘迪被車撞死，你正好替代他。」

「潘迪也是農民嗎？」

「不，他是被下放的知識份子。我們都不識字，所以請他為我們寫狀紙，陪我們一起上告。」

「你叫什麼名字？」

「我叫李良。你看，這是潘迪寫的狀紙，我們七個人的名字都列在告狀書上。」李良從懷裏取出一張紙，遞給他。

紹卿又聽說潘迪已五十歲，和他的年齡相差不多。

他正拿著狀紙看，驀然槍聲大作，驚駭抬頭，見已被軍警包圍。

「快舉手投降。不許動。否則格殺勿論。」軍隊長喝令。

李良等均乖乖束手就縛。

紹卿見幾個士兵上前來擒他，慌忙說：「我不是和他們一夥的。」他還沒說完，就被一個士兵揮拳打倒。他當場暈了過去。

⌘　⌘　⌘

言得軍清晨六時起床，平日總是先去庭院裏打一套太極拳。這天，他準備接見一個客人，連打拳的心思都沒了。一想到，隔了三十八年，孟家的小少爺重新見到他時可能會有的驚訝，他就不禁露出微笑。當年，他曾寄居在孟家，人人都叫他阿輝。他與孟家的關係一直是他內心的秘密，從未向任何人提起過。

他正沉入回憶中，忽見他的侍衛長姜苗，慌慌張張地跑來，說：「不好了，小吳昨天出發，到現在還沒把客人接來。剛才河北軍區打來電話，說有一輛軍字號的車子墜崖焚毀，不知是否我們的車。」

「什麼？車墜毀了。那車裏的人遇難了嗎？」得軍大驚。

「都遇難了。聽說是有人在山路上搶劫，才造成車禍的。軍方已配合當地的公安去搜捕暴徒了。」

「姜苗，我要你立刻趕到出事的地點去驗屍。你認得出孟紹卿嗎？」

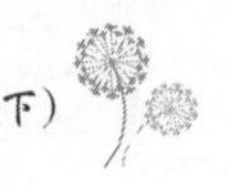

「我只看過他的照片。不過，小吳若在出事的車上，那麼乘客必定是他了。」

「對。你快去吧。如果真是我們的車和人，你就請他們將屍體和遺物都運過來。」

姜苗趕到出事現場，發現車牌震落未被燒毀，確定車子是言府派出的。兩個受難者都已燒焦，面目全非，但他還是認出了小吳。以此類推，就認為後座的屍體是孟紹卿了。他聽說劫車的犯人已被逮捕，押往附近的公安局了，便立刻開車前往。

他趕到時，人民公社的一個幹部已先到，來辨認犯人了。

公社幹部一下子就認出了李良等六人。又看見地上躺著一個滿臉血污，面目不清的人，便問：「這人是誰？」

「他是我生產隊裏的右派勞改犯潘迪。」李良說。

這位幹部不認識潘迪，只對照通緝犯名單，勾了一筆，便向警長說：「沒錯。這七個人，全是我們社裏逃出的，通通落網了。讓我押解他們回公社吧。」

「不行。他們在公路上劫車殺人，案情重大。我們已接到命令，要將他們押到北京去審訊。」警長說。

公社幹部聽說，便走了。

姜苗也想走，突然又回頭，驚奇地說：「這匪徒身上怎麼穿著西裝。一定是奪來的吧。」

警長蹲下，搖醒了紹卿，問：「你身上的衣服是誰的？快說。」

紹卿迷糊中，聽錯了，以為問他是誰，便回答：「孟紹卿。」

「聽，他招認了，衣服是他從車上的乘客身上奪來的。」姜苗驚道。

「來人，快把他的衣服，鞋襪，通通剝下來。」警長喝令。

紹卿還沒弄清楚什麼回事，全身已被剝得精光。他急喊道：「你們幹什麼？快還我衣服！」

「哼，真不要臉。搶來的東西，當成自己的了。」姜苗深恨他害死了小吳，一邊罵，一邊在他的小腿上猛踢了一腳。

「噉。」紹卿疼得抱腿呻吟，顧不得為自己辯護。

「這些衣服我要帶回去交給苦主。」姜苗說。

紹卿急忙坐起，雙手護住私處，叫道：「且慢，我是孟紹卿，我並沒死。」

「不，他是潘迪，狀紙是他寫的。」犯人們都一口咬定他和他們是一夥的。

「沒錯，他是潘迪無疑。我們抓到他時，他手中正拿著一張告狀紙，可見他想冒充孟紹卿去告狀。」警長說。

姜苗見過的照片中的孟紹卿，面貌英俊，神采奕奕。而眼前這人憔悴萎靡，看來與照片中人迥異，加上紹卿被打得鼻青眼腫，臉上又是血污又是塵土，姜苗怎也不敢相信這醜陋的人就是被得軍視為貴賓，派車去迎接的博士。於是，他掉頭不顧，和警長一起走了。

紹卿全身赤裸裸的，沒勇氣站起來攔阻。略一躊躇，姜苗已消失了蹤影。

他氣急敗壞地轉向犯人們抱怨：「真豈有此理！我答應幫你們的忙，你們為何陷害我？」

「對不起，請你陪我們上法庭，向法官說明事情發生的經過。到時候，我們會證明你的真實身分。」李良說。

「唉，你們一錯再錯了。其實，我出去對你們更有利。」紹卿嘆道。

獄警取了一件囚衣來，擲給他，喝令：「穿上。」

他穿上了囚衣，撫著青腫的臉，想到方才所受的侮辱，真覺得羞憤難當，無法定下心神來設計脫身，便打算先蹲兩天牢再說。

蘭與友義和好後，決定忘掉過去的一切，她最關心的是紹卿的平反問題。

一天，他們剛吃過晚飯不久，言得軍來訪。

她急忙上前迎接，熱切地問：「言總，我叔叔是否可以被平反了？」

「他昨天已出獄了。」

「啊，他在哪裏，我能去見他嗎？」蘭大喜說。

「很不幸，我派去接他的車在山路中遭強盜打劫，車子墜崖焚毀。他和司機都遇難了。」

蘭和友義聞言，都大驚失色。

「不，你說謊。這不可能，不可以的。你答應過要帶他來見我的。」蘭喊道。

「我已把他的骨灰盒和遺物都帶來了。」得軍說，轉向站在門邊的姜苗示意。

姜苗即捧了骨灰盒入內，另一個士兵捧了紹卿的衣服跟在他後頭。

蘭抱著骨灰盒痛哭起來。

「王蘭，請妳節哀自重。殺害紹卿的七個暴徒都已經落網了，我們一定會嚴懲他們，為紹卿報仇的。」

不料，蘭哭喊：「紹卿是被你們害死的，你們還我人來！」

「黃浩，你快扶她進去，設法使她安靜下來。」友義著急地說。

黃浩又哄又勸，扶蘭進入屋內去了。

友義檢視了紹卿的衣服，驚奇地問：「你說屍體已焚滅，為何這些衣服完整無缺？」

「據姜苗說，暴徒的首領潘迪奪取了紹卿的衣服，企圖冒充他去向毛主席告狀。」

「他們想告誰的狀？」

「他們是一群饑民，想告人民公社的幹部壓迫。」

「饑民造反，想是忍無可忍了。但是，他們不應該在路上搶劫殺人呀。」

「可不是麼。這件案子太嚴重了，我們決定殺雞儆猴。後天，在法庭宣佈犯人們的罪狀後，就將執行槍決。」

「啊，犯人還沒受審，已被判死刑了嗎？」友義驚道。

「這案子涉及叛亂罪，何況他們謀財害命又企圖毀屍滅跡，人贓俱獲，罪證鑿鑿，無須再審了。」

「難道，他們想告的狀就不查辦了嗎？」

「當然要查辦。大家已決定將這兩件案子全都委托你來處理，你先在法庭宣判犯人的處決令，然後再去調查公社幹部吧。」

友義想拒絕擔任此案的法官，但無法違背上級的命令，只得勉強同意。

他和得軍一直談到深夜。送走客人後，他即走去臥房。

他輕輕地推開房門，發現室內的燈還亮著，蘭坐在一張椅子上睡著了，懷中還抱著骨灰盒。他心中暗嘆一聲，躡足走到她身邊，想取走骨灰盒。

不料，驚醒了她，骨灰盒滾落地下，骨灰撒了一地。

「啊！」她大聲驚叫。

「噓，別叫，別叫。我馬上把骨灰撿起來。」友義立刻蹲下去，用雙手將骨灰一把把捧回盒裏。他清理完骨灰，蓋上了盒蓋，正想站起來，卻聽見蘭說：「磕頭。」

「什麼？」他愕然抬頭問。

「我要你向紹卿磕頭。快磕！」

「三更半夜，請妳別鬧了。」他站起來說。

不料，她扯住他，一面揮拳捶打，一面喝令：「跪下，向骨灰磕三個頭。」

他招架不住，又怕驚醒別人，只得順從說：「只要妳停止吵鬧，我就磕。」

她停止捶打，退到一邊，雙眼瞪著他。

他跪下，朝骨灰盒磕了三個頭。磕完了，不等她再出花招就逃出門外，躲到書房去睡了。

早晨起來，友義心中怏怏，夜裏妻子的無理取鬧固然令他氣惱，但最令他不安的，還是次日就要宣判七個犯人的死刑。

他將這七人的檔案拿起來看，農民們都沒有犯罪前科，檔案裏只有一張簡單的個人資料表。潘迪的那一份厚些，因他曾是中學教師，又被判為右派份子。

檔案裏有潘迪的照片，看來是個中年書生。友義望了這張照片良久，他自然想不到被關在監獄裏的並非照片中人。他惋惜一個教師被逼上梁山成了盜匪，但是一想到這人是謀殺紹卿的主兇，就恨得牙癢癢的。他想別人都可赦，獨潘迪不能赦！於是，合上了檔案。

次日上午，犯人被押上了開往法庭的囚車。他們都被反縛了手臂，脖子上各掛了一塊罪名牌。紹卿實在感到委屈，但想到不久就能脫離苦海，勉強忍耐著。

到了法庭內，犯人們在台前一排站定。紹卿被排在當中，正面對著法官席。

不久，法庭書記喊了一聲：「起立。」旁聽者全體肅立。

一個穿了軍服的法官自內走出來，竟是程友義。

紹卿心中一陣狂喜，就要叫喚。豈知，就在此時，他身後的警員忽然用力按下了他的頭，同時掐住了他的脖子，令他出不了聲。他唯一的希望是近在咫尺的程友義能認出他。

然而，程友義坐到法官席上，不審不問，甚至連望也不望犯人一眼，即拿起一張事先預備好的判決書來宣讀。

「暴動首領潘迪，原是右派份子，在農村接受勞改，他乘機鼓動六名農民造反，在公路上攔車搶劫，殺害了一名司機和一名乘客。奪取受害者的財物後，即將車子推下山崖，企圖滅屍毀跡。他和從犯李良……等七人罪大惡極，一律判處死刑，即日處決。」

他宣讀完畢，立即起身走了。

紹卿氣得心肺都快爆炸，無奈動彈不得，又發不出聲。直到執住他的人放鬆了對他的掌握，他才能抬起頭。一看，台上哪裏還有程友義的影子，連旁聽席上的人都走光了。

他絕望地朝著空的法官席大罵：「程友義，你瞎了眼嗎？我是孟紹卿呀！你是否存心不認我，你是殺人犯！」

姜苗剛走出室外，聽見他的話，轉回來說：「你口口聲聲說你是孟紹卿，可有證據？」

紹卿氣急敗壞地說：「要什麼證據，程友義是我的侄女婿，他就是活證據！你快叫他來認我。」

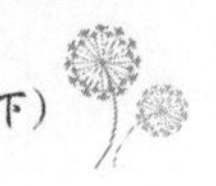

姜苗一聽，便飛跑出去，到法庭大門口，見友義上了車，車子剛發動。

「程首長，請你等一等。」他一面跑，一面大喊。

友義見了，令車子暫停，打開了車窗問：「姜苗，有什麼事嗎？」

姜苗上前說：「那個主犯說他是孟紹卿，你是他的侄女婿，他要你去認他。」

友義早已聽說了潘迪企圖冒充紹卿上京告狀，還以為他又故計重施，便把臉一沈，說：「姜苗，你真糊塗，竟聽信一個匪首的話。他若真的是孟紹卿，會等到今日才來向我求救嗎？」即令司機開車離去。

姜苗一想，也以為自己上了當，回頭見犯人被押出來，便上前罵道：「潘迪，你死到臨頭了，還要冒充被你殺害的人。程首長不肯認你。你快去就死吧！」

紹卿見過他兩次了，猜想他一定與派車來接自己的單位有關係，急中生智，便說：「我在車內和司機小吳閒聊過，他本來下個月要結婚了，他和未婚妻已相愛了六年，他還給我吃了一盒麵包。」

姜苗一聽，急得跺腳，埋怨他：「你怎麼不早說呀！」

「不能怪他。原是我們挾持他，想要他在法庭上為我們作證的。我們沒有殺人，潘迪被車撞死，司機也是意外喪身的。法官為何不審不問就判刑呢？」李良泣道。

姜苗指著紹卿向警隊長求情：「請把他留下吧。」

「笑話。他是主犯，怎能留下？你不是瘋了吧！」警隊長不再理會他，親自押了死囚們，開往刑場。

姜苗連忙開了部吉普車，回去向言得軍報告。

「不好了，不好了。」他慌張地跑進辦公室，喊道。

「什麼事，大驚小怪的。你不是去了法庭麼，犯人們都被判了死刑嗎？」

「都判了死刑，已被押往刑場了，可是那個被控為主犯的不是潘迪，是孟紹卿。」

「你胡說什麼，孟紹卿不是墜車身亡了嗎？」

「不，車裏的屍體是潘迪的，孟紹卿被暴徒挾持當做人質了。他們原想強迫他在法庭上替他們申冤的。」

「嗄！」得軍大驚，但隨即搖頭說：「不可能。孟紹卿若上了法庭，程友義豈會認不出他？」

「法官根本沒有正眼瞧犯人，而犯人都被壓低了頭，噤了聲。直到散庭，孟紹卿才得說出他的真實身分。我追上了程首長，請他回去辨認，反被他訓斥了一頓。」

「你確定那個主犯是孟紹卿，不是潘迪嗎？」

「完全確定了，因為他知道小吳下個月要結婚，還說小吳給他吃麵包。那盒麵包，是你吩咐我給準備的。如果他不是車上的乘客，怎麼會知道這些事呢？最後，我仔細看了他一眼，認出他的相貌確實有點像照片上的孟紹卿。」

「哪你還站在這裏作什麼？還不快去刑場救人！」得軍急道。

「是。」姜苗領命，也沒考慮怎麼個救法，轉身就走。

他仍開了吉普車，急如星火似地趕往刑場。半途中，正遇見那輛送死囚的車迎面開回來。警隊長見了他，嚷道：「太遲了，犯人恐怕已被槍斃了。」

姜苗心驚，但想不論是死的或活的孟紹卿，他都得帶回去。於是，繼續加速往前衝。

剛進了刑場就聽得一排槍聲，他連忙停車，找了一個場內的職員，問：「剛才從法庭押來的七個犯人都已被槍決了嗎？」

「還沒有。剛才槍斃了幾個反革命份子，下一批就輪到他們了。」

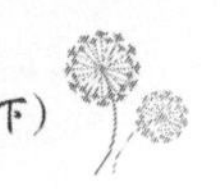

姜苗鬆了口氣，又問了場長的辦公室，便往裏邊一個房間走去。

辦公室外的警衛阻擋他，說：「場長正在打電話。任何人都不能進去。」

他只得站在門外等。足足等了一刻鐘，遠遠瞧見李良等七個犯人被拖往廣場去了，他不由得焦燥起來，大聲說：「我有緊急事，不能再等了。」便不顧一切，衝上前去拍門。

警衛們執住他，正要動武，忽然門被自內打開了。

場長探頭出來，見了他，問：「你叫姜苗嗎？」

「是的。」姜苗回答，心中奇怪對方怎麼會知道他的名字。

場長請他進入室內，又將門關上了，說：「你坐吧。我叫郭長城，剛才我正和言總講電話，已知道了你的來意。」

「我猜想你已知道那個主犯其實是無辜的，你能放了他嗎？」

「笑話！剛在法庭被判了死刑的犯人，怎能放呢？」

「那麼，你怎麼回答言總呢？」

郭長城慢條斯理地點了支煙，吸吐了一口，才說：「我只答應他，行刑後讓你把潘迪的屍體帶回去，祭奠你們受害的同志。」

「這，這，他同意嗎？」姜苗驚駭問。

「當然。他還特別指示，這個犯人非槍斃不可！」

見姜苗目瞪口呆，郭長城輕笑了一聲，壓低了聲音又說：「這裏頭，有個天大的秘密，你可千萬不能洩露出去。我們將如此，如此而行。」

姜苗這才放心，說：「原來如此。你放心，我絕不會洩露秘密的。」

「我們還得事先準備周詳，就像變魔術，不能讓人看出破綻。」

「可是，死囚已被押到槍決的地點，恐怕就要執刑了。」

「不怕。我已有令，這批犯人，我要親自監刑。我不到，他們不會開槍的。等會，我還要親自槍決主兇潘迪。」

⌘　⌘　⌘

紹卿悠悠地醒轉，模模糊糊，還以為死後真有靈魂。然而，又覺得不對，靈魂應該是輕飄飄的，無肉身之累，而他不僅全身酸麻而且感到頭疼。

他睜眼一看，驚訝地發現自己在一間雅緻的房間內，躺在床上。他感到十分困惑，因為他明明是被槍斃了。

忽聽得沉重的腳步聲，他猜想這屋子的主人來了，想要下床站起來，但覺四肢無力。

不久，房門開了，一個身材高大的人出現在他眼前。

「別動，你就躺在床上休息吧。」來人說，自個在床邊的椅子上坐下了。

「請問你是誰？是你救了我嗎？」紹卿問。

但是，來人不即刻回答，只是含笑端詳著他，似乎要讓他猜自己是誰。

過了半晌，紹卿仍是茫茫然。對方忽然仰天大笑說：「孟二爺，難道你已不記得秦叔的外甥阿輝了嗎？」

「阿輝，原來你是阿輝！」紹卿驚訝得張大了嘴，也不知哪來的力氣，一下子跳下床，站立起來了。

「不怪你認不出，我離開你家時你還是個孩童，我們已有三十八年不見了。」阿輝熱情地與他握手說。

「我以為自己被槍斃了，怎麼會在這裏呢？」

「你命大，是我設法從刑場救了你。」

紹卿這才敢確定自己還活著。死裏逃生，又遇到故人，他激動得大哭起來，說：「阿輝呀，若非你出手相救，我早就成了冤鬼。」

「對不起，剛才令你受驚了。今後有我保護，你不用害怕。」

「阿輝，你能救得我，一定是身居高位吧？」

「是呀，已經很久沒人呼喚我的小名了。」

「啊，對不起，我失禮了。」紹卿連忙道歉，又問：「我應該怎麼稱呼你才好呢？」

「我本名叫謝德輝，當初為了逃避國民黨的追捕才改名言得軍。你隨意叫吧。」

「我想私下叫你德輝兄，可以嗎？」

「好。這麼叫，讓我覺得特別親切。」

「德輝兄，我要控告程友義草菅人命，你能幫助我投訴嗎？」

「其實，他只不過宣讀了既定的判決書。你沒處告。」

「這麼說，你也參與了這個案子的判決？」紹卿變得憤怒了。

「嗯，我也參與了。但我們都不知道你被迫替代了潘迪，還以為他想冒充你。」

「誰是潘迪並不要緊。問題是，一群受壓迫的饑民上京告狀，中途發生了一件意外事故，竟沒經過審訊就被匆匆地處決了。」

「他們劫車，焚屍滅跡，又綁架了你，理當處決。」

「他們的確犯了錯，但情有可原。」

「法不容情。這件事，你就不要再提了！」

見阿輝驟然變了臉色，紹卿明白多說無益，還可能從座上客變成階下囚。

「孟紹卿死了，我只不過是一個幽靈罷了，還能說什麼呢！」他氣餒地坐到床邊。

「沒錯，孟紹卿已遇害，不能復活。今後，你必須改名換姓。」

「你是我的救命恩人，名字就讓你取吧。」

「剛才我已替你想好了，你改名叫戚亞聖，如何？」

「啊，我不清楚我的老祖宗和孟子有無親戚關係，但是我喜歡這個名字。」

「好極了。戚同志，你安心休息吧。我們明天再談。」得軍走了。

紹卿躺倒在床上，淚水沿頰而下，沾濕了枕頭。

【第十三章】

午夜探屍　驚憂成疾

友義從法庭回到家裏，見蘭坐在門口，腳跟邊放了一個包袱。

「好，你回來了。我該走了，再見。」她提起了包袱就要出門。

「等一下，你想去哪裏？」

「我要帶紹卿的骨灰去祖墳埋葬。」

「你好久沒有獨自出門了，我不放心，讓黃浩陪你去吧。」

「不，你只想把我控制在你的手掌中。今天你不放我走，我就死在你面前。」她忽地從包袱內抽出一把剪刀，對準了自己的脖子。

「不要胡來。我讓你走就是了。」他驚惶地說。

她收起剪刀，走了。

當天夜裏，友義獨自坐在臥房裏，感到空虛寂寞，抽了不少煙又喝光了一瓶酒，倒下睡了。不久，他作起夢來。

他夢見潘迪被押往刑場槍決，忽然，潘迪的臉竟變成了孟紹卿的臉。一陣槍響，紹卿倒地，滿頭是

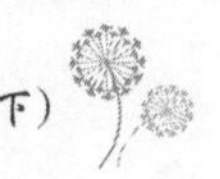

血，變成了鬼魂，淒厲地向他喊道：「還我命來！」

他驟然驚醒，只見室內煙霧濛濛，燈光慘淡，紹卿的鬼魂似乎仍在周圍縈繞。他平日不信鬼神，這時也不禁嚇得全身發抖，跳下床就要逃跑。不慎，摔了一跤，驚動了睡在樓下的黃浩。

「首長，發生了什麼事？」黃浩奔進臥室，扶起他問。

「有，有鬼。剛才我瞧見孟紹卿的鬼魂來向我索命。」友義驚魂未定，害怕地說。

「首長，你一定是喝醉了。我給你倒杯茶，讓你清醒吧。」

友義喝了幾口熱茶，總算清醒了，但是他突然想起姜苗在法庭外對他說的話。

「啊呀，不好了！」他大叫一聲，打翻了茶杯。

「首長，你怎麼啦？」黃浩連忙替他擦拭身上的茶水。

「黃浩，快，快去準備。我要去刑場驗屍。」

「半夜三更，你想驗誰的屍呀？」黃浩懷疑他因妻子出走而神經失常了。

「驗潘迪的。不，驗孟紹卿的。」

黃浩急得想哭，說：「首長，你病了。我馬上給你去請醫生。」

「不，你聽我說。今天我在法庭宣判犯人的死刑後，剛要乘車離開，卻見姜苗跑出來說，那個主犯自稱是孟紹卿，要我去認他。當時我只當犯人故弄玄虛，現在回想起來才覺得事有蹊蹺。很可能紹卿身不由己，被迫冒充匪首。他向我求救，我卻置之不顧，還將他送入了枉死城。」

黃浩半信半疑地說：「原來如此。難道蘭姐帶走的骨灰不是孟紹卿的嗎？半夜三更，我想刑場已關閉了。不如等到天亮，讓我去查驗就行了。」

「不行。我一定要親自去看明白。我的書房裏有刑場長呈上處決犯人的報告，你去查詢此人的電話，立刻通知他，我現在就要派人去驗潘迪的屍。」友義固執地說。

郭長城半夜被電話鈴聲吵醒，聽說程友義要派人來驗屍，慌忙穿好衣服，走出門外。他慶幸自己早有準備，已在同日槍斃的犯人中找了一個潘迪的替身。

他的家就在刑場附近，他很快走到了，站在門口等驗屍官。

一輛黑色的汽車開到了，先下來一個司機，接著從後座下來一個穿軍服的人。

軍人戴軍帽，還戴了一個大口罩，遮住了大半個臉。他身上披著件醫生用的白罩衫，但兩手空空，只戴了白手套，沒帶任何檢驗用的器具。

郭長城猜想他是個軍醫，便上前問：「你是程友義同志派來驗屍的嗎？」

他沒出聲，黃浩代他回答：「不錯，這位同志是軍醫。我奉程首長之命，接他來驗潘迪的屍。」

黃浩出示了身分證，郭長城看過了，便說：「我是場長，你們跟我來吧。」隨即帶他們到了停屍間，打開門，說：「請進。」

友義聞到一股死人的臭味，已想打退堂鼓，又見地上七橫八豎躺了好幾個赤裸裸的屍體，更加裹足不前。

「那一具是潘迪的呢？」他問。

「最裏頭那具。我們過去看吧。」郭長城說，領先走進去了。

友義和浩不得已，只得跟著他進去。

「就是這個，兩顆子彈都是從他後腦打進的。」郭長城指著一具倒臥著的屍體說。

友義瞧那死者的身子矮小有點像紹卿，不禁感到心慌，伸手去扳轉了屍體。但他一見死人的臉，即嚇

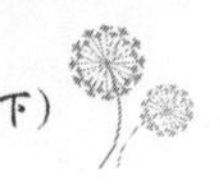

得大叫：「啊！」一屁股跌坐地下。

原來，那人左眼被打穿，眼珠子黏在臉上，另一顆子彈則將下顎打缺了一塊。臉上血肉模糊，容貌十分恐怖，已無法辨認。

黃浩見他跌倒，驚慌去扶，叫了一聲：「首長！」才發現叫溜了嘴，連忙改正，說：「噢，醫生，你沒事吧。」

友義站起來，不敢再看那屍體，說：「我們走吧！」

郭長城原先害怕被驗屍官看出破綻，但他一見軍醫的模樣就起疑，又見軍醫被屍體嚇倒，更覺得好笑。聽黃浩失言叫出首長，他就猜到軍醫是程友義假扮的了。

「怎麼你們還沒開始檢驗就要走了？天一亮，屍體就要被運去火化。現在若不做好檢驗工作，你們就沒機會了。」他故意幸災樂禍地說。

「不用檢驗了，就火化吧！」友義說完，立即拔腿往外走。走出戶外，他扯掉了口罩，便彎腰嘔吐起來。

郭長城跟著出來，說：「醫生，你不舒服了嗎？要不要到我的辦公室休息一下？」

友義怕被他認出面貌，頭也不回地說：「我沒事。謝謝你，再見。」隨即上了車。

黃浩匆匆地將車開走了。

早晨八點鐘，郭長城來到言府，由姜苗帶領到屋裏的一間小會客室。

不一會，得軍走進來說：「你是郭長城同志嗎？有什麼事，請坐下說吧。」

郭長城坐下了，說：「昨夜淩晨兩點，程友義同志派了個軍醫來驗潘迪的屍。」

「嗄，軍醫做了些什麼檢驗？提出疑問了嗎？」得軍驚問。

「他什麼也沒做，一見死屍的容貌就嚇得跌倒了，還跑到屋外嘔吐不止。接著，驗也不驗就乘車走了。」

「奇怪，天下竟有這麼窩囊的軍醫。他叫什麼名字？」

「他沒說。與他同來的隨從出示了證件，是黃浩。」

「哦，黃浩。」得軍心中已有數了。

又聽郭長城說：「我猜想軍醫是程友義假扮的。」

他故意裝成不相信似地問：「何以見得？」

「軍醫跌倒時，我聽黃浩失控叫了他一聲首長。」

「胡說八道！程首長怎麼會三更半夜去驗犯人的屍呢？你分明是瞎猜。」得軍罵道。

「是。我一定猜錯了。」郭長城連忙起立，低頭認錯。

「這件事，你必須守口如瓶，不許對任何人說起。知道嗎？」

「知道了。我一定保密，只當它沒發生過。」

「還有，潘迪的屍體儘快處理了吧，別讓人再驗了。」

「請你放心吧。今天一大早，我已經親自運它去火葬場火化了。」

「好極了，你辦事真乾淨俐落。你在刑場當了幾年場長了？」

「我在這場子裏已幹了十年。」

「哦，幹了這麼久，早該升職了。我會留意，若有合適的空缺就讓你補上。」

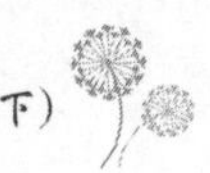

「謝謝司令。」郭長城喜出望外，一再道謝。

「你可以走了。」

得軍隨即到客房來見紹卿，說：「我要告訴你一件有趣的事。昨兒三更半夜，程友義居然冒充軍醫，去刑場驗潘迪的屍，不料反而被死屍嚇倒，又怕被場長認出身分，只得狼狽而逃。」他想像友義當時的窘態，忍不住哈哈大笑。

紹卿卻笑不出來，被押往刑場槍決的恐懼仍籠罩著他，一提起就令他心驚膽顫。

「我與程友義有不共載天之仇，非要報復不可。」他憤恨地說。

「噯，就看在他去探屍的份上，你饒了他吧。再說，他好歹是你的侄女婿。」

「不，我要和他決鬥。德輝兄，你能借我一支手槍嗎？」

「決鬥！你會開槍嗎？」

「不會，但是我想開始練靶。」

「好呀，我也已經好久沒練靶了，改天我帶你一起去練吧。」

自從去刑場驗屍回來後，友義病了，拒絕看醫生，只在家裏休息。

黃浩見他躺著不停地長噓短嘆，忍不住說：「首長，我看你睡不穩，大概還是在懷疑孟紹卿被誤判死刑的事吧。我認為那具死屍不可能是他的。」

「死者的面目不清，你怎能如此肯定？」友義從床上坐起來說。

「因為我看見那死屍的胸部有顆大黑痣。我剛想起來，我曾陪孟紹卿去游泳，他的上身光滑無痣。」

「啊，這麼說，我並沒判錯人。」他彷彿打開了心中的一個結，頓覺心情舒暢不少，又說：「黃浩，你讓我放心了。我真該獎賞你。」

「我不要獎賞，但請你答應我一件事。」

「什麼事？你先說出來。」

「你時常咳嗽，我請求你不要再抽煙了。這也是醫生對你的忠告。」

「好吧，我答應你。你可以把我房裏的煙都拿走。」

「真的，那我可要動手了。」黃浩高興地說。隨即將友義床上的、書桌上的、抽屜裏的、甚至衣櫥裏的煙，全搜出來了。

「你的抄家本領可真不錯呀！竟連一支煙也不給我留下。」友義笑罵道。

「半支也不能留，回頭我還要來清理煙灰缸。」黃浩說著，捧了一大堆煙走出去了。

友義又咳嗽起來，突覺喉嚨癢，已來不及去痰盂吐痰，便吐在手帕上了。他驚駭地發現痰中有血。正不知所措，忽見黃浩回來，他連忙把手帕揉成一團，塞到枕頭下了。

「首長，沈瑛來看你了。」

「啊，你快幫我更衣，我要去見她。」

友義脫下睡衣，換了件便裝，走出去會客。

招呼客人坐了，他說：「沈瑛，聽說蘭住在妳家，我很感激妳和陸榮幫我照顧她。」

「不客氣，她是我們的好朋友。首長，你臉色不好，是不是病了？」沈瑛關心地說。

「我只是疲勞，休息幾天就好了。這陣子，人人都面黃肌瘦，妳也變得苗條了。」

「我是因禍得福，這回終於減肥成功了。」
「蘭不能在妳家白吃白住，她的生活費應由我負擔。」
「首長，我不是來向你討生活費的。蘭，她⋯⋯。」沈瑛吞吞吐吐，有話不敢說。
「她要做什麼？妳快說呀。」友義催道。
「她要和你離婚，逼我來向你索取同意書。」
友義發怒：「她休想，我絕不答應！」說著便咳嗽不停，忽然又想吐痰，便摀著嘴，匆匆地走了。
「沈大姐，首長最近身體不好，老是咳嗽。請妳回去勸蘭姐不要再提離婚了，以免刺激他，加重他的病。」黃浩說。
「啊，我真該死，不知道首長病了。請你轉告他，我回去後一定會努力勸導王蘭，請她早日回到他的身邊。我告辭了。」沈瑛說。
「謝謝妳。請慢走。」
黃浩送沈瑛出門，回頭來向友義報告。不料，發現他暈倒在書房裏，身邊有好幾灘血痰。他大驚，蹲下去叫道：「首長，首長。」

【第十四章】信誓猶存　三續姻緣

友義得了肺癌，醫生勸他立刻動手術，但他不同意。

「不，眼下我還有重要的公務要辦。請給我一個月的時間，到時我會接受治療。」

「你這不是和自己的生命開玩笑嗎？」

他的同僚們不顧他的反對，擅自替他決定開刀。他身不由己，被推上了手術台。

癌症只在初期，醫生認為治療後復元的機率很大。然而，友義卻一蹶不振。他心灰意懶，自暴自棄，身體日漸消瘦，衰弱得無力行走。

言得軍來探他，見這種情況，便把黃浩訓了一頓：「他病成這樣，你為何還不把王蘭接回來照顧他？」

「首長不要我去接她，甚至不願讓她知道他病了。我還是通知了沈瑛，請她勸蘭姐回來，可是沈瑛回電話說勸不動。」

「難道王蘭真的這麼狠心，不顧友義的死活嗎？」

「蘭姐決定要和首長離婚。」

「唉，眼下只有她能救友義的命。看來，我得親自走一趟了。」

沈瑛敲了敲一間臥房的門，說：「王蘭，請開門。言總來看妳了。」

「我不見客。妳請他走吧。」蘭在室內說。

「王蘭，快開門，否則我要破門而入了。」得軍說。

發現門並未鎖住，他乾脆不請自入，闖了進去。

「你來了。我走。」蘭說。但得軍用背頂住了門，她出不得。

「友義得了肺癌，開刀後性命垂危。妳是他的妻子，居然無動於衷，不肯去探望他。是何道理？」

「我已與程友義離婚，沒有義務去探望他。」

「妳是黨員，即使是一個同志病了，妳也有義務去照顧他。」

「王蘭已死，我是孟玉蘭，不在黨員名簿內。」

「孟玉蘭！」得軍先是一怔，接著說：「對了。想當年，友義來到井崗山入黨，但他念念不忘孟玉蘭。我見他為相思而痛苦，所以設法成全了你們的婚姻。」

「不，不是成全，而是陰謀。你們只不過為了利用我，才唆使他騙取了我的心。」

「如果你們夫妻之間沒有愛情，孟玉蘭又怎麼會千里迢迢，到延安去尋夫呢？」

「當初，她因癡情而盲目，以為丈夫是一個愛國者，甘願追隨他建立烏托邦。如今，才知道被他欺騙了。」

「烏托邦豈可一蹴而就，在建立的過程中，難免有錯誤和挫折。可嘆，友義壯志未酬，已命若游絲。妳要在這時背棄他，豈非不仁不義？」

「住口。說什麼不仁不義！我問你，是誰給溫情加上罪名？世上沒有溫情，哪來仁義。」

得軍一時語塞，瞪著眼，半晌才說：「我早聽說，王蘭能言善辯，今日才領教了。」

「瘋子之言，請勿計較。你沒話說，就請走吧。」她下了逐客令。

「慢來，慢來，我還有話說。」得軍隨即拉過一張椅子，靠著門坐定了。

蘭見趕他不走，便背對著他坐了，不與理睬。

得軍見她這般模樣，知道三言兩語打不動她的心，只得把往事從頭說起：「我對孟玉蘭，不大熟悉。但是，對王蘭卻是了解的。她勇敢、堅定、能吃苦耐勞。初到延安，便自請到偏僻的山村去鍛練自己，並且在那裏提倡女權，感化了強悍的山民。八年抗戰，她一直伴隨丈夫在前線，運用她的愛心和護理能力救活了無數的傷兵。有一次，程友義受了重傷，她日夜守護著他，終於使他起死回生。王蘭絕不會因一些挫折而背叛她的同志，尤其是她的丈夫。」

蘭聽了他這番話，潸然淚下，泣道：「你不要忘了，她被逼成了瘋子。」

「妳可知道，當時友義承受了巨大的壓力，但始終拒絕與妳離婚。」

「太遲了。枯萎的花朵並不能給黃葉帶來生氣，我也救不了他。」

「只要根還在，那怕花不重開，葉不重長。妳為何見死不救呀！」

蘭不再答話，只是低頭飲泣。

得軍忍無可忍了，走到她的面前拿出權威來，喝令：「王蘭，我命令妳，立即跟我回北京。」

豈知，她連瞧也不瞧他一眼。

他萬般無奈，只得改變語氣說：「我懇求妳吧！友義雖無力阻擋狂瀾，卻有扶危救傾之能。目前全國發生饑荒，面臨危機，我們正需要他呀。」

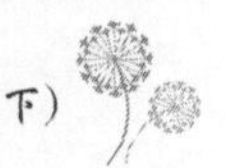

蘭終於回心轉意，站起來說：「你贏了。我跟你走就是了。」
得軍噓了口氣，嘆道：「妳真是我遇到的對手中，最頑強的一個呀！」

※ ※ ※

醫院的病房裏，友義坐在輪椅上和女兒下象棋。他無精打采，只是勉強應付女兒。
「爸爸，又該你下了。你怎麼不動呀？」小鈴說。
「爸爸沒精神，不想下了。妳和黃浩玩吧。」
「不要。你不是常教導我，做事要有始有終。怎麼下棋下一半就停了？」
「因為我怕輸給妳。」他想逗女兒笑。
不料，小鈴嘟起嘴說：「那麼，明天考試我也不考了，怕不及格。」
「爸爸不是好榜樣，妳千萬別學。」
「哪我跟誰學呢？媽媽和哥哥都不見了！」小鈴使性子了，大聲說。
黃浩連忙向她使眼色。她也知道自己說錯話，但已來不及了。
只見她爸驟然變色，將輪椅掉轉了頭，說：「你們回去吧。」
小鈴哭了，說：「爸爸，對不起。我說錯話，惹你傷心了。」
忽然，門口傳來一個熟悉的聲音，說：「小鈴，都是媽媽不好。媽媽對不起妳。」
小鈴回頭看見母親，立刻撲入她的懷中，哭求：「媽媽，妳再也不要走了。」

「可憐的孩子，媽媽再也不會離開妳了。」蘭撫慰女兒。

「蘭姐，妳終於回來了。希望妳能幫助首長早日康復。」黃浩激動得淚濕眼眶。

「這段日子，你既要服侍老的，又要照顧小的，可真難為你了。今後該由我來接替，你可以放心了。現在夜已深，請你先送小鈴回家吧。」

「好。我先回家了。爸爸、媽媽，再見。」小鈴跟著黃浩走了。

蘭關上房門，回頭見友義仍背對著自己，便上前喚道：「友義，我回來了。」

友義緩緩地將輪椅扭轉，面向著她，眼睛卻望著地下，說：「妳的來意，我明白。上回，沈瑛已經來和我說了，妳要離婚。當時我不答應，但現在想通了，我可以給妳寫離婚同意書。」

「不，我不想離婚了，要和你廝守一輩子。」

「妳為什麼改變主意？是被逼的，還是憐憫我，一個垂死的人。」

「都不是。」

「哪是為什麼？」他抬起頭，望著她問。

「因為我記起了對愛神的誓言，不能背誓。」

「我不信神，也不會怪妳背誓。妳不必有所顧忌。」

她憤然說：「你不信神，卻製造了一個活佛！你想借佛力造福人民，然而，活佛只要祂的廟堂固，香火禮讚永不斷。祂在每個人的頭上都套上了緊箍咒，只要一唸咒語，不聽話的人就會疼得滿地打滾。」

「佛心慈悲，可惜讓妖魔侵入了廟堂。」

「既然如此，你就該奮起斬妖除魔，為民除害才是。」

「妖魔眾多，又都神通廣大，要鏟除他們談何容易。我這少了一片肺的人，實在無能為力。妳還是另請高明吧！」

她見他萎靡不振，本想痛罵他一頓，用激將法激他。轉而一想，一鐔死灰，再撩撥也發不出火花，還得先給他加溫才是。於是，走到他身邊蹲下，握住他的雙手，溫柔地說：「友義，我相信你能的。少一片肺不要緊，只要你有一顆強壯的心。」

經她這一握和一番鼓勵的話，他彷彿給充了電似地，全身一顫，有了活力，眼睛射出光芒。他凝視她良久，用挑逗的語氣給她出了個難題：「斬妖除魔要有法寶，此寶何處去尋？可否請妳指點迷津。」

「百足蟲練成了妖精，仍不過是條蟲，找隻公雞來就能解決它了。」她笑道。

「唉，妳說得容易。」他嘆道。

「邪不勝正，因為人生下來就具有兩件法寶。」她神秘地說。

「那兩件法寶？」他困惑不解。

「良知和愛心。良知是除魔的寶劍，愛心是解咒的良藥。你同意嗎？」

他深受感動，熱淚盈眶，說：「我完全同意。孟玉蘭，我親愛的妻子，妳已用愛心重新點燃了我的生命之火。」

自從延安重逢後，他一直只叫她王蘭，彷彿孟玉蘭是被他遺棄的前妻。如今，重叫回她的本名，表示他終於接受了她本人。她百感交集，將頭枕在他的膝上，默默飲泣。

他的淚水也潸潸而下，滴在她的頭髮上。她原本細滑的烏髮，在三年間，已變得粗糙灰白。他用手去撫摸她被淚水潤濕的頭髮，把它梳理得平平貼貼。他倆心中的傷痛也漸漸地平復了。

「蘭，我想站起來，請妳幫我一下。」他說。

「好。」她站起來，扶他下了輪椅。

他動手術後不常走動，以致兩腿變得如同癱瘓。如今，有了行走的意志，腳下的力氣很快就恢復了。

她扶著他慢慢地在房間裏繞著走。他又嘗試放開她的手，自己走了幾步，有了信心。

他夫婦倆一同回到家裏，黃浩和小鈴都喜出望外。

【第十五章】

以直報怨　獨自憔悴

或許是死裏逃生的經歷太恐怖了，紹卿夜裏常被惡夢驚醒，白天也像失魂落魄似地坐立不安。一天，得軍興沖沖地來找他，說：「程友義已病癒，開始出席會議了。今天早上，我在人民大會堂見到他，邀請他夫婦星期六晚上來我家吃飯。請你作陪，好嗎？」

「不，請恕我不能作陪。」紹卿一口拒絕。

「你不想見你的侄女嗎？」得軍訝異問。

「當然想，可是我不願和程友義同桌共餐。」

「冤家宜解不宜結。他倆已破鏡重圓，你為了侄女的幸福，應該原諒她的愛人。」

「不。德輝兄，我什麼都可以聽你的，但是我和程友義之間的事，請你不要過問。」

「哼。」得軍不悅，拂袖而去。

三天後，友義夫婦應邀到言家作客，言夫人準備了豐富的晚餐招待他們。

「來。我們同乾一杯，慶祝友義身體康復及你們夫妻團圓。」得軍說。

「感謝你的成全，我們應該敬你才是。」友義和蘭都說。

「哈哈，這是我第三次替你們撮合了，你們可不能再辜負我的苦心呀。」得軍笑道。

「我們絕對不會忘記你的恩德。」友義說。

「你們多吃點菜，補補身體。如今糧食方面寬鬆多了，多吃幾碗飯也不要緊。」言夫人頻頻給客人夾菜。

「妳做的菜真好吃。」蘭邊吃邊讚。忽然，她發現餐廳外有人探頭向室內張望。瞧見那人的臉，她大吃一驚，把飯碗打翻在桌上。

「蘭，妳怎麼了？」友義驚問。

再看門那邊，人影已不見了，她掩飾心慌，說：「沒，沒什麼。我只是覺得頭暈。」

「妳先到裏邊休息一會再吃吧。我們可以替妳留菜。」言夫人同情地說。

「不用留菜，我已經吃飽了，只想躺一會。」

「好。我們有間客房空著，請妳跟我來。」言夫人帶領她進了一個房間，說：「妳就在這裏躺一會吧。」

「謝謝。請不用陪我了，妳回去吃飯吧。」

「好，我等會兒再來看妳。」言夫人關上房門，走了。

蘭躺下了，心中不寧。方才，她看見了紹卿，懷疑是自己的幻覺，因為是她親手埋葬了他的骨灰。想到紹卿的慘死，她又不禁傷心起來。

忽然，一個人影從落地窗簾後閃出來，她深怕又驚走了鬼魂，瞧著他一動也不敢動。只見鬼魂向她伸出一隻手，她握住了，卻是有骨有肉的。

她急忙跳下床，與他面對面，恍如隔世。

「小叔！」「玉蘭！」他倆擁抱在一起，淚如泉湧。

房門被輕輕地推開了，來人見一個男人擁抱著他的妻子，怒喝：「哪裏來的賊！」

「友義來了。」蘭說。

紹卿不慌不忙取出手帕擦乾眼淚，方才轉過身子，以仇恨的眼光盯住了他。

「嗄，你是……」友義嚇得魂不守舍，倒退了好幾步。

「友義，別怕。他是人，不是鬼。」蘭說。

友義站定了，仍不免緊張，習慣性地去掏煙，發現衣袋是空的，才記起已經戒煙，只得硬著頭皮，上前打招呼：「孟紹卿，原來你沒死，車上燒焦的屍體不是你的。」

「哼，我沒摔死，也沒被燒死。你不甘心，非把我槍斃不可。」

「不。被判死刑的是潘迪，不是你。我特地去驗了他的屍。」

「廢話少說。你殺了無辜的人，今日我要為他們向你索命。」紹卿倏地從懷裏抽出一把手槍，對準了友義的胸口。

「不，他剛動過大手術，身體還很弱，請不要嚇他。」蘭上前掩護丈夫。

「妳不要護著他。他不配做妳的丈夫。」紹卿說。

友義鎮定了，挺身站出來，說：「你要殺，就開槍吧！」

紹卿口雖硬，心腸軟，一時難以下手，說：「我不殺赤手空拳的人。你去取槍來，我與你在屋外決鬥。」

「你婆婆媽媽，分明是下不了手。我不接受你的挑戰，你也不必裝模作樣了。」友義譏諷他。

紹卿大怒，說：「你以為我不敢殺你嗎？看我槍斃你！」他扣上扳機，就要發射。

千鈞一髮，得軍衝進房來，喝道：「誰敢在我屋裏殺人！」一聲到人到，一把奪走了他的手槍。

紹卿神智清醒了，並不抗議，只垂頭喪氣地坐下了。

「友義，你剛才受驚了吧。」得軍說。

不料，友義非但不感謝他救援，反而埋怨：「言總，我一向敬重你，沒想到你今日邀請我來你家赴鴻門宴。」

得軍一聽，勃然變色，大聲說：「你指控我在家裏暗藏刺客，真豈有此理！我不如死在你面前來證明我的清白。」說罷，舉起手槍對準自己的太陽穴就開了一槍。

他驟然發動，令人防不勝防。

友義、蘭和紹卿都驚駭，一擁而上去扶他，以為他將流血倒地而死。

豈知，他含笑站立，若無其事。

「哈哈，嚇了你們一跳吧。其實，我早已派人監視紹卿的一舉一動，乘他不備時，到他房裏取出了手槍裏的子彈。這只是一把空槍。」他大笑說。

友義和蘭都鬆了口氣。

紹卿卻大發脾氣，罵道：「你老糊塗了！子彈被取走，我不會再裝嗎？如果這不是空槍，你豈不完了！」

得軍心悸，即刻將槍丟棄在地上，一面拿出手帕來擦額頭上的冷汗，一面驚惶地說：「好險呀，剛才我實在太輕率了。」

紹卿受驚過度，口中不停地罵：「老糊塗、惡作劇、嚇死人！」

得軍也一再道歉，說：「對不起，對不起。」

友義和蘭都覺得奇怪。心想，這位開國元勳，連總理見了他都要讓他三分，紹卿算老幾，竟敢對他斥罵。而言得軍肯低聲下氣地認錯道歉，更是稀奇。

「小叔，別罵了，不能對言總這麼沒禮貌。」蘭勸道。卻聽見身後一人說：「真該罵。剛才我差點沒被他嚇死。」她回頭看，原來言夫人已不知何時走進了房間。

得軍惱羞成怒了，不客氣地斥責老婆：「夠了，妳不要再說了，大驚小怪。」

「言總，真對不起。剛才我錯怪了你，請你原諒。」友義道歉。

「算了。我知道你是誤會了。」得軍說。

「可是我仍不明白。當初你不是說紹卿被謀害，與車俱焚了嗎？」

「你為何不聽姜苗在法庭外對你說的話呢？要不是我臨時設法從刑場救出他，你恐怕要後悔一輩子了。」

友義這才恍然大悟，明白他確曾誤將紹卿判了死刑。

他心想一時裏恐無法化解紹卿的仇恨，便說：「蘭，我還有些事要和言總商量，不如妳先帶妳叔叔回家吧。」

蘭求之不得，立即說：「好。小叔，我們走吧。」

「不行。他曾將我攆出門外，還聲明永遠不許我再踏進他的家門。」

「友義，有這樣的事嗎？」蘭問。

友義點頭承認：「我曾有許多對不起他的地方，請容日後彌補。」

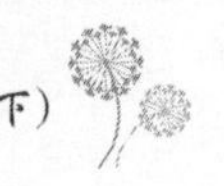

蘭轉向紹卿說：「他已經認錯，你就別計較過去的事了。今日是我請你上我家，難道你也要拒絕嗎？」

「要我上妳家，除非你們答應我一個條件：我在妳家時，他不能進門。我來訪妳時，他必須立刻出去。」

友義急於彌補過失，爽快地說：「好，我答應你的條件。」

「好啦，他答應了。你快跟我走吧。」蘭拉著紹卿，離開了言宅。

他們叔侄同齡，以往一直是無話不談，如今親情依舊，話卻不投機。蘭只想忘記過去的傷痛，令紹卿感到有滿懷辛酸無處傾吐。

「小叔，無論如何，你還活著，是值得慶幸的。當初，我以為你死了，捧了那盒骨灰回鄉。阿蓮和進田幫我將它埋入墓園內，我們都傷心欲絕。想不到，白哭了一場。」

「不，你們沒白哭。孟紹卿已不在人間了，這是官方的定論，他想復活也不行。我叫戚亞聖，只能像幽靈一樣忍辱偷生。」

「你是說，你已改名換姓了。這不稀奇，我也一早改了。」

「妳是自願的，而我是被迫的。」

「過一陣子你就會習慣了。你現在哪個單位工作？」

「目前我只是言總的客人，因為孟紹卿屍骨未寒，他的幽靈還見不得人。要等他被人們遺忘後，他的替身才能問世。」

「放心吧。大難不死，天還要降大任給你呢！」

門外傳來汽車聲，紹卿故意逗留不走，繼續和蘭聊了半小時才告辭。出門，見友義和浩站在院子裏，他走過他們的身邊，視若無睹，坐進了得軍派來接他的車。

車子開動了，他回頭望了一眼，見蘭走出來攙扶友義進屋，他內心感到十分鬱悶。

程克強和陶蓉在新疆度過了三年半的艱苦歲月，終於獲准回到北京。他們已成婚，還生了個兒子，剛滿周歲，名叫程守志。

蘭抱著孫子，笑顏逐開。小鈴做了姑媽，也興奮得不得了，直逗著嬰兒玩。友義傾聽兒子和媳婦訴說他們在新疆的經歷。

忽然，黃浩進來報告：「戚亞聖來訪。」

「哦。」友義立刻站起來說：「我有事要出去一下。我們晚上再聊吧。」他帶著黃浩一起走出去了。

克強覺得奇怪，問：「媽，戚亞聖是誰？爸爸好像有意避開他似地。」

「他是我的心理醫生。你跟我來，我為你介紹。」蘭把孫子還給媳婦抱，即帶著克強去會客。

他們走進會客室，紹卿已在室內等候了。

「克強，這位就是戚醫生。」蘭作介紹。

克強看他滿頭銀髮，帶著墨鏡，一時沒認出他，便伸手招呼說：「戚醫生，你好。」

「克強，你好。」紹卿親熱地握住了他的手。

「呀，你的聲音我聽來好熟悉。你是表叔公！」克強驚訝地說。

「原來瞞不過你。」紹卿除下了墨鏡。

「表叔公，你的頭髮怎麼一下子全白了，又為何改名換姓，隱瞞身分？」

「一言難盡呀。我這頭白髮可以說是在鬼門關染的。」紹卿邀他一同坐下，簡述了自己的遭遇。

克強也不勝唏噓，說：「我有幾位同學都已作了古人。我和陶蓉能活著回來，還生了個兒子，真是萬幸。」

「啊，我做太叔公了。可不可以讓我抱一抱小寶寶呢？」紹卿喜道。

「當然可以。」克強說。

「等一下。千萬不能讓小鈴和陶蓉知道戚亞聖的真實身分。」蘭警告他們。

「知道了。我們會小心的。」

他們一起來到大廳裏，克強說：「蓉，這位是戚亞聖醫生。他想抱一下寶寶。」

「好的。小志，親親這位伯伯。」

「嗯，好乖，可愛的小寶寶。」紹卿抱著嬰孩讚道，心中卻思念起妻兒，不由得淚濕了眼眶。

唯恐曝露身分，他匆匆地告辭了。

【第十六章】

雙姝同命　自力更生

高琇瑩遷居到香港已經一年多了。她說服林曉鵑，一起將資本投進了孟玉棠創辦的女裝公司。她有魄力又有遠見，當上了公司的總經理，開始擴充營業。

曉鵑學會了服裝設計，同時展現了這方面的天才。然而，她心中老掛念著下落不明的丈夫，時常悶悶不樂。

一天，紹鵬意外地收到一封信，是阿蓮給寫來的，其中有一段用了不少暗語。「姑娘已病癒。她和姑爺團圓，全家搬到北京去了。我們已知道小牛兒的下落，原來他和蘇家老二在一起。他們都平安，請勿掛念。上個月，阿田幸運地遇到了他們。後來，阿田又去北京見了姑娘和姑爺，相信小牛兒不久就可以回家了。」

紹鵬夫婦一看就明白，小牛兒是紹卿的乳名，姑娘和姑爺是指玉蘭和友義。雖然他們不敢確定蘇家老二是誰，但從信中可以猜到紹卿不久可以被釋放了。

這是喜訊，紹鵬馬上打電話通知了曉鵑。「我們有紹卿的消息了。你快過來一下，最好請琇瑩也一起來。」

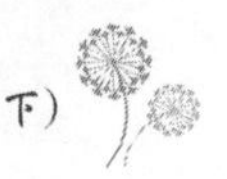

曉鵑在辦公室接到電話，立刻放下手中的工作，邀請琇瑩一起趕到孟家。

她一進門就問：「大哥、大嫂，你們真的有紹卿的消息了嗎？」

婉珍高興地將信遞給她，說：「妳看，這是阿蓮的來信。真是好消息呀！」

曉鵑看了信，悲喜交集，又嫌信太簡短，不夠明白，抱怨說：「江進田究竟在哪裏見到紹卿的，這蘇家老二又是誰，為何阿蓮不寫清楚些呢？」

琇瑩一聽，立刻跳起來說：「蘇家老二？快給我看信。」即從曉鵑手中取了信來看，又叫道：「哎呀，一定是蘇文康，原來他沒死。」

「不可能。文康死了。這是紹卿親口告訴我的，他曾託友義去調查過文康的下落。」

「那一定又是程友義搞鬼，我上過他的當，紹卿也可能受了欺騙。試想，紹卿的朋友中，你們能認出的蘇家老二究竟有幾個？」

紹鵬點頭說：「不錯。據我所知，紹卿的至交好友中，姓蘇的，恐怕只蘇文傑和文康兩兄弟，而文康正是蘇家老二，所以我才讓曉鵑把妳也叫來了。」

「那麼你也認為文康還活著了。」琇瑩大喜，又急著說：「我要寫封信給阿蓮，問個詳細。」

「我也要寫信去問清楚紹卿的情況。」曉鵑說。

「不，你們都不能寫。阿蓮在信中用了不少暗語，可見信件會被查閱。她是冒險為我們傳訊，我們不可害了她。這封信只能由我來回，有些問題不能問得太露骨，也得用暗語。」紹鵬說。

「那麼請你代我們寫吧。馬上就寫！」琇瑩催道。

「妳可真猴急。」紹鵬笑罵道。當下拿出紙筆，在桌邊坐下了，說：「好，我先來打草稿。妳們想說封信。

於是，紹鵬被三個女人圍著，先打草稿，又修改了幾遍，才抄到信紙上。足足花了一個下午才寫好一

「可別忘了替我也寫幾句，我要知道玉蘭一家人的情況。」婉珍說。

些什麼，我先記下來。」

玉棠下班回來，得知了阿蓮來信的事，說：「阿爸，你太偏心了。有了小叔的消息，你只通知小嬸，卻不通知我。」

「好，好，下回我一定通知你。」紹鵬說。

「雖然阿蓮的信寫得不夠詳細，但至少讓我們知道小叔平安，而且蘇文康也活著。這是大好消息，我們應該去餐館慶祝一番。你們認為如何？」玉棠說。

「我贊成。其實，我正想提議，倒讓你先說了。」琇瑩說。

「我要先回去接我的爸媽和玉思，再和你們在餐館碰面。」曉鵾說。

大家商量好了餐館，曉鵾便回家去接家人，琇瑩也去接女兒。

餐館裏，他們三家人滿滿地坐了一桌，歡歡喜喜地吃了頓飯。

從此，曉鵾和琇瑩殷切盼望阿蓮的回信。

然而，紹鵬的信寄出後，過了三個月都沒回音，他們都著急了。

「阿蓮為何還不回信呢？」琇瑩心煩地說。

「會不會是我們給她的信讓人沒收了呢？」曉鵾也擔心。

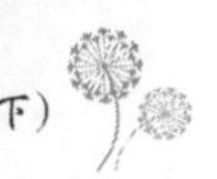

「我猜想，阿蓮是在等小叔出獄後才回信，好讓大家高興。請妳們耐心點，不要再去催問我爸了。他也和妳們一樣著急呀。」玉棠說。

「是呀，只要是好消息，再等久一點也沒關係。」曉鵑變得樂觀了，決定耐心地等。

一幌又過了一個月。

曉鵑和琇瑩正在討論服裝設計的樣本，忽見玉棠興沖沖地走來，說：「告訴妳們一個好消息。阿蓮的回信終於來了。我爸說要等妳們下班後都到我家來，再一起拆信。」

「還等什麼！我們現在就上你家去。」曉鵑和琇瑩異口同聲說。

「好，我馬上開車送妳們去。」玉棠說。

他們三人剛進門，婉珍就笑道：「我就猜到，你們等不到下班就會趕來的。」

「大哥、大嫂，信在哪兒呢？」曉鵑問。

「在這兒呢。我想讓妳先睹為快，所以忍著沒拆。」紹鵬舉著信說。

不料，琇瑩搶先一步，從他手中奪過信，說：「讓我來拆。」

「咦，是我們家的信，妳怎麼搶走了，快還給我。」曉鵑生氣說。

「我急著要解開文康的生死之謎，請讓我先看一眼吧。」琇瑩請求。

「不行。難道紹卿的下落不比文康的重要嗎？」曉鵑不讓。

兩個好朋友幾乎為了先看一封信而反目。

玉棠連忙上前勸解：「妳們倆都不要爭。這封信是寫給我爸爸的，應該由我來代拆。我拆開後，高舉著信，讓妳們同時看就是了。」

「好吧。」琇瑩勉強同意了，把信交給他。

玉棠拿著信卻不立即拆開，故意戲弄她們，說：「妳們先許個願，我再拆吧。」

曉鵑果然雙手合十，默默地在心中許起願來。

琇瑩卻不耐煩地說：「許什麼願，老天爺難道還不知道我們的心意嗎？你快拆信。」

玉棠便把信拆開了，高舉著。

琇瑩和曉鵑一左一右擠在他身邊看。

不料，這封信比上一次的更簡短，只寫著：「小牛兒不幸在前往北京途中，意外翻車身亡。姑娘和我已將他的骨灰埋入墓園內。他的靈魂可以安息。請你們不要太悲傷，要保重自己的身體。」信上，一句也沒提蘇家老二。

曉鵑不相信自己的眼睛，轉首問琇瑩：「信上寫著什麼？」

「滿紙謊言，一定又是程友義故弄玄虛，妳不要相信它。」琇瑩說。

「玉棠，信上究竟寫些什麼呀？」婉珍焦急地問。

「你快唸給我聽聽。」紹鵬也催道。

「信上說，小叔因車禍身亡了。」玉棠說。

「什麼？」紹鵬大驚，急忙拿了信看，忽覺胸口痙攣，暈倒了。

婉珍、玉棠和曉鵑都驚惶失措，又哭又喊。

琇瑩連忙去打電話叫救護車。

紹鵬被送往醫院急救。雖然被救醒了，但只剩奄奄一息。

「對不起。我們已盡了力。回生無術了。請你們為他準備後事吧。」醫生抱歉地說。

病房裏，婉珍和玉棠一家人都到齊了。曉鵑和她兒子，還有琇瑩也都站在病床邊。

紹鵬迴光返照，望著曉鵑，說：「我對不起紹卿。也對不起你們母子。」

「不，大哥，請不要這麼說。紹卿是自願留下的。」曉鵑嗚咽，泣道。

「伯父，你一定要好起來。」玉思也哭道。

紹鵬轉向玉棠夫婦說：「我走後，你們要照顧媽媽。」

「爸，請你放心。」玉棠夫婦都泣不成聲。

紹鵬茫然環視了周圍的親屬，似乎在尋人。最後，他絕望地喊了一聲：「玉蘭。」即閉上眼，自眼角流下一滴淚，瞌然長逝。

眾人慟哭。

孟家人辦完了紹鵬的喪事，又舉行了對紹卿的遙祭。

曉鵑哀痛過度，病倒了。過了一個多月，她仍不肯去公司上班，整日無精打采地躺在床上，什麼事都不想幹。

一天，琇瑩實在忍不住了，來到她家。一進門，就嚷道：「林曉鵑，妳的病假已用完了。妳快給我出來。跟我回去上班。」

「高小姐，請妳饒了她吧。昨天她才看過中醫。我正給她熬藥呢。」林夫人說。

打擊。

「是呀，她的病體未癒，怎能上班呢？」林老先生坐著，有氣無力地說。女婿的惡耗也給了他重大的打擊。

「你們都錯了。她的病，吃藥是沒有用的。我是過來人，我懂得怎麼醫好她。」琇瑩不顧一對老夫婦的勸阻，逕自闖進了曉鵑的房間。

見房間陰暗，她拉開了窗簾，說：「都日上三竿了，還不起床。真太不像話了。」

曉鵑舉臂遮住太陽，說：「妳不要管我。我辭職不幹了。」

「不成。我們的產品已打入了國際市場。我一個人正忙不過來。妳怎麼能在這緊要關頭拆我的台呢。」

「那麼，再讓我再休假幾天吧。」

「也不成。一個鐘頭後，公司要開業務會議，妳必須參加。」琇瑩打開衣櫥，選了一套衣服，放到床上，以命令的語氣說：「妳快起床，穿上它。」

曉鵑無奈，只得下床去梳洗，換了衣服。

「好極了，妳看起來已比剛才精神多了。上兩天班，包妳病除。」琇瑩拍掌笑道。

「琇瑩，只要有妳在，天榻下來我也能頂住了。」曉鵑含淚說。

為了減輕喪夫之痛，曉鵑全心投入工作。從此，服裝界又多了一位女強人。

【第十七章】

狂飆驟起　所向披靡

一座風景優美的別墅山莊內，半夜三更，臥室裏的燈還亮著。一個七十多歲的老人獨自斜躺在一張大床上，身邊翻開著一本厚厚的史書，書名叫「資治通鑑」。然而，他的目光遊移並沒在看書，口中吸著煙，腦子裏只反覆想著一句話「成者為王，敗者為寇。」

他領導黨人創建了新中國，威鎮四海，國人幾乎將他當成了神似地崇拜。可惜，他獨攬大權，施行了一連串冒進政策，給老百姓帶來了嚴重的災害。他的黨人開始對他不滿，逼他辭去了國家主席的頭銜，令他感到四面楚歌，深怕身後會像蘇聯的獨裁者史達林一樣受到批判。

驀然，他坐起來，一隻大手掌「啪」地一聲敲在史書上。不，絕不能認輸，不可讓大權旁落！他決定反戈一擊，贏回他的威信。

天一亮，他就派人去把他的妻子接來。雖然他早就厭倦了她，但是到了緊要的關頭，還是覺得自己的老婆最可靠。

她年輕時曾當過電影明星，聽說丈夫想在政治舞台上導演一齣驚天動地的戲，她寶刀未老，欣喜有了大展身手的好機會。

他們編導的戲劇被定名為「文化大革命」。戲一開鑼，就吸引了成千上萬的青年人，尤其是學生。他們紛紛報名參加大革命，角色被定為「紅衛兵」。

導演者發出了一張「炮打司令部」的大字報，紅衛兵便成群結隊地跟著造反，幫他把政敵們打得落花流水。他們以狂熱的激情散發出巨大的能量，彷彿形成了颶風，席捲神州大地。

戲中不可缺少的台柱之一，是個野心勃勃，擁有軍權的人。因他的角色扮演得好，很快被升為副統帥。

一般老百姓安安分分地生活，懵懵懂懂不知政變正在醞釀中，直等到被突來的革命風暴衝擊得暈頭轉向，才驚覺變了天。

化名為戚亞聖的孟紹卿，在國家科學委員會當顧問。眼看曾經和他接觸過的首長們一個個都被打倒了，他的同事們也有不少被抓走，他感到危而不安，終日提心吊膽。

一天清晨，他出去買菜，回來時發現有人正在抄他的家。他丟了菜籃子，轉身便逃。

因害怕有人追蹤，他躲躲藏藏，夾在人群中在街上遊蕩，時而觀看紅衛兵遊行。

黃昏時，他打算乘夜車逃離北京，便往火車站走去。忽有兩人擋住了他的去路，他想逃避已來不及，被綁架了。綁架者用一個布袋蒙住了他的頭，將他推入一輛車子裏載走，他心想凶多吉少。

不料，他被帶到了一個處所，除去了頭罩，竟是在言得軍家裏，還是以前他住過的那間客房。他感到無比驚訝。

言得軍走進來了，不等他發問便說：「大難臨頭了，你還敢在街上招搖過市。幸虧我比文革組的人先找到了你，否則後果真不堪設想。」

「我不知文革派為何要捉我。」

「凡是在顧問團工作過的，現在都成了他們要捉拿的人。好在，他們還沒發覺你的真實身分，否則你一定是第一個遭殃。為了你的安全，從今起，你一步也不能走出這個房間。」

「啊，你想把我軟禁了？」紹卿驚道。

「你應該慶幸能有這個避難所。」得軍說。

紹卿整天被關在房間裏，只能從收音機上知道外界的情況。

二月中，他聽見報導說，有幾位老將公開批評文革派胡作非為，以為文革的邪風即將被收斂了。不料，過了一個多月，突然又傳出「反擊二月逆流」的信息。

那天深夜裏，得軍來了，滿臉沮喪地說：「孟紹卿，對不起，我不能保護你了。」

「聽說文革派反擊老將們了，連你也受到攻擊了嗎？」

「不瞞你說，昨晚我在大會堂被紅衛兵包圍了一夜，直到今天早上才被放回來。我預料，不久將會有人來抄我的家。」

「既然如此，我得馬上離開。若我被他們抓到了，將會危害到你的。」

「目前，全中國已沒有一個安全的地方。你將往哪裏去躲藏呢？」

「你要應付眼前的危機，請不必為我的安危操心了。」

「你的安危也干係到有些領導人的安危。你若被造反派捉去，一定會受苦刑，被逼迫作出不利他們的偽證。」

「不，打死我，我也不會作偽證的。」

「等你落入了文革派的手中，將會求生不得、求死無門。不如讓我現在就為你解脫了吧。」得軍忽然

伸手從懷內取出一支手槍，對準了他。

「你想殺人滅口？」紹卿大驚。

「我因不忍心讓你受苦，才要殺你。」

見他面露殺機，紹卿連忙說：「請等一下。我不能讓你成為殺人兇手，倒不如讓我自絕吧。」

「你肯自殺嗎？」得軍喜道。

「如果這是我唯一能為你作的事，我願意效勞。」

「好。你自己來吧。」得軍將手槍交給了他。

豈知，紹卿拿了槍，不慌不忙地說：「別急。我不願讓鮮血濺污這間客房，還是到屋外去自殺，這樣你們收屍也方便些。」

「虧你在臨死前，還想得這麼周到。」得軍說。

房門外站著他的三個貼身衛士，姜苗、羅烈和朱旭。他們並不知道室內發生的事，見他走出來說：「我們都到後院去吧。」便跟著就走。

走到了院子裏，紹卿突然轉身，用手槍瞄準了得軍的頭，說：「不許動。快叫他們把後門打開，放我走。」

三個衛士見狀，想拔槍，又怕誤傷他們的首長，都驚慌得不知如何是好。

「戚亞聖，你忘恩負義。老帥救過你的命，你竟敢用槍威脅他。」姜苗罵道。

「他剛才逼我自殺，恩斷義絕。你們放我走便罷，否則我立刻與他同歸於盡。」

姜苗急道：「不，不要開槍。我們放你走就是了。」即去打開了後門。

紹卿舉著槍，倒退到門邊，迅速地逃走了。

衛士們要去追殺他，卻聽得軍說：「算了。讓他去吧。」

原來，得軍覺悟了，殺人滅口是不可原諒的罪行，紹卿逃脫反而使他鬆了口氣。

「老帥，對不起。剛才我擅自放走了他。」姜苗說。

「不。你救了我。」得軍說。

「夜已深，你又受了驚，請回屋裏休息吧。」

「等一下，我有些話要和你們說。文革派已把矛頭指向了我，他們來勢洶洶，我無法抵擋。為了不連累周圍的人，今天下午我已請秘書宣佈解散大院裏的工作人員和衛兵團。我也不能留你們了。」得軍黯然地說。

「老帥，你就這麼輕易地投降了嗎？」姜苗不敢置信地問。

「不投降又能如何，難道發動內戰嗎？再說，紅衛兵大都是年青的學生，軍隊能向他們開火嗎？」

「我不走。誓死和老帥共存亡。」羅烈說。

「我也不走。」朱旭說。

「不，你們留下只會讓我更難過。姜苗跟了我大半輩子，如今他也老了，卻落得這個下場，我真覺得對不起他。你們還只是三十歲左右，就不要耽誤自己了。」

「老帥，這不是你的錯，你不也為國盡忠效勞了一輩子嗎？」姜苗說。

「唉，別說了。總之，你們各自打算，都不要管我了。離開前，記得把槍械和制服都存放到倉庫裏就行了。」得軍含淚，轉身走進了屋子裏。

三個衛士望著他的背影，都忍不住哭了。

過了一會，姜苗收淚，說：「羅烈、朱旭，老帥說得對，你們都還在壯年，沒必要賠命，還是乘早走吧。我老了，我會陪他到最後一刻的。」

「朱旭，我倆不如去追殺戚亞聖，免得他危害老帥。」羅烈說。

「對，我們快去。若他被文革派的人抓到就糟了。」朱旭說。

「不論成功還是失敗，你們都不要回來了。各自逃命吧。」姜苗說。

早晨，得軍夫婦一同走出屋外，意外地發現院子裏站滿了人。有解除了武裝的衛兵，有文職人員，還有司機、護士、廚師、園丁等各類工作人員。

「老帥，我們要保衛你。」衛兵團中，有不少人激動地喊起來。

「老帥，你不能離開我們呀。我們也都不想走。」員工們也喊道。

「不，不，請大家安靜。」得軍連忙搖手制止他們，說：「我實在對不起你們。如果有人來鬥爭我，你們千萬不要插手，以免傷亡。」

他的話還沒說完，忽被門外傳來喧嘩聲打斷。

一陣陣聲討的口號像猛獸的怒吼，自遠而近。頃刻間，鐵欄門外出現了無數兇狠的暴徒，有人企圖撞開大門。

「嗄，他們這麼快就來抄家了。」言夫人驚駭地說。

「解散，解散，大家都回宿舍去，不要管我屋裏的事。」得軍揮手喊道。沒想到，眾人反而圍上來保護他。

不多時，大門被撞開了，由造反派率領的暴徒像潮水似地湧進來，不分青紅皂白，看見院子裏的人就打。

姜苗為保護得軍，奮不顧身地徒手和持棍棒的暴徒對抗，終於不支倒地。暴徒亂棍齊下，竟將他活活打死。

「反了，反了，你們敢在我家裏殺人。」得軍氣得大罵，即被眾人圍毆，打得他昏暈了過去。

言夫人也被打得頭破血流，俯倒在丈夫的身上，血淚交流。

暴徒又衝進屋子，抄家，翻箱倒篋搜查罪證。

最後，造反派的大頭領薛明罕，一個三十多歲的機器廠工人，宣佈：「黑司令被打倒了。我們獲得全勝。」

他帶領著一批肇事者先走了，留下一個由大學生組成的分隊看管現場。

程友義聞訊，立刻帶了黃浩前去援救。他乘車趕到言府，只見大院裏到處是屍體和傷者。言夫人被迫跪在屋前，頭上還淌著血，她的身邊躺著昏迷不醒的言得軍。

他驚駭，三步作兩步走上前，問：「他死了嗎？」

言夫人泣不成聲，說：「我也不知道，像是死了。」

友義蹲下去探得軍的脈搏，鬆了口氣說：「他還有救。我立刻送他去醫院。」

不料，一個年輕人走過來，喝道：「你是誰？不許動他。」

「你是命令我嗎？」友義站起來說。

「啊，原來是程友義同志。對不起，剛才你低著頭，我沒看清楚。」小頭領的氣勢消了一點。

「你叫什麼名字，是哪裏派來的？」友義問。

「我叫華宣武，是紅鷹造反派的分隊長。」

「你快打電話叫車，把傷者都送往醫院。」友義說。

「不，我奉命看守這裏，不能調車，也不能讓你帶走人。」

友義氣極了，罵道：「豈有此理。看你像個大學生，難道不明是非嗎？有人受重傷，豈能見死不救。」

華宣武被他震懾了，默默地退到一邊。

友義即令他的司機先將言得軍抬上座車，又扶言夫人上車，回頭對黃浩說：「我先去醫院。你留下幫助其他的傷者，查看死亡人數，隨後再來。」

黃浩說服華宣武讓傷者回他們的宿舍，又點數死者，發現了倒臥在血泊中的姜苗。他悲痛地抱著屍體哭道：「你們知道殺了什麼人嗎？他出身是個農民，十八歲就加入了紅軍，至今有四十年了。你們為何打死他呀？」

華宣武和他那一隊裏的人聽了，內心都感到不安。

驀然，一輛卡車開進了院子，薛明罕帶了十幾個人回來了。

「宣武，我們要將死者運走，你們幫忙把屍體抬上卡車吧。」

「剛才有家屬要求收屍，那幾個屍體是否能留下給他們處理呢？」

「不行。一律要帶走，一個也不能留下。」

「你們想毀屍滅跡，簡直是無法無天！」黃浩驚怒，站起來罵道。

「他是誰？」

「他是程友義的衛士。言得軍的衛士姜苗被打死了，他很傷感，說姜苗是老紅軍。」

「呸！你聽他的。老紅軍又怎樣？被我們打倒的領導人中，老紅軍多的是。言得軍不就是嗎？」薛明罕隨即率人上前執住黃浩，奪走了他腰間的手槍，還用槍柄將他打倒在地上。

黃浩只能悲憤地看著姜苗的屍體被抬走，拋到卡車上。

造反派的人洗清了地上的血跡後，開始撤退。

「薛明罕，我們要走了，你放了黃浩吧。」華宣武說。

「不能放。程友義敢帶走言得軍，我們就帶走他的衛士。看他敢不敢到我們的大本營來要人。」

言得軍在醫院被救醒，他的兩根肋骨被打斷了，胸部包紮了繃帶。

「言總，對不起，我來遲了一步，沒能阻止造反派的暴行。」友義說。

「你肯在我被打倒後，出來幫助我。我已經感激不盡了。」得軍說。

「他們如此殘忍地對待一個開國元老，實在令人憤慨。我要寫信給毛主席，請他主持公道。」

「友義，我不要你替我抗議，只想求你作一件事。」

「什麼事？請說吧。」

「姜苗跟了我三十多年，如今他為保護我而被打死了，我真覺得對不起他。我請求你，找人將他的屍體埋葬了吧。」得軍難過得落淚。言夫人也忍不住哭了。

「請放心。我會派黃浩處理姜苗的後事。」友義一口答應，沒料到這件事會有問題。

「謝謝你。你快走吧。」

「我怕有人會來拘捕你，因為那幫人決不會就此罷手的。」

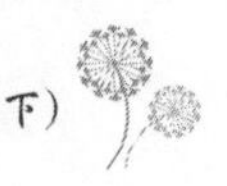

「其實，這是意料中事。請你放心，我會挺下去的。」

「那麼，我走了。請你們保重。」友義愛莫能助，只得含悲告辭。

他剛離去不久，即來了一隊軍警，強行將言得軍從病床上拖起來，押走了。

友義不見黃浩前來，便回到言府去找他，發現靜悄悄地沒一個人影，連地上的屍體都不見了。他正感到詫異，有民眾來向他報信：「造反派把屍體都運走了，還抓走了你的衛士。」他打聽到紅鷹造反派的指揮部，立刻驅車前去救人。

紅鷹造反派是由工人和大學生聯合組成的，他們佔據了市政府一棟大樓作為指揮部。

「程友義同志，你來得正好。我叫薛明罕，是紅鷹的總指揮。我們正要下帖子約你來談談，你卻先來了。」

「對不起，眼下我沒空和你們會談。我只是來找我的衛士黃浩的，聽說你們把他抓來了，有這回事嗎？」

「沒錯。因為他阻礙我們的行動，所以我們把他抓起來了。」

「我不能只聽片面之言。請你讓他出來，我要親自問他。」

「你先回答我們的問題再說。」薛明罕一揮手，造反派的成員便將友義團團包圍了。

他們揮拳舞臂，大喊大叫。「程友義，快交待你和黑司令言得軍的關係。」「你是不是走資派？你是不是反對文化大革命？」

友義從容不迫地做了自我檢討，又小心謹慎地回答刁難的問題。

造反派的人批鬥了他四個多小時，本身都累得就地而坐了，他還是站著耐心地和他們解說。不少隊員們內心欽佩他，都安靜下來。

天黑了，薛明罕也覺得又累又餓，但不甘心放走程友義，真不知如何收場。

驀然，自外面走進來一個人，說：「咦，你們在聽程友義演講嗎？」

「原來是狄橋同志來了。」薛明罕連忙上前迎接，說：「他為言得軍撐腰，我們正在批鬥他。」

狄橋曾經一再派人去奪程友義的權，結果都失敗了。現在他搖身一變，成了文化大革命的一名小組長。這個銜頭聽起來沒什麼，權威卻大得嚇人，因為他們打著毛主席的旗子號令天下，連總理都奈何不了他們。

這回，狄橋尚未向程友義下手，是因他還沒被列入黑名單。有兩次毛主席和其他領導人發生衝突時，友義都不在現場，一次他在國外，另一次他正患重病。因此，文革派集中火力要打倒政敵之際，還想拉攏他。

「聽說你把言得軍送到醫院去了，走資派有你這樣的盟友可真不錯呀。」狄橋說。

友義忍無可忍了，怒道：「究竟是誰指使造反派殺人又毀屍滅跡？簡直太過分了！」

「你少管閒事吧。要知道，對抗文革的人都沒好下場。」

友義想到狄橋為人陰險，萬一他指使造反派扣留自己，那就更糟了。於是，決定先走脫，再設法救黃浩。

「既然你這麼說，我回家去寫檢討。」他拔腿就走了。

薛明罕來不及阻攔，急道：「被他逃走了。要不要去追他回來？」

「讓他去吧。攻打敵人，要先擊他的要害。程友義的要害是他的妻子王蘭，你們準備揪鬥她吧。」狄

橋冷笑說。

一見友義進門，蘭就迫不及待地說：「你這麼晚了才回來，可把我急壞了。得軍夫婦的情況如何？」

「唉，情況糟透了。得軍受了重傷，言夫人也挨了打，他身邊的工作人員死傷眾多，連姜苗也被打死了。」友義嘆道。

「造反派真是太兇狠了，但是他們的後台更可怕。」

「可不是嘛。得軍的惡運還沒完，我幫不了他什麼，只答應替他埋了姜苗。真沒想到，連這件事我都做不到了。」

「為什麼做不到，莫非造反派不讓你收屍？」

「我本來讓黃浩看守著屍體。不料，造反派不但將屍體都運走了，還抓走了他。」

「啊，你一定要設法救黃浩呀！」蘭焦急。

「我去了紅鷹造反派的總部，要求他們放人，反而被他們圍困了半天。最後，我決定先脫身，再作打算。」

「造反派的成員不都是紅衛兵嘛。小鈴也是紅衛兵，就請她去向紅鷹交涉吧。只是，她搬到學校裏住了，我們得馬上派人叫她回來。」蘭想到了女兒。

「算了吧，妳就別指望小鈴了。紅衛兵六親不認，她沒帶同伴來砸我們的頭已經不錯了。」友義說。

「黃浩做過小鈴的監護人，有幾年他們相依為命。小鈴若知道他被造反派執住了，決不會見死不救的。」

「正因如此，我們不能讓她知道此事。」

蘭恍然大悟，說：「你說得對，不能讓小鈴知道，免得她去找紅鷹火拼！」

一直到深夜，他倆也沒想出好辦法。

「蘭，妳先睡吧。說不定，過了今夜，連想睡個覺都不能了。」友義說。

不幸，被他言中，還比他預料的早了一夜。

驀然，喊聲大起，薛明罕帶領眾人闖進屋子，將友義和蘭執住，拖到了屋外。院子裏已站滿了人，有的手持火把，有的持標語，有的揮臂吶喊。

薛明罕將蘭推倒在空地的中央，華宣武的一隊人則執住友義站到一邊。

「你們要鬥，就鬥我，不要傷害她。」友義叫道。但沒人理睬他。

蘭被迫跪地。薛明罕用一個膝蓋壓低她的背，又用手抓住她的頭髮強迫她將頭抬起，逼她：「認罪吧。妳是躲在黨內的毒蛇，走資派，一直在裝瘋逃避懲罰。」

她只是緊閉了嘴，一言不發。

薛明罕不耐煩了，罵道：「頑強份子。不給她點顏色，她是不會承認的。」他使了個眼色，他的伙伴傅松立刻上前打了她兩個耳光。

蘭鼻口出血，還是不出聲。

友義大罵：「薛明罕，你是惡霸。你的行為，污蔑了毛主席。」

薛明罕轉身走到他面前，一拳揮去。不料，被人執住手臂。

「我不許你打他！」華宣武說。

「嚇！你倒向走資派去了，不想活了吧。」薛明罕威脅說。

華宣武不甘示弱，大聲說：「我們今天只鬥王蘭，不鬥程友義。你若不同意，我就率領我的隊員退出紅鷹。」

他的隊員們也一起附合，喊道：「誰敢打程友義，我們就和誰拼命！」

一時裏，紅鷹的兩隊人劍拔弩張似地，眼看要演成內鬥，薛明罕不得不退讓，說：「好吧，我們暫時放過程友義。華宣武，你只叫他閉嘴，不要干涉我們批鬥王蘭就是了。」

「你作夢。你們虐待我的愛人，我絕不會沉默。」友義說。

「哼，你自身難保，還是學乖點吧。」薛明罕譏諷道。隨即將手一招，說：「走，我們把王蘭帶到本部去審訊。」

「華宣武，請阻止他們。」友義眼看蘭被抓走，心中大急。

「對不起，我們只保你，不能保王蘭。」華宣武也帶他的隊伍走了。

友義正想去追，卻有一輛插了紅旗的車開進院子來。車停了，從後座走出一個人。

「我聽說造反派衝進你家了，所以特地趕來為你解圍。你沒事吧？」

「我沒事，可是造反派抓走了王蘭和黃浩，請你救救他們。」

「眼下要我傷腦筋的事可真不少。你家人的危機，恐怕只能靠你自己去解救了。」

「我實在沒法子，除非向江青那一夥人低頭求情，但是我做不到。」

「你可以去找副統帥呀。你在軍隊裏當政治主任時，不是曾和他共事過嗎？」

「他為奪權，陷害了不少軍中領導，包括言得軍。我怎能投靠他呢？」

「正因為軍隊的領導權已全落入他那夥人的手中。我希望你能插入他的陣營，暗中發揮你的影響力，別讓部隊跟著一小撮野心家走。這個任務重大，希望你能勉為其難。」

「我明白了，眼前的危機反而給了我一個機會。明天一早，我就去副統帥家拜訪。」

「好極了。祝你成功。」

早晨，副統帥家的門外來了個不速之客，門衛進去通報。

「程友義來了，昨日他不是替言得軍撐腰嗎？不見！你叫他走。」副統帥怒道。

「等一下。程友義是個稀客，就讓他進來說明他的來意吧。」他的夫人勸道。她是個權力慾極強的女人，親自掌管丈夫辦公室的事務，人人都稱呼她葉主任。

副統帥同意了，令衛士出去帶領客人進來。

「副統帥、葉主任，早安。」友義恭敬地請安。

副統帥坐著，冷冷地說：「早安，請坐吧。」

葉主任不客氣地說：「程友義，你怎麼看來一副落魄相？」

「昨晚，紅鷹造反派闖入了我家，當著我的面批鬥王蘭，侮辱她，打她，最後還把她押走了。他們還抓了我的衛士黃浩，所以我一夜無眠。」

「原來你是來求救的。這叫平日不燒香，臨時抱佛腳。平日怎麼從沒見你來訪呀？」

「副統帥已是一人之下，萬人之上。平日我怎敢高攀呢。」友義低聲下氣地說。

「聽說你從造反派手中奪走了言得軍，難怪他們要向你報復了。」副統帥含慍說。

「他被造反派打成重傷，我只護送他去了醫院。造反派還打死、打傷了不少工作人員。我相信你一定也不同意他們的暴行。」

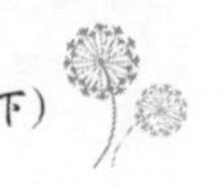

「造反派是受文革管轄的，你應該去問江青才是。」

「我跟江青向來沒有交往。但我曾經在你的部隊裏一同打過戰，自然是先來請你幫忙。既然你不念舊情，我就告辭了。」友義站起來就要走。

副統帥表面推崇毛主席，其實野心勃勃，恨不得早日接班。他想到，在取得天下後，需要有人幫他理政，而友義是個人才，有利用價值。於是，轉變了態度，挽留說：「你別急呀。坐下，我們慢慢談。」

「對不起，王蘭和黃浩都還在造反派手中，我沒心情談其他的事情。」

「你放心。只要我這兒一個電話，不怕他們不放人。」當下，副統帥令他的衛士去給紅鷹打電話：「告訴他們，程友義是我要保的人，今後誰也不許再批鬥他或他的家人。令他們立即放了王蘭和黃浩。」

友義大大地鬆了口氣，道謝說：「感謝副統帥的救援。」

「他救了你的愛人和衛士，你拿什麼謝他呀？」葉主任說。

「今後，我願為副統帥效勞，聽候吩咐。」

「好極了。我們過去是親密的戰友，今後還要好好合作。」副統帥說。

「謝謝你。我告辭了。」

友義回到家裏，果然見妻子已在屋裏了。

他上前擁抱了她，難過地說：「蘭，我一夜無眠，深怕妳被造反派傷害。他們沒有再折磨妳嗎？」

「還好。他們只把我關在一個漆黑的房間裏。我累得倒地而睡了。醒後不久，有人來把我帶出室外，我還以為又要挨鬥了，不料，見到了黃浩。薛明罕居然向我們道歉，又派華宣武護送我們回家。」

「你是說黃浩也回來了。怎麼不見他呢？」

「他一回來，就請求華宣武陪他去尋找姜苗的屍體了。」

「很好。他若葬了姜苗，我就不致於對言得軍食言了。」

「友義，你是怎麼救我們出來的？」

「我去見了副統帥。」

「你向他贖了我，代價是什麼？是你的良心嗎？」蘭不高興了。

「不。我知道妳會責問，所以沒敢把良心賣了。它還在這裏跳著呢，妳摸摸看。」他開玩笑地拉了她的手，貼在他的左胸上。

她抽回她的手，含怒說：「我沒心情和你開玩笑。你快說，你答應了他什麼？」

「我只答應他，在我身上掛一塊他的招牌。不過，妳放心，他的招牌上全是崇拜毛主席的話。他口是心非，總有一天，會讓這塊招牌砸了自己的腳。」

她笑了，說：「我也相信會有那麼一天。」

【第十八章】

忍辱負重　步步驚險

那陣子，北京城牆上貼滿了大字報，常有令人觸目驚心的標題，圍觀的民眾很多。孟紹卿也天天去看報。他人矮，總是擠到最前頭去看。

造反派攻入言宅後一個星期，報上才登出有關打倒言得軍的消息。報導歪曲了事實，還給他加上叛徒的罪名。

紹卿心中正為得軍叫屈，忽聽得身後一人憤怒地說：「謊言，全是謊言。」他轉頭一看，不由得驚叫：「羅烈、朱旭。」

他們起先只顧看報，沒注意到他。聽見叫喚，立即拖他走出了人群。

「噓，莫出聲，快跟我們走。」朱旭說。

這時，紹卿把他們當成了同仇敵愾的朋友，便跟著跑進了一條小巷。

「剛才你叫喊，曝露了我們的身分，恐怕已引起公安的注意了。」朱旭埋怨。

「對不起。我不是有意的。我和你們一樣為言總打抱不平。」紹卿說。

「你的手槍呢？」

「我早已將它扔到河底了。」

「傻瓜，你的死期到了。」羅烈突然用手臂緊緊地掐住了他的脖子。
紹卿兩眼發白，臉色變青，撐不了多久就要窒息而死。
驀然，一隊公安人員向他們跑來。
「不許動，快舉手投降。」領隊的舉槍喝令。
羅烈和朱旭見狀，連忙放了紹卿，逃入巷子裏。
紹卿倒地喘息，公安人員上前將他執起，搜了他的身，一無所獲。原來，他早已將戚亞聖的身分證撕毀丟棄了。
「你是什麼人？他們為何要掐死你？」公安隊長問。
「我是附近的居民，剛才遇上了兩個流氓，搶走了我的錢包和身分證。因我叫喊求救，他們就想殺人滅口。」紹卿說。
「你在這兒站著，不許走開，等我們回來。」隊長說。
「是，你放心，我還等你們替我追回錢包呢。」
公安人員不等他說完，已經去追捕逃犯了。紹卿乘機溜之大吉。
羅烈和朱旭跑到了盡頭才發現那是條死巷。槍聲響起，羅烈右腿中彈。頃刻間，兩人都被抓住了。
警隊長搜出他們的證件看了，說：「羅烈、朱旭，你們是叛徒言得軍的衛士、通緝犯。剛才還企圖搶劫殺人，搶來的錢包呢？」
「不，我們沒搶他的錢包，是他想扒我們的錢，剛才我們正在教訓他。」朱旭故意為戚亞聖掩飾身分。

公安隊長心知上當了，立刻帶人回頭來抓扒手，卻已不見人影。他想反正已捉到要犯，便不去追趕一個扒手了。

狄橋新設了一個監獄，稱呼它「第一拘留所」，專用來刑訊被文革派拘捕來的人。他調派薛明罕和傅松去那裏當差。紅鷹隊就由華宣武接管了。

言得軍的兩個衛士被捕後，薛明罕和傅松奉命去審問他們。

「你們不必手軟，一定要逼他們揭發言得軍叛亂的證據。」狄橋吩咐。

羅烈的腿受了槍傷，承受不了苦刑折磨，只得招供：「言得軍在家裏藏了一個人，名叫戚亞聖。」

「戚亞聖是什麼人，他到哪裏去了？快說。」薛明罕喝道。

「我只奉命看守他，不知他的身分。他在言家被抄的前夕逃走了。」

「你說謊，快招。」薛明罕又狠狠踢了他一腳。他大叫一聲，暈了過去。

「朱旭，你說，戚亞聖究竟是什麼人？」傅松問。

朱旭已被打得遍體鱗傷，硬挺著否認：「沒這個人。羅烈是被你們屈打成招的。」

傅松大怒，一棍打在他頭上，他頭破流血，也暈倒在地上。

正在此時，華宣武帶了一隊人闖進來，說：「我奉程友義同志之令來帶走羅烈和朱旭，他要親自審問他們。」

「他媽的，華宣武。你奪取了我的紅鷹，我還沒找你算帳，你竟敢來這兒搶人，今天我非要你去見閻王不可。」薛明罕揮舞著棍子，罵道。

「你聽清楚。言得軍的三名貼身衛士都是重要的證人。姜苗已死，只剩這兩個，若有什麼差錯，你恐怕要賠命。」

薛明罕聽說，蹲下去察看，這才發現羅烈已死。他開始驚慌，說：「咦，剛才他還能說話，怎麼就沒氣了。」

「朱旭好像也只剩一口氣。我們該怎麼辦呢？」傅松也心慌了。

「人命攸關，應立刻送朱旭去醫院急救。」華宣武說。

「你們等著，我去給狄組長打電話請示。」薛明罕才出去了一會兒就回來了，垂頭喪氣地說：「狄組長不在辦公室，開會去了。」

「不能耽誤了，還是讓我先送朱旭去醫院吧。」華宣武催道。

薛明罕暗想，朱旭可能也性命難保，不如作個順水人情，讓華宣武帶走了，自己好推卸責任，便說：「你要帶走他可以，如果他死了，你要負責。」

華宣武覺得救人要緊，便說：「好吧，一切後果由我負責。」

那天，狄橋出席會議，傍晚才回到辦公室，見薛明罕和傅松站在門外等著他。

他聽完報告，大怒，揚手摑了他們一人一個巴掌，罵道：「混帳，你們打死了一個重要的證人不說，還眼睜睜看著另一個讓人給奪走了，這像什麼話！你們居然還有臉來見我。」

「組長，請息怒。我們已取得了犯人的口供。」薛明罕說。

「哦，有口供，快說。」

「據羅烈說，言得軍曾在家裏藏了一個人叫戚亞聖，但是這人目前已不知去向。」

「戚亞聖是誰？」狄橋轉首問他的隨從費舒。

「他是個科學家，劉少奇曾用他當顧問，我們早就想捉拿他，但到處都找不著，沒想到他躲在言府。」

「這麼說，戚亞聖真是一條落網的大魚呀。你有他的檔案嗎？」狄橋說。

「沒有。但我們的密探曾在程友義家的大門前攝到一張他的相片。據說，他常乘程不在家時去找王蘭。」

「哈，真有趣。你快拿這張照片去公安局，叫他們通緝戚亞聖。我去見程友義。」

友義預料狄橋會上門來興師問罪，已想好如何應對。

「程友義，你太過分了，竟敢派華宣武到第一拘留所奪走犯人。」

「羅烈和朱旭都是重要的證人，我得知你讓薛明罕刑訊他們，很不放心。」

「至少，你應該事先徵求我的同意。」

「今天，我連打了幾次電話到你的辦公室，都沒能找到你。」

「哦，原來你給我打過電話。」狄橋的怒氣消了一點，說：「今天我們文革組開會，從早上一直開到下午四點才散會。」

「所以你不能怪我沒和你商量。可惜，我遲了一步，聽說羅烈已被打死。朱旭也重傷昏迷，醫生說他腦震盪，可能成為植物人。兩個證人都被毀滅了。」

「不妨事，羅烈死前已經招供，言得軍曾在家中匿藏了一個人，名叫戚亞聖。」

友義暗吃一驚，勉強鎮定，問：「戚亞聖是什麼人？」

「有人看見他經常到你家來，你居然不認識他嗎？」

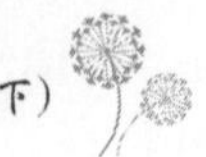

「啊，我記起來了，王蘭曾向我提過她的心理醫生，好像也叫這個名字。」

「不，他不是醫生，是位科學家。這人來頭不小，聽說他做過劉少奇的顧問，後來又躲到言得軍家裏去了。」

「你已打聽到他的行蹤了嗎？」

「我剛下令通緝他，相信他很快就會落網的。」

「如果你們捉到他，請立刻通知我。」

「當然要通知你，因為他和王蘭的關係恐怕不淺呢。」

「你這話從何說起？」

「你若不信，叫王蘭出來，問她一問便知。」

友義恍然大悟似地說：「啊，不妙。我早就懷疑，為何戚亞聖總是乘我不在家時來為蘭看病。莫非他們欺騙了我。」

「你恐怕戴綠帽子了！」狄橋幸災樂禍地說。

「果真如此，我一定要和蘭離婚。但是，在沒有抓到戚亞聖之前，我不願讓她知道，以免得打草驚蛇。」

「你的意思是叫我目前不要審問她吧。」

「是的。一切都等有了戚亞聖的口供再說。」

「好吧。反正只是遲早問題，一旦有了口供，諒你也不能再庇護她了。」

忽見一個少女從裏面走出來，狄橋忍不住讚道：「啊，程友義，原來你有一個養在深閨人未識的女兒呀。」

不料，程小鈴一下子衝到他面前，指著他大罵：「你說誰養在深閨人未識！難道你瞎了眼，不認得我是紅衛兵嗎？」

「小鈴，不得無禮。他是狄橋同志。」友義說。

「原來他就是狄橋。我聽紅鷹造反派的人說，是他唆使他們來揪鬥我媽的。」小鈴轉向她爸告狀。

「那是過去的事了。現在我正和狄同志合作，妳也應該尊重他。」友義說。

「哼。」小鈴氣憤地瞪了父親一眼，轉身衝出了門外。

「你的女兒可真厲害呀！」狄橋說。

「唉，請你別見怪。這年頭，做父母的真難管教兒女。」友義說。

送走了客人後，他即開始計劃如何營救戚亞聖。

程小鈴十八歲了，一身紅衛兵的裝束，掩蓋不了她的青春美貌。她和同學們組成的紅衛兵叫「宏風隊」，她被推舉為隊長。他們參加過大遊行、跳忠字舞、抄家。然而，她很快領悟到紅衛兵被陰謀奪權者利用了，但已被捲入狂潮中，身不由己。

她住在學校宿舍裏，聽說母親和黃浩被造反派打了，立即回家去探視。見他們都帶著傷，她心中難過極了，而父親居然與傷害他們的人合作，更令她憤恨不已。

她跑出了家門，到附近的公園裏找了一個靜僻的地方，放聲大哭。

驀然，聽見有人在她背後說：「小鈴，別哭了。妳有什麼委屈，和妳表叔公說吧。」

她急忙回頭，一見那人，即嚇得驚叫：「有鬼！」

「怎麼，敢砸神像的紅衛兵，居然也怕鬼嗎？」紹卿笑道。

「你是表叔公？不，你是戚亞聖，我表叔公已經死了。」小鈴定了神說。

「唉，妳不知道，表叔公借屍還魂，變成戚亞聖了。」

「其實，我早就懷疑了，但媽媽一口咬定你是她的心理醫生。」

「記得我最後一次把妳抱在懷裏，已是十多年前的事了，妳還肯讓我抱一抱嗎？」

「表叔公。」小鈴投入了他的懷裏，又嗚嗚地哭起來。

「孩子，盡情地哭吧。在我面前，妳不必壓抑，也無須逞強。」他撫慰著她說。

小鈴發洩夠了，擦乾淚，含羞說：「表叔公，你不可告訴人，我偷哭的事。」

「妳放心，我絕對不說。」

「你怎麼會找到我的？」

「我正被通緝，走投無路，身上的錢也用光了。本想去找妳母親借點錢，逃出北京，剛走到妳家附近，正巧見妳跑出來，我就跟蹤妳來了。」

「你運氣真好。剛才狄橋正在我家，你若被他撞見就完了。」

「可不是托了妳的福。就請妳想個法子，救救我吧。」

小鈴腦筋一動，就想到了一個好辦法。

「我把你當「牛鬼蛇神」關在學校裏吧。不過你得化個裝，換個名字。」

「好，請妳幫我取個新名吧。」

「唔，你喜歡那類的名字呢？」

「無奈何，處於亂世，人呼我為牛則牛，為馬則馬，任妳取吧。」

「那麼，你就叫牛耐河，好不好？」小鈴抿嘴笑道。

「真是小鬼靈精，專會作弄人。」紹卿笑罵道。

「你不喜歡，就自己取名吧！」小鈴不悅。

「奈何，耐河，我決定叫牛耐河了。」

小鈴將紹卿暗藏在一間教室裏，對外說是關了一個右派知識份子。她替他理了平頭髮型，並在他的左頰上貼了顆黑痣，另給他準備了一些偽裝的道具。

校園裏，原有不少被監押的知識份子，白天他們被迫作清潔工作。紹卿在打掃庭院時，遇見過好幾個熟人，但他們都沒認出他。

小時候，小鈴曾幾度和父母分離，嘗受了心靈上的痛苦。又因父親終日忙碌，她渴望他的關注而不得。如今她和紹卿在一起，無話不談，親情洋溢，獲得了如同父愛的補償。

一天晚上，她拎了一包東西進來，放在桌上。

「啊，妳又給我帶來了什麼好吃的東西嗎？」紹卿高興地打開包裹來看，不料，竟是一個被分肢了的洋娃娃。

「嗄！這是誰幹的？難道紅衛兵連一個洋娃娃都不放過嗎？」他驚駭問。

「是我幹的。有一次，我看見一個小女孩手中的洋娃娃被紅衛兵奪走，踩壞了。我回到家，就毀了我自己的洋娃娃。」

「如果我沒記錯，這個洋娃娃是妳表嬸婆回國時送給妳的。妳怎麼不珍惜它呀？」

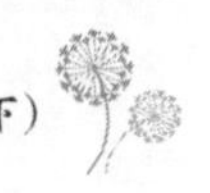

「沒錯，還記得那年我六歲。我聽爸爸說，十年後，全國人都能豐衣足食，我就給娃娃取名「未來」。如今已過了十二年，爸爸的允諾沒有實現，我對未來已經沒有了期望，所以親手毀了它。」小鈴說著傷心地哭了。

「唉，可憐的孩子。」紹卿嘆息，安慰她說：「別難過了，好在妳毀的只是個玩偶，還可以修補。」

「可是，我們紅衛兵今日幹的事，不會毀了我們的未來嗎？還可以修補嗎？」

「你們的未來，還等著你們去創造呢。至於，今日之過，情有可原，相信將來也可以彌補的。」

「聽你這麼說，我就放心了。」小鈴擦乾了淚。

「來，來，來，我們現在就一起動手修補未來，先把它的頭顱接好吧。」紹卿說，拿起洋娃娃的頭接合到它的身體上。

小鈴也開始替它接上四肢。

「小鈴，妳曾用銅頭皮帶打過人嗎？」紹卿乘機問一個令他擔心的問題。

「沒有。我們宏風隊的隊員都不喜歡使用暴力。別的紅衛兵抄家，揪鬥走資派，我們至多只是吶喊助陣。有一次，在大會上，有人批評我革命不積極。幸而，一個造反派的頭領為我解了圍。」小鈴說。

她的腦海裏浮現了那個曾經保護過她的大學生的影子，他叫華宣武，曾是大學籃球隊的主力，女生們的偶像。她初次見到他時，也難免心動。然而，有一回，她看見他把一個被打成走資派的長官踩在腳下，從此對他產生了反感。

紹卿見她低頭出了神，好奇地問：「那個保護妳的人，想是妳的男朋友吧？」

小鈴連忙斂神，否認：「才不是呢！他愛出風頭，我不喜歡他。」

不料，次日華宣武來找她，給了她一張印著戚亞聖的照片的通緝令，請她幫忙尋人。

「如果妳發現了他，先別報警，請馬上通知我。」

「為什麼？你想抓他來私刑拷問嗎？」小鈴大驚，問。

「不，我只是在幫妳爸爸尋找他。」

「我爸找他作什麼？」

「這是秘密。我不能和妳說。」

「你不說就算了，再見。」

「小鈴，請等一下，其實我只是替妳爸跑腿，並不知他為何要找戚亞聖。我今天來找妳，還有一件私事，是想和妳約會，妳願意嗎？」

「哼，如果你是為了接近我，才為我爸作義工，那就乘早打消主意吧！」

「不，請別誤會。我作義工和想跟妳交朋友是兩回事，也許我不該提起妳爸。」

小鈴突然大發脾氣，喊道：「你最好別提他，因為我已決定和他劃清界線了。我也不想和你交朋友。」

「妳！」華宣武感到驚愕，不知何處得罪了她。

她不想和他多說，掉頭跑走了，留下他在原地發怔。

又過了幾天，突然有一隊公安人員來學校搜查通緝犯了。

「表叔公，有人來搜捕你了，快逃！」小鈴趕緊來通報。

前門已出不得，紹卿只得越後窗而逃。

不一會，一隊公安進了教室，問：「這裏住的人是誰？」

「一個被我們關押的人，名叫牛耐河，我剛派他打掃廁所去了。我是紅衛兵隊長程小鈴。」

「向程小鈴同志致敬，你見過這照片中的人嗎？」

「沒有。但我也有一張通緝戚亞聖的傳單，已經叫隊員們注意了。如果發現這個人，我們會抓他到公安局的。」

「謝謝妳。我們走了。」

好在，有驚無險。送走了公安人員，小鈴鬆了口氣。

紹卿回到了他的藏身所，嘆道：「唉，看來這裏不能久留了。我還是得想辦法離開北京城才好。」

話雖這麼說，他實在捨不得離開小鈴，也離不開風雲詭譎的首都。這兒是權力的中心，也是革命鬥爭最激烈的地方，幾乎每天都有驚人的事件發生。他雖足不出戶，但從沒漏掉一條新聞。

紹卿又躲過了兩個月，到了八月初。

一天下午，小鈴憂愁地說：「我剛收到通知，明天將要開批鬥劉、鄧、陶的大會。到時候，群眾將兵分三路，我們這一隊人被分派去批劉。我覺得不應該如此對待一個國家主席，他並沒有什麼過錯。但是，若我不參加，會被批判為保皇黨。」

「那妳就去吧。至少，妳可以做一個歷史的見證人。我也想去瞧瞧熱鬧。」

「不，你千萬不能去。現場一定會有很多警察和便衣人員。」小鈴警告說。

但是，紹卿不願意錯過目睹這一幕史無前例的政治鬥爭的機會。他不和小鈴爭辯，內心卻已打定了主意。

次日，小鈴率領紅衛兵從學校出發，紹卿也悄悄地溜出去看熱鬧了。

天氣熱，他走得滿頭大汗，取出手帕來擦臉，不小心，把臉上的假痣擦掉了，露出了本相。

忽然，迎面走來一隊巡街的警員，他來不及走避，企圖低頭與他們擦肩而過。

「站住。你把身分證拿出來。」一個警員抓住了他，喝道。

「我剛把身分證遺失了。」他慌張地說。

「嗄，原來是你，戚亞聖。上回我受你騙了，這回瞧你還逃得了嗎？」

紹卿抬頭一看，不禁心中叫苦，原來對面站的竟是上回追捕羅烈和朱旭的警隊長。他立刻被擒住了。

劉少奇的住宅內外都是人山人海。堂堂一個國家主席被迫彎腰低頭，受人啐罵侮辱，甚至掌摑腳踢。與其說群眾對他懷有深仇大恨，倒不如說他們在競賽誰更忠於毛主席。

華宣武率領的紅鷹造反派也在場。這次，他們只做了配角，擠在大院的門口，只能遙望批鬥台上的活劇。當然，他們在喊口號時，聲音也不下於別人。

「咦，薛明罕和傅松好像也在台上打人。」紅鷹的副隊長周仁說。

「沒錯。他們還掛了我們紅鷹隊的袖章呢。」華宣武驚訝地說。

批鬥會結束後，人群都散了。

華宣武想回宿舍休息，走在路上，忽然有一人攔住他說：「今晚將有行動，你快隨我來。」他認出了來人，即跟著去了。

當天晚上，宣武拎了兩瓶酒來到第一拘留所的員工宿舍。

他雙手高舉瓶酒，說：「薛明罕、傅松，今天我們打倒了劉少奇。我特地買了兩瓶好酒來和你們一同慶祝。」

「哈，我們已經在喝酒了。你快進來坐下，一同喝。」薛明罕說。

「華宣武，你坐這兒。」傅松拉過一張椅子說。

桌上原本已有一瓶酒，快喝完了。華宣武放下他帶來的酒，入座了。

薛明罕替他斟滿一杯，說：「來，乾杯。」先一飲而盡。

華宣武只喝了一口，放下酒杯說：「下午，我看見你們在批鬥台上，好威風，把個國家主席當小童似地耍。」

「哈哈。」薛明罕和傅松都樂得大笑起來。

「老實說，我很懷念紅鷹。如果我回去，你會答應嗎？」薛明罕說。

「你不用多此一舉了。我有個預感，打倒了劉、鄧、陶，造反派不久就會被迫解散。」華宣武沮喪地說。

「對，還是我們現在的工作穩定。」傅松說。

「嗯，好馬不吃回頭草。華宣武，你放心。我不會回去奪你的權。」薛明罕說。

「我的酒量不好，你們多喝點吧。」華宣武說。

他頻頻給薛明罕和傅松斟酒，把他們兩人都灌得醉熏熏的。他自己只喝了兩杯，卻吃了一大盤下酒的花生。

午夜時分，房裏的電話響了，薛明罕接了電話，原來是狄橋的秘書打來的。

「城中派出所剛打電話來，說已經抓到戚亞聖了。他們今晚人手不夠，要我們自己去押解犯人。你和傅松能去嗎？」

「行，我們馬上就去。」薛明罕對著話筒大聲說。

「你們有任務，我先走了。」華宣武說。走出屋外，騎上他的自行車，剛要出大院的門，他卻直向一個衛兵衝去。

衛兵驚慌閃開了，他撞在門牆上，摔下了車。

「他媽的，你找死。」衛兵氣惱地用長槍指住他，罵道。

卻傳來薛明罕和傅松的大笑聲。

「他喝醉了。你饒了他吧。」薛明罕開著一輛囚車，在車上向門衛說。

門衛放過了華宣武，見他騎車離去時，東歪西倒像要傾跌，還為他捏了把汗。

城中派出所來了兩個彪形醉漢，其中一個喊道：「我們是第一拘留所的人，快把戚亞聖給押出來，讓我們帶走。」

警隊長抬頭見了，厭惡地斥道：「嚷什麼，先把證件交出來。」

薛明罕和傅松各自拿出身分證，摔在桌上。警隊長核對了，是第一拘留所的人，便叫警員把犯人帶出來。

戚亞聖戴著手銬腳鐐被押出來，薛明罕和傅松左右一挾，像拎東西似地把他提了出去，推進了囚車裏。

回來的途中，傅松睡著了。薛明罕勉強振作，開車經過一處偏僻的地方，路的兩旁都是土丘和樹林，沒有住家。忽然看見前頭路中央，有一輛警車擋路，還有兩個交通警察舉著光明棒示意他停車。他及時剎

車，停住了。

「前面的路口將有首長們的車隊經過，大概要半個小時後才能通行。請你熄車等候。」一個交通警察走過來說。他和他的同伴都戴了口罩。

薛明罕沒有異議，乘機趴在駕駛盤上休息，不到一刻功夫，他已經鼾聲大作了。

警察從他的腰間取下一串鑰匙，打開了囚車的門，帶出囚犯。

「別害怕。我們是來救你的。」

紹卿認出了他，驚喜地叫道：「黃浩，原來是你。」

「噓，別出聲。」黃浩替他打開了枷鎖，讓他坐進了警車的後座，又和另一個警察一起去車廂裏搬東西，放入了囚車內。

「華宣武，我先走了。你守著囚車，等事成後，立刻離開。」

「知道了。再見。」

等黃浩開警車走了，華宣武走到路邊的一個土丘後，伏地靜靜地等待。

不久，一輛軍用吉普車急駛而來，眼看要撞上囚車時，司機跳出了車子，翻身一滾，躺在地上。一霎時，吉普車的車頭撞入了囚車的後車廂，兩車同時翻倒，起火燃燒，一團烈火直沖上半空。

華宣武一見兩車相撞，即刻騎上自行車，抄小路走了。

薛明罕被壓在車下，重傷昏迷了。傅松被彈出車外，只受了輕傷，驚呆了一會，即向第一拘留所的方向奔去。

那一晚，文革派開了一個盛大的慶祝會，狄橋喝得醉醺醺地，直到三更半夜才回家。上床後，睡到日上三竿，還沒起身。他的貼身隨從等得焦急了，便入房去喚醒他。

「什麼事？一大早就喚醒我。」

「昨天晚上，戚亞聖被公安逮捕了。我打電話叫薛明罕和傅松去押解他到第一拘留所。不料，他們在回途中出了車禍，囚車被一輛軍用吉普車撞了起火。戚亞聖在車裏燒死了，薛明罕受了重傷，傅松和一位解放軍連長受了輕傷。」

「嗄，車禍是怎麼發生的？」

「據說，是薛明罕和傅松喝醉了酒，將囚車停在路中央。吉普車來不及刹車就撞上了。開軍車的連長及時跳出了車外，否則還要多出一條人命。」

「該死的薛明罕和傅松，去押解犯人時居然敢喝酒。」

「聽說昨晚華宣武帶了兩瓶酒去和他們一同喝的。」

「又是華宣武！這一定是程友義的詭計，他想殺人滅口。」

「程友義昨晚參加了林府的慶祝會，是凌晨一點才離開的，他可能還不知道戚亞聖被捕的事。至於華宣武，據第一拘留所的人說，他也醉得一塌糊塗，騎自行車撞到了大院的門牆上，所以車禍可能只是意外。」

「你立刻替我給程友義撥個電話，我要聽聽他怎麼說。」

費舒打完電話，說：「程府的管家說，友義夫婦倆一早就到別墅度假去了。」

「那就等他回來再說吧。」狄橋倒頭又睡了。

政敵已被打倒，戚亞聖無利用價值了，他只覺得便宜了程友義。

友義早就策劃了許多套妙計，準備隨機應變。出事那天，恰逢有盛大的批鬥會，提供了天時、地利、人和，使得他的計策一舉成功而不露破綻。他預先在公安局佈置了親信，以致戚亞聖一被捕，他馬上就獲得情報。文革期間，常有人自殺，一具沒人收埋的屍體就被派上用場，當作了戚亞聖的替身。

紹卿又一次死裏逃生，在別墅裏與友義相見時，道謝說：「這回多虧你救了我。」

「不必客氣。我曾欠你一條命，如今總算還給你了。」友義說。

「可是，孟紹卿和戚亞聖都被列入了死亡名簿，今後我將如何苟且偷生？」

「小叔，你別急，過一陣子，友義會設法讓你出國。」蘭說。

「妳是說，孟紹卿可以復活，回香港與家人團聚了？」他不相信有這樣的好事。

果然不出所料，是有條件的。

「不，你不能在香港公開露面，也不能去台灣和美國。你必須改名換姓，說服妻子，搬到一個無人知曉你們的地方去隱居。」友義說。

「若我不接受這個條件呢？」

「老實說，你沒有選擇的餘地。因為除此之外，只有死路一條！」

【第十九章】

亂世兒女　一片丹心

小鈴發現紹卿不在屋裏，等候了一個晚上，仍不見他回來。她萬分著急，天一亮，即出去找他。四處都找遍了還是找不到，她懷疑他被捕了，便跑到派出所去，故意謊報：「剛才，我在路上瞧見一個人，好像是通緝犯戚亞聖。」

結果，證實了她最大的恐懼。「妳一定看錯人了。戚亞聖昨天已經被我們逮捕了。」

「啊，你們把他關在哪裏？我要見他。」

「原來妳不是來報案，而是來找他的。妳究竟是他的什麼人？」警員起了疑心。

小鈴怕被抓起來，驚惶失措，轉身逃跑了。

她一路跑回家，想和父母商議救戚亞聖。豈知，家裏除了管家，一個人都不見。

「我爸爸、媽媽和黃浩呢？」

「今天一大早，他們都到香山別墅去了。要十天後才回來。」管家說。

小鈴急壞了，「哇」地一聲，大哭起來。

「唉，別哭，不是妳爸媽不帶妳去度假。他們曾派人去找妳，可是沒找著。」管家安慰她。

小鈴無心聽他解釋，只想著還有誰可以幫她打聽戚亞聖的下落，終於想到了華宣武。

她去到華宣武的宿舍，敲了房門，半晌無回應，她以為他不在家，失望地想走了。不期，門忽被打開了，她一見他的模樣，便驚叫：「啊！」用雙手蒙住了眼。原來他上身赤裸，下身只穿一條內褲，頭髮蓬亂，兩眼瞇著像未睡醒，身上還帶著酒氣。

華宣武見了她，也嚇一跳。「程小鈴，原來是妳！請等一下。」

他連忙回房裏，抓了條長褲穿。因太緊張，兩腳穿進同一褲腳，摔了一跤，爬起來又重穿過。穿好衣服，他想洗個臉。宿舍的浴室和廁所都是公用的，他拿了臉盆和盥洗用品走出房門外，說：「小鈴，請妳先在房裏坐一會，我洗了臉馬上就來。」

小鈴走進房間，不禁皺起眉頭。床上和地下都亂七八糟地堆滿了衣服、書籍和各種東西。這是她第一次走進單身漢的房間，沒想到這麼零亂。

基於她愛整潔的本性，又因有求於他，她開始為他鋪床，把衣服一件件摺好，又把丟得滿地的書籍撿起來，拿去書架上放好。

華宣武回來了。一看，床鋪疊得整整齊齊，地上也收拾得乾乾淨淨，他又氣又急，跺腳罵道：「妳幹什麼？別碰我的東西！」

小鈴見他不但不領情，還罵她，不由得生氣說：「你的房間像狗窩，我幫你收拾乾淨還不好嗎？」

「不好！」他放下臉盆，便把床鋪一把掀開，又把摺好的一疊衣服丟到地上。

「你，你是想氣走我嗎？」小鈴感到自尊心受了傷，氣憤地說。

「是。妳走吧！」

小鈴把手臂裏抱著的一堆書往地下一摔，便跑出了房間。

華宣武洩氣地坐下了，他不明白自己為何變得如此不近情理。反省了一下，才知道是內心的恐懼，他想裝成醉漢，應付狄橋的人，自然不願房間被收拾得乾乾淨淨。他的頭腦清醒了，連忙出門去追小鈴。

他追上了她，道歉說：「小鈴，對不起。我不是有意的。我昨晚喝醉了酒，剛才醒來，還是頭昏昏的，像在做夢。我不敢相信是妳來找我。」

「算了，你趕走我也好，給你自己省了麻煩。」她沒停步，也沒回頭，繼續向前走。

「我猜想，妳一定是有重要的事才來找我的。我願意幫忙。」

「我沒事，用不著你幫忙。」

「妳哭過，眼睛和鼻子都哭腫了，我不知妳早上洗了臉沒有，但可以看出妳沒梳頭髮，有一邊辮子鬆掉了。」

「啊！我真的這麼狼狽嗎？」她著急了，想用手遮臉。

他笑了，說：「別著急，也許我言過其實了。前面就是食堂，邊上有洗手間，我等妳去洗了淚痕，我們一起吃午餐，再慢慢談，好嗎？」

她沒吃早餐，又四處奔波，此時真覺得又餓又渴，便同意了他的建議。去洗手間照鏡子，果然發現臉被汗和淚水沾污了，辮子也鬆了，她想到剛才還嫌華宣武不整潔，不免感到慚愧。但她沒工夫打扮，略一梳洗就出來了。

已經下午一點半了，食堂裏吃飯的人不多。他們拿了飯菜，找了一個安靜的角落坐下來吃。

小鈴很快把飯吃完了，又大口喝了湯。

「妳好像很餓，要不要我再去幫妳買一份。」華宣武說。
「謝謝，不用了，我已經吃飽了。」
「那麼，妳可以告訴我，妳的心事了。」
「我只是想請你幫我打聽一個人的下落。」
「沒問題。妳想找誰？」
「就是上次你要我留意的戚亞聖。」
「那個通緝犯！妳找他作啥？」華宣武驚問。
「我也是幫我爸爸打聽他。」
宣武心裏偷笑，卻不說穿她的謊言。
「妳可以去公安局問他們抓到犯人沒有。」他建議。
「其實我已探知戚亞聖被捕了，但不知他被關在哪裏。我想去探監。」
「原來妳認識他。」
「是的。他是個好人，我當他是位叔叔。」小鈴不得不說實話。
「妳放心，我馬上幫妳去打聽他的下落。」其實，他不須打聽，已知道如何回答她。
「我可以和你一同去嗎？」
「不大方便，還是我單獨去的好。一有消息，我就會向妳報告的。」
「也好。先謝謝你了。」
「不客氣。我應該謝謝妳，剛才幫我鋪床，打理房間。」

小鈴太累了，回宿舍便睡了一覺，醒來已經是黃昏。她發現已比約會的時間遲了一刻鐘，急忙走出去，宣武已在宿舍大門外等她了。

「你有消息了嗎？」她迫不及待地問。

「有了。妳別急。我們先找個安靜的地方再說。」

他帶她到校園裏一個幽靜的地方，找了張長椅，一起坐下了。

「戚亞聖已被帶到一個安全的地方，沒人能審問他了。」華宣武說。

「你是說他被保護起來了。那是個什麼地方，你能帶我去嗎？」小鈴會錯意了。

「可惜，那裏我們進不去的，因為有天兵天將把守。」

「啊，他死了嗎？」

「據說，昨天夜裏，他被薛明罕和傅松押往第一拘留所的途中，發生了車禍。一輛軍車撞上囚車，他當場死亡了。」

「我不信。我要去驗屍。」

「那個給我情報的人說，車子起火，屍體燒焦面目全非了。」

「噢。」小鈴傷心地哭了。

「別難過，若是戚亞聖被帶到第一拘留所，一定會遭酷刑折磨，死得更慘。」

小鈴擦了淚，說：「華宣武，謝謝你，幫我打聽消息。我已預料，戚亞聖被捕後，凶多吉少。你不會告訴別人，我為他而哭的事吧。」

「妳放心，我會替妳守密的。」

「謝謝你，再見了。」

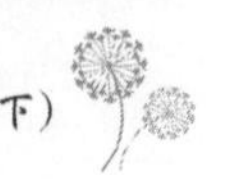

「小鈴，我想和妳約會。明天，我們還在這裏見面，好嗎？」

「不，我不能答應你一定來。」

「沒關係，不管妳來不來，我一定會在此時此地等著妳。」

次日，小鈴猶豫了半天，還是決定去赴約，因為她實在感到很孤獨。即使是她最要好的女同學，她也不敢向她們透露憂傷的原因。而在華宣武面前，她反正已經坦白了，姑且把他當成知己，多少能得到些安慰。

他的豪爽及風趣，令她減輕了失去親人的悲痛，於是他們天天約會。他早就愛慕她，交往一星期後，友情已昇華到愛情。

那天黃昏，他們一起到小河邊散步，他忍不住問：「小鈴，我可以把妳當成女朋友嗎？」

「我本來就是女的，我們不已經是朋友了嗎？」她故意裝傻來迴避他的請求。

「我說的女朋友，是可以摸摸她的秀髮，親吻她的臉，那一種。」

「不行。我和你個性完全不同，至多只能做普通朋友。」

「這幾天，我們不是相處得很好嗎？我並不覺得我們的個性有衝突呀！」

「比如，我愛整潔，你卻寧可把房間弄得一塌糊塗。」

「唉，那天我是反常，平日我的房間沒那麼亂。妳若不信，可以再來作突擊檢查。」

「你還喝醉了酒，我才不要一個酒鬼作我的男朋友。」

「那也是我一生中，唯一喝醉的一次，剛好給妳撞見了。我保證改過，以後再也不敢多喝了。」

「有一次，我看到你把一個部長踩在腳下，可見你有凶狠的一面。」

「那次，要不是我把他踩在腳下，恐怕他已被人打死了。」

「你是說，你想保護那個走資派？」她驚奇地問。

「不。」他連忙否認，自豪地說：「當時，我只覺得能把一個高幹踩在腳下，很威風、很神氣！」

「哼，你虛榮、驕傲、野蠻。這樣的個性，我不喜歡。」

「我只不過是響應毛主席的號召。平日，不就是這些當權者一再教導我們要聽毛主席的話嗎？他們自食其果，豈能怪我。」

「你好像很懂得狡辯。」

「你不必過分擔心我的人格，因為我有一個善良的母親。」他開始講訴他的家庭背景：「我父親是幹部，五年前病故了。母親是圖書管理員，目前仍住在上海。我是獨子，從小受父母寵愛，若說我有點驕縱，我並不否認。」

小鈴覺得他的本性並不壞，內心開始喜歡他了，只是還不想和他談戀愛。

「我們只交往了七天，我對你的了解不夠深，還不想作你的女朋友。」

「其實我們早就認識一年多了，還要交往多久，妳才會答應我呢？」

「還要七年。」她開玩笑，想讓他氣餒。

「還要等這麼久！七年後，我三十一歲了。」他叫苦。

「當我願意讓一個男人親吻時，就是準備和他過一輩子了，所以我不能輕易答應任何追求者。」

「好吧，我等妳七年。雖然此刻我不能親吻妳，但妳在我心目中已經是我的女朋友了。我可以對天發誓，在未來的七年中，絕不交其他的女朋友。」

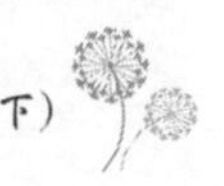

他鄭重地舉手發誓，令她的芳心也激動起來，居然跟著發誓，說：「我在未來的七年內，也不交男朋友。」

「像妳這麼美麗的女孩，一定會有許多追求者。既然妳還沒當我是妳的男朋友，恐怕守不住諾言。」

她便去小河邊採集了一束草，截成一般長短。然後，編織成兩條草辮子，還在每條中間打了七個花結。她交了一根給他，說：「這是信物，我看著它，就不會忘記誓言。我希望你也好好保存它。」

「我會保存它，七年後就拿它向妳求婚。到那時候，你一定會嫁給我的，對嗎？」

十八歲的姑娘，談起婚嫁，仍不免害羞。她點了點頭，便轉身跑了。

他笑了，滿意地將草結子收入了胸前的衣袋裏。

剛回到宿舍，小鈴就後悔了。她想到表叔公屍骨未寒，她就與人談情說愛，還私訂了終身，感到十分內疚，決定乘早取消盟約。

次日早上，她就出去找華宣武，恰巧在校園裏遇見他。

「小鈴，我正要去找妳，真巧，碰到妳了。」他高興地說。

「是巧，我昨天給你的草結子，你還帶在身上嗎？」

「還在這兒呢。」他拍拍上衣的口袋，開玩笑說：「我本來要將它藏在家裏，又怕有人突然來為我整理房間，把它扔了。還是隨身帶著比較安全些。」

「我請求你，把它還給我好嗎？」

「為什麼，難道妳已變心了嗎？」他吃驚地問。

「我只是覺得七年之盟，對你有點不公平，因為你要找其他的結婚對象並不難。」

「老實說，我接觸過的女生並不少，但令我傾心的只有妳一個。既然妳已給了我承諾，莫說要我等七年，就是等更久，我也心甘情願。」

她被他感動，不知再說什麼才好。

他從衣袋中取出草結子，放在嘴前輕輕地吻了一下，說：「還有一個原因，我不能還給妳這草結子。」

「什麼原因？」

「因為，它上面已經沾滿了我的口水。」

「你真是的！」她不由得笑出來。

「小鈴，請妳不要毀約，好不好？」

她正要答應他，忽見四個大漢殺氣騰騰地朝他們走過來，其中兩個手握粗棍。

宣武也看見了，驚叫：「小鈴，快跑！」

小鈴還未弄清楚發生了什麼事，一下子怔住了。

宣武想拉著她逃跑，卻慢了一步，為首的一個兇漢上前一把執住了他的前襟。

「傅松，你想幹什麼？快放開我。」他掙扎，叫道。

「薛明罕死了。我要替他報仇，叫你償命。」

「他死於車禍，與我何干？」

「要不是你把我們灌醉了，我們去押戚亞聖的時候就不會發生車禍。」

小鈴聽了他們的對話，驚疑地問：「華宣武，那天我去宿舍找你，你剛醒，滿身酒氣，是因前一晚你和薛明罕在一塊兒喝酒嗎？」

華宣武被傅松執住，百口莫辯，不得不承認：「是的，我和他們一同喝醉了。」

「我恨你！」小鈴哭喊著，跑走了。

華宣武被傅松一拳打倒。他曾是籃球隊員，身手敏捷，本來可以逃跑，但是他的草結子掉在地上，他想爬過去撿起，旋即被人踢翻、圍毆。持棍的兩個兇徒猛打他的腿，他瞥見那根草結子被踩爛，接著便昏迷過去。

幸而，紅鷹大隊的人聞訊趕來解救，他才沒被活活打死，但已身受重傷，左腿被打斷了。

小鈴恨透了華宣武，以為他與惡徒為伍，間接導致戚亞聖的死亡。更恨自己被他欺騙了，與他結草訂盟，還答應七年後作他的終生伴侶。

那天，她眼看他被暴徒圍毆，卻棄他不顧。跑回宿舍後，第一件事便是把草結子扔出窗外，然後伏在床上，痛哭了一場。

紅鷹的副隊長周仁來找她，說：「小鈴，宣武不但遍體鱗傷，而且被打斷了左腿，就是醫好了也會變成跛子。他的情緒很低落，妳能不能去安慰他？」

「不，他咎由自取，我已決定和他絕交，再也不願見到他了。」她硬著心腸說。

「妳太無情無義了吧！我知道他愛上了妳，你們不是已結草訂盟了嗎？」

「他胡說。我還沒答應作他的女朋友，今後就叫他死了這條心吧！」

「豈有此理！他真愛錯了人。」周仁被她氣走了。

不久，她的同學們也來勸：「小鈴，不管妳和華宣武有沒有私下訂盟，你們都是紅衛兵隊長，他現在身受重傷，妳怎能不聞不問呀？」

「請妳們不要說了。我自有理由去不去看他。」

小鈴痛苦極了，她不能原諒一個害死她表叔公的人，但有口難言。

人人都誤解了她，連她的好朋友都以為她冷酷無情，開始疏遠她。

友義剛從別墅回來，得知了華宣武被打傷的消息，後悔說：「唉，都怪我太大意了，沒想到要保護他。」

「傅松率眾行凶，怎麼還能逍遙法外？」黃浩說。

「他們一定是受狄橋指使的。請你替我去醫院慰問華宣武，順便把小鈴接回家吧。」

當天晚上，黃浩來找小鈴，說：「妳爸爸回來了，他希望妳搬回家去住。」

「我媽媽呢，她也回來了嗎？」小鈴問。

「還沒有。她的頭疼病又復發了，首長決定讓她在別墅裏多住幾天。」

小鈴猜想母親的病一定和戚亞聖之死有關，她禁不住流淚了。

「小鈴，妳怎麼哭了？」

「我沒事，只是想媽媽了。」她抹淚說。

「妳的神色憔悴，好像病了，還是跟我回家吧。」黃浩關切地說。

「不，請你轉告我爸，我要等媽媽回來後才回家。」

「妳大概怨恨妳爸去別墅前沒通知妳吧。其實，那天早上他派人來找過妳，但是妳不在宿舍。」黃浩也猜錯了。

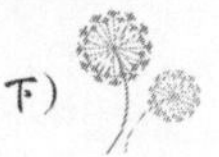

「我沒有怨恨爸爸，只想留在學校裏多讀點書。」

「好，我替妳傳話吧。」黃浩不再勉強她，剛要離去，又回頭說：「對了，還有一件事，我差點忘了和妳說。我去醫院看了華宣武，他說很想見妳一面。」

「我不要見他！」

「為什麼，你們之間有誤會嗎？」

「我不能告訴你。」

從小到大，小鈴都把黃浩當成知己，然而，他對她隱瞞了戚亞聖的身分，所以這回她也不願向他透露心中的秘密。

「華宣武是個好人，我希望妳能重新考慮。再見。」黃浩走了。

小鈴又陷入矛盾中。

深夜裏，她還是忍不住去了醫院，站在病房外偷看，只見華宣武閉目躺著。她猜想他睡著了，便悄悄地走到床邊。

他鼻青眼腫，頭上的繃帶滲出血跡，左腳綁在一塊木板上吊著。她想，當時她若不跑走，就地呼救，或許他不會傷得這麼重。她開始內心自責。

驀然，華宣武發出了夢囈，喊著：「小鈴、小鈴。」

她一驚，深怕他醒來，急忙轉身跑了。

他張開眼時，她已消失了蹤影。

＊＊＊

孟紹卿在別墅裏躲藏了一個多月，窗外的美景無法解除他內心的愁思。

一天，蘭對他說：「友義明天就要來接我們下山了，你還沒答應他的條件，難道你不希望和小嬸團圓嗎？」

「我想放棄逃亡的計劃，因為我不想埋名隱姓過下半輩子，還有一些說不清的情緒使我不願在這個關鍵時刻離開祖國。」

「別開玩笑。你怎不想想，你究竟有幾條命，不逃亡成嗎？」

「說到我有幾條命，真令人驚嘆。昨夜，我屈指算了一下，我這一生已經逃出過十次鬼門關。據說，貓有九條命，我似乎比貓還多了兩條。」紹卿苦笑說。

「既然如此，你更應該珍惜最後一條命，帶著它回去見小嬸吧。你若錯過了這個機會，恐怕再也沒人救得了你了。」

紹卿也知道良機一失不可再得，只得答應了友義的條件，去天涯海角過隱居的生活。

蘭為他準備了一個行李箱，又交給他一本護照，其內的照片是紹卿染黑了頭髮照的，姓名改成了「唐逢吉」，年齡少填了五歲。

「臨行時也許沒機會道別，我預祝你一路平安。」蘭忍不住離別的感傷。

「請妳也保重。但願今生還能相逢。」紹卿也含淚說。

次日，他藏在車隊中，跟隨友義夫婦離開了別墅山莊。

他被安排在城郊一棟小屋裏過夜，屋後有一條小河，環境清靜幽雅。他知道，清晨五點鐘將會有人來接他去飛機場。

半夜裏，他躺在床上翻來覆去，無法入眠。捻開了床頭燈，看了時鐘，已是凌晨三點，他心想反正睡不成了，不如到河邊去走一回，消磨在祖國的最後一夜。

萬籟俱寂，星月燦爛，他沿著河邊慢慢地走，心中感慨萬千。想當初，他離開幸福的家，選擇回祖國服務。到頭來，虛擲了十二年寶貴的光陰不說，還差點喪命，被迫潛逃出國，像個罪犯似地必須埋名隱姓度餘生，他實在覺得很不甘心。此外，他也牽掛著小鈴，深怕她聽說戚亞聖死亡的消息會不勝悲痛。

驀然，他聽見啜泣聲，駐足望去，發現一個男人站在河邊哭訴：「潔兒，爸爸沒法參加妳的婚禮了，但願我的靈魂能去伴隨妳。」

紹卿見他要跳河，連忙上前抱住他，說：「你為何尋短見呀？」

「嗄，你是誰？」

「請不必害怕。我既想救你，就是朋友。」

「你若是朋友，就讓我死吧。」那人掙脫了他的手，跑開去，又要跳河。

紹卿大急，說：「你先報個名再跳河不遲，如此，你死後我還可以為你申冤。」

這番話果然有效。那人轉回頭，說：「我叫唐維德，原僑居美國。五年前，妻子過世，我應聘來大學當教授，全心全力為祖國培育人才。不料，學生們突然變成了紅衛兵，將我剃陰陽頭，胸前掛了牛鬼蛇神的牌子，綁著在街上遊行。我忍無可忍，逃了出來，準備自盡。」

「啊，唐教授，眼下像你這樣受害的學者實在太多了，如果各個都去尋短見，國家就要沉淪了。」

「你不必再用愛國來說服我了。我有一個獨生女留居在美國，她在大學裏結交了一位香港來的留學生，明天是他們結婚的日子。我本來已經答應女兒去香港參加婚禮，如今去不成了，但願靈魂能飄去觀禮。」

「原來如此。也許我可以助你一臂之力，讓你去香港參加女兒的婚禮。」

「我不相信奇蹟。也許，我是在做夢吧。」

「請跟我來。等你看見飛機票和出境證時，你就會相信了。」

紹卿帶維德回到小屋。這時，他們才彼此看清了對方。

唐維德原本長得相貌堂堂，但此時頭髮凌亂，面容憔悴，身上卻穿了一套新西裝。

「這套西裝原本是為參加女兒的婚禮而準備的，如今當喪服穿上了。」維德說。

「正好，你要出國，這身打扮很合適。」紹卿說。

「你口口聲聲說要幫助我出國，恐怕是哄我的吧。」

「不。你看，這是我的飛機票、護照和一些港幣，全部都送給你。」

「我與你非親非故，你為何要這麼做？」

「也許是天意。所有的證件都齊備了，但我不想出國，正好遇上你，可見我們有緣。」

維德半信半疑，看了證件，說：「真巧，我倆同姓。但你是浙江人，我是河北人，南腔北調。你臉圓，我臉長，我比你身材高。守關的人又不是聾子、瞎子，我若用了你的證件，如何過得了關？」

「守關的也有疏忽的時候。南方人，在北京住久了，學會北京腔並不足為奇。你身高，走路時曲曲膝。你臉長，戴了眼鏡，再加頂帽子，也許混得過去。」

「聽你這麼說，我就碰碰運氣吧。若被人識穿，我就拒捕奔逃，讓他們當場開槍打死算了。」

「但願你能順利逃到香港，趕上你女兒的婚禮。」

「果真如此，你就是我的大恩人，我希望有一天能報答你。」

「不用言謝，也無須報答，因為我也受過別人的恩惠。」

「即然我們同姓，我願與你結拜為兄弟。雖然我比你大兩歲，但是你對我有救命之恩，我願稱你為兄。」

「實不相瞞，我並不姓唐，而且真正的年齡比證件上的大五歲。」

「啊，這麼說，我是應該稱你為兄。請問你尊姓大名。」

「恕我不能奉告。清晨五點鐘，會有人來接我，不，是接你去飛機場。時間不多，我先替你修剪頭髮，你再去洗個澡，就得準備出門了。」

唐維德理了髮，剃了鬚，洗好澡，又重新穿上西裝，戴了一頂帽子，恢復了紳士風度。他把機票、護照和錢都收入衣袋中。

紹卿開始收拾房間，把原來要穿上飛機的一套西裝放回了行李箱。

他倆剛準備就緒，門鈴響了。回頭一看時鐘，原來已經五點鐘了。

「我得躲起來，你去應門吧。」紹卿說，立刻躲進了衣櫥裏。

維德懷著緊張的心情去打開門，見門口站了一個穿黑色制服的中年人。

「同志，早安。我是來接唐逢吉先生去飛機場的。」

「我就是唐逢吉。」維德壯著膽說。

來人不疑有他，說：「你有行李嗎？我幫你提上車吧。」

維德這才想起來，出國旅行應該有件行李。他回頭看見紹卿的行李箱，情急之下，也顧不得客氣了，拿起來就走。

紹卿從衣櫥裏走出來，發現行李箱不見了。他突然感到十分懊悔，倒不是可惜箱子裏的東西，而是覺得讓維德作替身去闖關實在太荒唐，萬一被查出破綻，事情就要鬧大了。

他連忙追出屋外，然而，已經看不見車子的影子。他頹喪地在屋外徘徊了一陣，想不出挽救的辦法，又怕有人會來驗收屋子，只得離開了。

他徒步走了大半天，終於在路邊找到一個公車站。他搭車回到城裏，等到天黑才潛回以前他藏身的那間教室裏，累得就在地板上躺下睡了。

一覺睡到天亮，他聽見有人呼喚：「表叔公，醒醒。」

睜眼一看，小鈴蹲在他身邊，他支起酸疼的身體，說：「小鈴，我回來了。現在幾點鐘了？」

「快早上八點了。你不是在車禍中死了嗎？我若在晚上發現你，會以為是鬼，被你嚇死。」

「我被捕了，原以為凶多吉少，幸而被妳爸設計救了。當時，把我從囚車裏救出的兩個人，一個是黃浩，另一個聽說是華宣武。」

「嗄，我冤枉他了！」小鈴大驚失色，隨即說：「表叔公，請你在這裏等著，我要出去一會。」迅速地跑走了。

她一口氣跑到華宣武的宿舍外，尋思該怎麼向他道歉才好，不由得憂愁起來。猶記得第一次到這裏來

找他的情況，更令她踟躕不前。

正巧，就在這時，華宣武走出了宿舍。他背了一個大包袱，雙手各提了一個行李袋，看樣子，若非搬家就是要作長途旅行。他瘦了許多，走路一跛一拐，身上的行李似乎令他有不勝負荷之感，以前威武的神態已經消失了。

小鈴見狀，感到心酸，急忙走過去招呼，問：「華宣武，你要去哪裏？」

他抬頭見了她，臉上掠過一絲驚訝，回答：「我要去上海，回家看我媽。」

「你要回去多久，還會回來嗎？」

「不回來了。我想陪伴媽媽一陣子，然後去青海的畜牧場插隊。」

「啊，你被分配到那麼遙遠的地方。」

「是我自願去的，因為我看透了人的虛偽，寧可去和牛羊為伍。」

她為離別而感傷，又急著解釋他們之間的誤會。「宣武，對不起，我錯怪你了。」

「我不知道妳說什麼。時間不早，我要趕火車，恕不奉陪了，再見。」他掉頭走了。

她不放棄，一面跟著他走，一面繼續懺悔：「那天，要是我不走開，也許你不會被打折腿。你受了重傷，我卻不去醫院看你，如今後悔極了，請你原諒我。」

「我沒生妳的氣，也不怨天尤人。我這條左腿曾踩過不少人，如今短了一截，是它的報應。再說，我在醫院時，每天都有朋友來探訪我，所以妳不必內咎。」

「我本來應該特別照顧你的，因為我們已訂了盟誓。」

「我的草結子早已被人踩爛了。妳的那個，大概也已被妳丟棄了吧。今後，就別再提什麼七年之盟了！」

「宣武，不管有沒有草結子，我都會遵守誓言。」她流著淚說。

他停住了腳步，轉身望著她，竟笑了起來。

「你笑什麼？我是認真的！」

「妳哭得像林黛玉了。」他憐愛地說，放下行李袋，想伸手為她拭淚，忽見一個朋友跑過來。

「華宣武，我特來為你送行，讓我替你提行李吧。」周仁瞧見了小鈴，又不客氣地說：「咦，妳來做什麼？」因她曾拒絕去醫院慰問宣武。

「我也想為他送行。」小鈴尷尬地說。

「既然有周仁陪我，妳就不必送了。」宣武強忍心中的悲痛和不捨，頭也不回的走了。

小鈴望著他的背影，心碎了。

忽然，她想到一件事，急忙跑回自己的宿舍，繞到後窗外，在矮樹叢中尋找，終於發現了被她丟棄的草結子。草已枯黃，但結子完整無缺。

她如獲至寶，把它撿起來，用手擦拭上面的塵土，口中喃喃地說：「宣武，我找回了我的草結子，一定會遵守盟誓，為你守候七年。」

【第二十章】
巧遇奇緣　情虧一簣

在乘車前往飛機場的途中，唐維德心慌意亂，想著冒名闖關，無異於去赴死。他估計自己逃脫的機率只有百分之一。

「同志，已經到機場了。」司機停了車，替他打開車門。

維德勉強下了車，提著行李箱走到機場門口，見內外都站著許多警衛人員，心裏已經在打退堂鼓。他回頭準備逃離，卻見司機跟在他後頭。

「我將護送你上飛機。」

原來司機還兼任護送人，維德暗喜，一下子將成功的機率提高到百分之三十。

果然，因有人護送，把關的沒仔細查核他的證件，就放行了。

維德順利地登上了飛機。

航空小姐帶他到一個靠窗座位上。他坐下了，正慶幸自己的好運，卻見一個軍人登上飛機，朝他走來，他以為要被捕了，嚇得心跳加速。

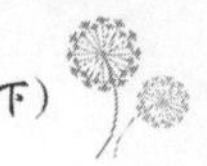

然而，軍人只友善地對他微微一笑，隨即在他身邊坐下了。原來對方只不過是一個乘客，維德暗笑自己作賊心虛。

不料，軍人轉首問他：「同志，你叫什麼名字？」又把他嚇一跳。

「唐，唐，」他緊張過度，只記得他假冒的人和他同姓，卻忘了假名。手忙腳亂地掏出證件來看了一下，才說：「唐逢吉。」

好在，軍人似乎沒有起疑，說：「唐同志，你好。」

又是虛驚一場，維德定了神，敷衍說：「你好。」轉首望窗外。

直到飛機起飛，他才噓了口氣，暗下又將成功逃亡的機率提高到百分之五十。

一夜未眠，他實在睏了，便閉目休息。不久，沉沉睡去。

一覺醒來，他迷迷糊糊，不知身在何處。直到看見窗外的雲層，他才記起是在飛機上，便問鄰座：「我們飛到哪兒了？」

「早已過了長江。大約再一小時，就到廣州了。」

「啊，這麼快。」

因不知到了廣州後，下一步該怎麼走，他又開始擔憂了。鄰座的軍人見他在座位上動來動去，焦慮不安，便問：「你想上廁所嗎？」

「是，是，請借過。」

維德去了洗手間，方便後，又拿出護照來看，愈看愈覺得自己和照片上的人不像。出邊防海關應比國內旅行難多了，他害怕出境時被捕。

也許他佔用洗手間的時間太長了，有人敲門催他。他連忙走出來，見門外排了許多人，都瞪視著他。

「對不起。」他低頭道歉，匆匆地回到座位上。

軍人和他聊起來，問：「你家住廣州嗎？」

「不。我要去香港參加女兒的婚禮。」維德一不小心，說溜了嘴，不但忘了假身分，還透露了行蹤。萬一，唐逢吉沒有女兒，豈不要露出馬腳。尤其是說出了要去香港，更易令人起疑，他後悔莫及。

不料，軍人說：「哦！你要去香港。真巧，我剛被調到中港的邊防海關去工作。」

維德目瞪口呆，心想天下那有這麼巧的事，莫非這人也是特來護送唐逢吉的。當下，反憂為喜，壯著膽說：「真太巧了，我可以和你同行嗎？」

「當然可以。」軍人含笑說。

不出所料，維德由軍人護送出境，順利地進入了香港，他終於相信了奇蹟。

唐潔在她的姑媽家，已化好妝，穿上了新娘禮服，但是鬱鬱不歡。前兩天，報上登載了她父親被紅衛兵批鬥的消息。她想取消婚禮，但是請帖早已在三個月前就發出去了。

「潔，我們該走了。咦，妳怎麼又哭了，化的妝都被淚水弄糟了。」她的伴娘說。

「我不想在今天結婚了。玉思一定會諒解我的。」潔說。

「不成。現在取消婚禮已太遲了，一切都得等完婚後再說。」姑媽勸道。

忽然，門鈴響了。

「一定是禮車的司機又來催了。我們走吧。」姑父說，走去開門。看見來人，他不禁大聲驚呼：「維德，是你！我沒看錯吧。」

「沒錯，是我。姐夫，快告訴我，小潔的婚禮在哪兒舉行。」維德說。

唐潔已聞聲而至，投入他的懷抱，喜極而泣：「爸爸，我們還以為你被紅衛兵囚禁了，你是怎麼脫身的？」

「一言難盡呀。我原以為只能死後化為魂魄來觀禮了。」維德說。

「快別說了。走吧，走吧，再遲就太失禮了。」他姐姐說。

禮堂裏，孟玉思和他的母親都等得焦急萬分，來觀禮的親友們也都開始竊竊私語。

「唉，已經遲了一刻鐘，新娘不會臨時改變主意吧。」曉鵑說。

「我也有點擔心。這兩天，唐潔的心情很不好。我實在應該體諒她，自動取消婚禮的。」玉思後悔說。

忽然，結婚禮樂起奏了。伴娘嬝嬝先行，新娘由父親挽著進入禮堂。

維德將新娘交給新郎，握住他的手，說：「玉思，請你好好照顧我的女兒。」

玉思望著從未謀面的岳父，心中充滿了疑惑，但見新娘臉上燦爛的笑容，也就一切釋然。他點了點頭，說：「我會的。」

婚禮順利地舉行，圓滿地結束了。

玉思夫婦在旅館度過了新婚之夜。次日一早，他們便一起去探望唐潔的父親。

唐維德敘訴了他逃亡的經歷，又取出護照，說：「他就是我的救命恩人。」

玉思看見護照上的照片，驚呼：「這人面貌像是我爸爸。難道他還活著嗎？」

「不可能，他又不姓孟。」潔說。

「他的生日也和我爸爸相同，只是年齡小了五歲。」

「真巧，我記得他說他並不姓唐，而且證件上的年齡比他實際年齡小五歲。難道他真的是令尊？」維德驚奇地說。

「你還有其他屬於他的證物嗎？」玉思問。

「對了，我還拿了他的行李箱。你可以看看裏面有沒有你爸的東西。」維德隨即到房間裏拎出行李箱子。

玉思看到一套西裝就哭了，記得這正是他爸穿著回國的那一套。

兒子剛結婚，曉鵑了一樁心事，在家裏休息。琇瑩一早來訪，兩人坐著喝茶聊天。

「曉鵑，玉思已成家立業，今後妳可以輕鬆一下了。」

「可不是嘛。真巧，唐潔的爸居然從大陸逃出來，趕上了婚禮，可算是喜上加喜。」

「妳的親家公在酒宴上和我聊了許多，他原本在美國當教授，懷著一腔熱忱回祖國服務，沒想到，差點葬送在一群狂暴無知的學生手中。」

「他還算命大，有福氣。我想起紹卿，又是一夜失眠。」

她們正說著，忽見玉思夫婦和唐維德一起走進來。

「媽，原來爸爸還活著。」玉思流著淚，激動地說。

曉鵑還以為他說的是岳父，心想這孩子為岳父脫險而高興得哭了。她不理會他，只招呼維德，說：

「啊，親家公來了，請坐。」

「媽，妳聽見沒有，我說爸爸還活著！」玉思重覆說。

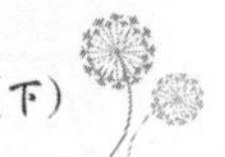

「人在這兒，當然是活著。你這麼大個男兒，已成了婚，還哭哭啼啼幹什麼？」曉鵑惱了。

「媽，玉思說的是他的親爸爸。他的爸爸救了我爸爸。」潔說。

「你們這兩個孩子究竟在說些什麼呀？」曉鵑被弄糊塗了。

「親家母，請妳看看這證件和行李箱裏的東西就會明白了。這些都是我的救命恩人送給我的。」維德說。

「嗄，這個唐逢吉的照片怎麼像我的亡夫呀！」曉鵑驚道。

「可見我的猜測沒錯，孟紹卿還活在世上。」琇瑩說。

「唐教授，他為何要將出國的機會轉讓給你？難道他已捨棄我了嗎？」曉鵑問。

「老實說，我也不明白。當時，我正想跳河自殺，神智不是很清醒，而且事情發生得很倉促，我沒有時間探究原因。我只當是上天憐憫我，派他來作我的救星。」

「真叫人恨煞！紹卿，你為何要如此折磨我？」曉鵑掩面哭泣。

「媽，我們一起去北京找爸爸吧。」玉思說。

「千萬去不得。那裏已經成了人吃人的恐怖世界。我猜想，親家若真想逃出來，一定還是有辦法的。我偽裝他，一路上都有人護送，可見他有貴人相助。」維德說。

曉鵑終於平靜下來，擦了淚，說：「只要他活著就好，我會耐心地等他回家。」

「紹卿救的人竟是他的親家。這可真是奇緣。」琇瑩說。

兩個星期後，玉思夫婦回美國了，他們準備在舊金山定居。

唐維德本來也想隨女兒和女婿去美國，但是當他知道是親家把出逃的機會讓給了他，便覺得應該多陪陪親家母，減輕她的憂傷。

同時，他也被琇瑩吸引，一見鐘情。他已鰥居多年，正想續絃，既然有了理想的對象，便不願失去良機。於是，他改變初衷，決定在香港居留一年，再作長久的打算。

他很快在當地的大學找到一份教職，租了一間公寓，便開始積極地追求琇瑩。

琇瑩已結過兩次婚，難忘愛情上的創傷，已抱定了獨身主義。但她並不在意身邊有個紳士作伴。維德風趣瀟灑，她樂於和他約會聊天。

「對我來說，香港實在很不安全。琇瑩，妳知道嗎，我是因為妳，才決定留在虎口邊緣的。否則，早已遠走高飛，逃到太平洋的彼岸去了。」

「實不相瞞，我的外號叫母老虎。你既有懼虎症，就不該再和我約會。」

「不妨。如果我身邊有隻母的，就不怕對岸那隻公的了。」

「我保護不了你。我的前夫就是被對岸那隻猛虎叼走的。我不想見悲劇重演，勸你還是早點去美國吧。」

儘管琇瑩一再想令他氣餒，維德還是窮追不捨，有時一天之內要向她求好幾次婚，每一次，他都記錄下來。

「琇瑩，嫁給我吧。我當教授的薪水應該足夠養家。婚後，妳上不上班都無所謂。」

「呸。誰希罕你養。我不嫁。」

「我知道妳是個富婆，請別嫌棄我這窮教授。妳錢多，我情多，相得益彰。」

「請你少費口舌吧。我是個不變數，說了不嫁，就不嫁。你若要娶如意夫人，最好到別處去找吧。」

「不變數？哈，妳也是理科出身。說起來，我們還是北大校友，妳高我兩屆，是我的學姐。」

「咦，你從哪裏知道我的底細？」

「自然是我的親家母告訴我的。這不算什麼秘密，我連妳的生日都探聽到了。」

「討厭。我要回家了。」琇瑩生氣地離座，走出了餐館。

維德又碰了一次釘子，但是他並不灰心。

果然，不出所料，她還是繼續接受他的約會。

琇瑩生日那天，他請她吃了晚飯後，送她回家。她興緻頗高，邀請他入內坐了，他們繼續喝酒聊天。

「琇瑩，我想送妳一件生日禮物，但怕妳拒絕，不敢拿出來。」

「如果是鑽戒珠寶之類的，就免了吧。反正我不收。」

「不，是活的。有眼睛，有鼻子。」

「啊，我猜，一定是隻小狗吧。」

「那麼，妳準備接受我的禮物了？」

「嗯。牠在你車上嗎？快抱來給我看看。」

「不，他在這兒，就是我。我把自己送給妳。」維德大笑，就上前摟住她，吻她。

「放開我。」琇瑩用力推開他。

「咦，難道我還不如一隻小狗嗎？剛才妳已經答應接受禮物，可不能反悔呀。」

琇瑩知道上當了，啼笑皆非，笑罵道：「老奸巨滑，哪有人把自己當禮物的！」

維德自口袋中拿出一只鑽戒，屈膝跪到她的跟前，說：「琇瑩，這已經是我第九十九次向妳求婚了。

請妳看在我的真誠份上，接受它吧。」

「我有一樁心願，必須先完成它，才能改嫁。」

「沒關係，我可以等。但不知妳的心願是什麼，要等多久才能完成？」

「我想要尋獲蘇文康的屍骨，為他建墳立碑。至於，要過多久才能完成這個心願，很難說。」

「什麼！」維德吃驚，暴跳起來，說：「妳這不是開玩笑嗎？妳要我再等一年半載還可以，再久就不成，因為我們都已不年輕了。若等到雞皮鶴髮、血氣衰竭，結婚還有什麼意思呢？」

「我沒強迫你。你可以不答應。」

「妳，妳分明對我毫無感情。想不到，我這活生生的人，在妳眼裏，還不如妳前夫的一堆屍骨重要。我真是自作多情了！」維德的自尊心受傷，氣憤地說。

「維德，對不起。請你別生氣，我只是還需要時間考慮。」她後悔失言，向他道歉。其實，她也愛他，只是無法克服對婚姻的恐懼。

「妳不必考慮了。我不願與妳亡夫的鬼魂爭奪愛人。我們從此分手吧！」他怒不可遏，衝出門外，走了。

她記得，有一次他向她求婚失敗後，曾說過：「我知道，妳要我向妳求一百次婚，才肯答應嫁給我。我會再接再厲的。」

於是，她猜想還有一次機會。她要認真思考，屆時好果斷地答覆他。

然而，過了一個月，他居然連個電話也沒有。她卻越來越思念他，決定採取主動，撥了個電話到他家。不料，卻是接線生的錄音，說這個號碼已經被取消了。

她驚駭，立刻去找曉鵑詢問。

「維德家裏的電話被取消了。妳知道他到哪裏去了嗎？」

「一個星期前，他去了美國。對不起，他要我保密，所以我沒有告訴妳。」

「豈有此理。他為什麼要悄悄地溜走，不讓我知道呢？」

「他臨行前，在我面前痛哭流涕，說妳辜負了他的一片痴情。他花盡心血向妳求婚，屢次都遭妳拒絕。最後一次，妳還搬出蘇文康的屍骨來為難他。他覺得被妳大大地羞辱了，沒有勇氣再見妳。」

「唉呀，這個老唐，真小氣。其實，我已經當場向他道歉了。他說過，要向我求一百次婚，怎麼才九十九次就放棄了呢。」

「換言之，他若再向妳求婚，妳就會答應他，是嗎？」

「他已經走了。恐怕，沒有下次了。」

「他現在住在女兒家裏。妳只要打個長途電話去，他就會回來了。」

「曉鵑，妳是不是和他同謀，故意整我？」

「不瞞妳說，過去一個月，我在暗中觀察妳。我相信妳是失戀了。如果妳真的愛上了維德，就不要和自己過不去了。早點答應他的求婚吧。」

「不行。我非要等他向我再求一次婚不可。這是他自己定的目標，若不達成，就會功虧一簣。」

「唉，老唐說，最後一次，他等妳主動提婚。你倆都這樣意氣用事，豈不把一個好姻緣白白地錯過了。」

「我不在乎。老實說，我已經有過兩次慘痛的經驗，如今一想到結婚，還會心懼。」

琇瑩埋怨維德不辭而別，不肯主動和他聯絡，只盼望他先向她道歉。

轉眼又過了兩個多月，她實在忍不住了，不時向曉鵑發牢騷。

「哼，他一去就無消息了，既沒電話，也沒信來，可見以前的甜言蜜語都是謊話，還好我沒上他的當。」

「琇瑩，我勸妳，別再折磨自己了。既然想念他，就去找他和解了吧。」

「也罷。下個月中，我想去美國度假，順便去看看他。」

「好，我馬上去請秘書替妳訂飛機票。」曉鵑熱心地說。

琇瑩已買好了去美國的飛機票，卻在臨行前兩天，收到維德一封信。是寄到她的辦公室，由女秘書送進來的。

曉鵑見了，說：「快拆開看，說不定你們心電感應，他邀妳相會了。」

琇瑩也這麼想，便歡喜地拆開信。豈料，信中寫著：

「親愛的琇瑩，

我離開香港已經三個月了。有許多日子，我朝思暮想，忘不了妳，但是實在沒有勇氣再向妳求婚，只得自嘆無緣。

我已經在加州一間大學執教，並結識了一位傑出的女博士。她尚未結過婚，一見面就對我有意，主動邀我約會。如今，我們已經相愛，可能在年底舉行婚禮。

但願妳能諒解我，仍把我當一個朋友。維德」

琇瑩看完信，面容失色，全身顫抖。

「信中到底寫些什麼？」曉鵑好奇地問。

琇瑩一言不發，把信遞給了她。

曉鵑看了信，罵道：「該死的老唐，這麼快就變了心。」

「不能怪他。」琇瑩強忍了淚，苦笑說：「我還得感謝他，幫了我一個大忙，解除了我心中的矛盾。」她把信和機票一同撕碎，揉成一團，丟進了廢紙簍裏。

孟玉棠的妻子簡薇是家庭主婦，整天和一群闊太太們上館子，串門子打麻將。她嫉妒能幹的職業婦女，尤其對琇瑩特別感到厭惡。

聽說琇瑩失戀了，她幸災樂禍地向牌友們宣佈：「頭條新聞，母老虎被唐老鴨戲弄後拋棄了。你們說好笑不好笑？」

她的牌友們也幫著她冷嘲熱罵作為消遣。

「好在唐老鴨逃得快，沒被母老虎吃掉。」

「她又想勾引男人，又想抱貞節牌坊，這就叫女強人呀！」

「她真傻，要情人求一百次婚，作夢！男人都像泥鰍，妳不緊緊抓牢他，就會讓他從指縫裏溜走了。」

那天，簡薇打麻將輸了錢，回家時依然很高興。

【第二十一章】
苦命鴛鴦　身不由已

深夜，程家父子倆正在談話。

「爸爸，過去一年，我和陶蓉都不斷受審查。若不是你派人把我接回來，我恐怕要被押往勞改營了。」克強說。

「你放心，現在有位首長願意保你。你可以過關了。」友義說。

「那麼，你為何不把我的妻兒一起接過來呢？」

「聽說陶蓉批評了文化大革命，她的問題相當嚴重。」

「其實文革一開始，他們就開始整她，給她加上各種莫須有的罪名。」

「為了權宜之計，我勸你還是和她離婚吧。」

「什麼！爸爸，你怎會說出這麼殘忍的話。」克強驚怒。

「眼下我有一個重要的任務要交待你，不得不請你割愛。」

「什麼任務？」

「我想要你和副統帥之子建立友誼，以便到空軍的司令部去工作。」

「不。我絕不能從命，寧可受囚禁。」克強氣憤極了，轉身要走。

「站住，你先聽我說完。」友義叫住他，說：「如今林家幫唯親不用，外人很難滲入核心，探查他們的陰謀，所以我才想要你去。請你勉為其難，助我一臂之力，好嗎？」
「我明白了你的用意。但是，你因投靠林家幫而保全了母親，我為何不能保蓉呢？」
「道理很簡單，我對他們畢竟有利用價值，而你沒有。」
克強氣餒了，身不由已，不得不接受必須與妻子分離的殘酷現實。
忽然，聽見有人敲門，他走去打開門，見母親身上披了一件風衣。
「媽，這麼晚了，妳還要出去嗎？」
「不，我剛從外面回來，我去見了你的岳母。」蘭走進室內坐下了。
「啊，我岳母可好？」
「還好。她說，想去青島陪女兒和外孫住一陣子。」
「媽，妳和她說了些什麼？為什麼她突然要搬去我家住？」
「我只告訴她，你已被調到北京工作，將會有一段時間不能回家了。」
「爸爸逼我和陶蓉離婚，難道你們是同謀嗎？」
「是的，這件事你爸已經和我商量過了。為了讓千千萬萬被拆散的夫妻能早日團圓，我們都希望你能因公廢私。」
「無論你們怎麼說，我都不會簽署離婚同意書的。」克強堅決地說。
「你只要聲明與她劃清立場就行了。」蘭說。
克強悲痛而無奈，說：「若我必須和蓉分離，我就把兒子留給他的母親。我捨妻子，你們就得捨孫子。你們捨得嗎？」

「捨不得，也得捨。就讓守志留在陶蓉身邊吧。」友義狠著心說。

「我可不捨。無論如何，在我的心目中，他們將永遠是我的兒媳婦和孫兒。」蘭說。

她的回答顯然比丈夫的高明多了。

❀ ❀ ❀

在工作單位裏，陶蓉每天都得接受監督和無止無盡的審查。儘管身心遭受折磨，回家後，在兒子面前她總是裝得若無其事。

一天下午，單位主管拿了一份離婚書強迫她簽名，說：「程克強已經決定和妳離婚了。妳非同意不可。」

她不相信，仔細看了文件，並無克強的簽名，便問：「他若決定要離婚，為何不先在同意書上簽名呢？」

「他已公開聲明和妳劃清界線，連妳生的孩子也不要了。」

「我不相信他會拋棄兒子。」

「少廢話。快簽名吧。」

「不，除非克強當面向我提出離婚的要求，否則我不能簽。」蓉斷然拒絕。

「敬酒不吃，吃罰酒。妳會後悔的。」

這天晚上，她的心神不寧。

八歲的守志問：「媽媽，妳為什麼流淚了？是不是爸爸不要我們了？」

「不會的。爸爸捨不得你，也捨不得媽媽，一定會回來的。」陶蓉擦乾了淚，把兒子摟進懷裏，安慰他，也安慰自己。

忽聽得有人敲門，守志高興地喊道：「爸爸回來了！」

他跑去打開門。不料，是他的外婆，他還是同樣地興奮，叫道：「原來是外婆來了。媽媽，妳快來看。」

「媽，妳怎麼來的？也沒事先通知我。」蓉也感到意外地驚喜。

「一言難盡，妳先替我把行李提進去吧。」陶母說。

她帶了兩大袋行李，蓉和守志一同幫她提入屋內。

「外婆，妳在北京見到了我爸爸嗎？」

「沒有，他很忙碌，我沒能見到他。不過，我見過你奶奶，她還託我給你帶了些衣服和好吃的東西。」

「守志，你明天再吃零食，早點去睡吧。」蓉說。

深夜，等孩子睡了，蓉和母親談起心事。

「今天，我單位裏的主管逼我在離婚同意書上簽字。我堅持克強沒簽名，我決不簽。」

「蓉，妳就別抗爭了吧。雖然妳婆婆沒有明說，但是她已給了我暗示，你們的婚姻不能持續了。克強一定有難言的苦衷，妳應該體諒他。」

「孔雀東南飛，作婆婆的逼兒子休妻，造成悲劇。難道沒有前車之鑑嗎？」

「依妳公婆的意思，只是要你們暫時分開。」

「哼，他們想把我趕出家門，難道連孫子都不要了嗎？」

「或許他們是怕妳難過，才把孩子留給妳的。妳婆婆還幫我辦成了遷居手續，讓我來照顧你們母子。」

「她想得可真周到，如此她就不必為奪走我的丈夫而感到愧咎了。」蓉悲憤地說。

「無論如何，我們和守志三人還可以相依為命。周遭還有比我們的境遇更悲慘的人，我已看多了。妳就不要和他們計較了。」

「媽，連妳也要我在離婚書上簽名嗎？」

「唉，你們可真是一對苦命鴛鴦。如今，外頭亂成這樣，我也沒了主意，妳自己慢慢考慮吧。」陶母嘆氣說。

「嗯，明天再說吧。夜深了，妳長途旅行一定也累了，我們睡吧。」

陶蓉和她母親剛躺下不久，忽然聽見有人敲門。

「咦，半夜三更，還有誰來呀？」陶母驚道。

「媽，妳別動，我先出去看看。」蓉去打開了門。門外站了三個男人，她只認識其中一個，是她的單位主管。

「陶蓉，妳被捕了。」

「你們憑什麼抓我，就因我不肯在離婚書上簽字嗎？」

「妳早已被判為反革命份子，快去換了衣服，乖乖地跟公安走吧，免得他們動手。」

陶蓉知道無法和他們講理，也抗拒不得。她身上穿了睡衣，只得進入臥房去更衣。

「外面是什麼人，他們想幹什麼？」陶母緊張地問。

「他們是來抓我的。我早已預料會有這一天了。」

「不，讓我去和他們說情，妳是無辜的。」

「媽，說什麼都沒用的。妳不必為我擔心。我走後，請妳照顧守志。」蓉故意鎮靜地說，不讓眼淚流下來。

「天呀！我還以為有我來照顧妳，妳就沒事了。原來這只是惡夢的開始呀。」陶母抱住了女兒，大哭。

公安人員等得不耐煩了，大聲喊道：「陶蓉，妳快點出來。否則我們要進來了。」

陶蓉怕驚醒兒子，連忙說：「媽，我得走了，免得吵醒守志。」

陶母只得放手，眼睜睜看著女兒被押走了。

「蓉兒，蓉兒。」她忍不住放聲大哭。

守志被驚醒了，走出來問：「外婆，妳怎麼啦？媽媽呢？」

陶母摟住了他，泣道：「剛才有人把媽媽抓走了。你別怕，有外婆照顧你。」

「我不怕。爸爸臨走前說我是個大孩子了，無論遇到什麼事，都不要驚慌。外婆，妳也別難過，媽媽一定會回來的，因為她捨不得我。」

「是的，是的。她一定會回來的。」陶母忍悲含淚說。

隔了好幾日，她才打聽到陶蓉被下放到黑龍江的農場去勞動改造了。她開始怨恨女婿和親家，猜想這一切都是他們的計謀。

【第二十二章】
難兄難妹　新的長征

小鈴聽說哥哥回來了，立刻回家去找他。見面連招呼都來不及打，一把拉了他就往她的臥房跑。

克強被她弄得莫名其妙，問：「妹妹，妳急什麼呀？」

她關上房門，喘著氣說：「哥哥，我有個天大的秘密要告訴你，還想請你幫忙。」

「什麼天大的秘密！讓我猜猜，妳有男朋友了吧？」克強說。

「瞎猜。」小鈴本想說出表叔公的秘密，轉而一想，覺得應該先弄清楚他的立場，便把原先要說的話吞下肚了，改口說：「你先告訴我，你為何一個人回來，不帶嫂嫂和守志一起來呢？」

「不瞞你說，我是被爸爸召回來的。他想為我在空軍司令部謀求一個職位。」

「哦，你要留在北京工作，嫂嫂贊成嗎？」

「為了獲得這個職位，我已經決定和陶蓉劃清界線了。」

小鈴驚怒，指著他罵道：「你無情無義，已變得不像是我的哥哥了！」

克強有苦說不出，反唇相譏：「妳不也變得硬心腸了嗎？看妳這身紅衛兵的裝束，一定也抄過家，用銅頭皮帶打過人吧。」

小鈴益怒，忽然從腰間抽出皮帶，便往他頭上打下來。

克強躲避不及，只得舉臂護頭，臂上挨了一鞭，驚道：「小鈴，妳瘋了嗎？」

「我要為嫂嫂報仇！」小鈴哭喊。

「好，我讓妳打個夠。」克強站直了身。

驀然，房門被推開了，友義和蘭一起走進來。

見她手握皮帶，蘭驚問：「小鈴，妳為何打哥哥？」

「他見利忘義，竟要和嫂嫂離婚，我為陶蓉打抱不平！」

「放肆！妳快把皮帶給我。」友義上前想奪取她的皮帶。

小鈴不給，嚷道：「我是紅衛兵，我在外頭打人，你管過嗎？一定要打在自己人的身上，你才心疼嗎？」

「還胡說，妳想在家裏造反嗎？」友義驚怒。

「造反有理。這是毛主席說的。」小鈴頑強地反抗。

友義氣極了，舉手要摑打她。

小鈴竟不迴避，昂著頭，準備挨打。友義見狀，反而不敢打下去。

克強上前求情：「爸爸，妹妹年輕衝動，請你饒恕她一回吧。」

友義放下手臂，餘怒未息，說：「小鈴，從現在起，沒有我的允許，妳休想出家門一步！」他轉身走了。

「時間不早，你們不要再鬧了，都睡吧。晚安。」蘭也走了。

克強本想離去，見小鈴趴倒在床上哭泣，便回頭安慰她說：「妹妹，別難過，我不怪妳。其實，我也痛恨自己背叛了陶蓉，巴不得讓妳打一頓，我心裏會好過點。」

小鈴坐起，泣道：「哥哥，我實在已分不清誰是好人，誰是壞人。」

「請妳相信，我沒變心，只是逼不得已才同意和蓉分離的，我盼望日後還能團圓。」

「真的嗎？我還能信任你嗎？」

「妳是我唯一的妹妹，若妳有難處，我一定會盡力幫助妳解決的。」

「你會替我保守秘密嗎？甚至，不告訴爸爸和媽媽。」

「當然。妳心中有什麼話，儘管跟我說吧。」

小鈴見他這樣真摯，相信了他，說：「好吧。我告訴你，表叔公並沒有死。」

「啊，你發現了戚亞聖的秘密，可惜太遲了。我聽媽媽說戚亞聖已遇難了。」

「不，媽媽騙了你，其實戚亞聖獲救了。他又改名牛耐河。我將他藏在學校的校工宿舍裏已將近一年了。」

克強聽完她的敘訴，訝異地說：「真想不到，其中竟有這麼多曲折！」又半信半疑地問：「表叔公真的還躲在妳的學校裏嗎？」

「你若不相信，明天我就帶你去見他。」

「妳忘了爸爸不許妳出門嗎？」

「我會嘗試說服爸爸取消禁令的，他再不准，我就溜走。」

「不要焦急，我們還是慢慢想法子和表叔公見面吧。夜深了，晚安。」

「哥哥晚安。」

次日，小鈴睡醒，梳洗完畢，早飯都來不及吃，就想要去找牛耐河。她悄悄地往大門口走去，卻被人從身後抓住了。

「小鈴，對不起，妳不能出去。」黃浩向她搖搖頭，抱歉地說。

「黃浩，你不是我的朋友嗎？請放我出去一會吧，我很快就回來的。」

「請妳別為難我，還是去向你爸求情吧。」

小鈴無奈，只得轉往父親的書房走去。

她敲門入室，親熱地招呼：「爸爸，早安。」

「你睡到這麼晚才起身，該說午安了吧。」

「爸，你別老訓人嘛，讓我覺得你像銅頭鐵面似的。你不能對你的女兒笑一笑嗎？」

友義被她說得尷尬地笑了，說：「來，坐下。我們平心靜氣，好好地聊聊。」

小鈴挨著父親坐下，撒嬌說：「爸，昨夜的事，我已知錯了。請你別再生氣了吧？」

果然贏得了他的歡心，友義慈愛地說：「啊，我有個好女兒，什麼氣都消了。」

「那麼，請你取消對我的禁令，准許我出門，好嗎？」

「哈！原來妳想出門，沒那麼簡單。」友義搖頭說。

「我已經向哥哥道歉，他原諒我了。我保證一定改過，可以了吧。」

「不成。昨晚妳言行無狀，我要妳閉門思過，好好地反省。」

「有這麼嚴重嗎？我已忘了我說過什麼。」

「豈有此理。年青人哪有這麼健忘的！」

「我們都有健忘症。不然，階級鬥爭為何要日日講、月月講、年年講呢？」

「還狡辯！」友義板起了臉。

「爸，你不能動怒呀！不是說了，我們要平心靜氣地好好談嗎？」

友義覺得又好笑又好氣，說：「妳還調皮。不談了。我罰妳禁足一個月。」

「一個月太久了，三天就行了吧！」

「一天也不能少，妳用不著和我討價還價了。再說，妳能在家裏多陪陪媽媽，有什麼不好呢？」

小鈴企圖妥協：「好吧，我服從你，但請你先放我出去一個鐘頭，因為我已經和人定了約會，不能失約。回來後，我會乖乖地呆在家裏。」

「約會，難道妳有男朋友了？」友義驚訝地問。

她低頭作含羞態，算是默認了。

他第一次發現女兒已到了談戀愛的年齡，不禁嘆道：「時間過得真快。在我眼裏，妳還是個小女孩，沒想到妳已長大了。」

「爸，我去赴約了。再見。」小鈴乘他軟化時，想溜走。

「站住！」友義連忙叫住她，說：「我沒答應讓妳出去。妳畢竟還小，過幾年再交男朋友也不遲。」

「當年，你和媽媽談戀愛時，她也只有十八歲，你們還是師生戀。現在，你卻想管束我，太不公平了吧！」小鈴抗議。

「咦，我和妳媽談戀愛的事，妳是聽誰說的？」

「是表叔公告訴我的。」

「妳表叔公！」友義驚疑。

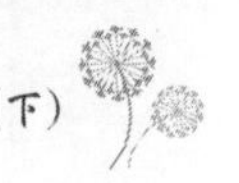

小鈴不慎說溜了嘴，見她爸起疑，連忙改正說：「不，我好像是聽哥哥說的。」
「妳在說謊，究竟是誰告訴妳的？」友義盯著她，逼問。
「我記不得聽誰說的了。其實我還不大清楚你和媽媽的戀愛史，不如你親自說給我聽吧。」小鈴決定反守為攻。
友義放棄了追問，說：「我現在沒空。妳別鬧了。總之，一個月內妳別想出門。」
「是，爸爸。」小鈴見她爸變了臉色，知道弄巧成拙，只得答應。
她沮喪地走出了書房，見克強正要出門，連忙追上去，問：「哥哥，你要去哪裏？」
「是林公子來邀我出去，他在車子裏等著呢。」克強說，匆匆地走出大門。
聽說是副統帥的兒子來了，小鈴好奇地跟到門口張望。只見一輛汽車停在門外，前座有司機和一個保鏢，後座坐了一個二十多歲的年輕人。
林公子也瞧見她了，等克強上車，便問：「站在門口那個女生是誰呀？」
「她是我妹妹，程小鈴。」
「你妹妹真漂亮，你介紹她給我認識吧。」
「她是紅衛兵，脾氣暴躁，你還是別接近她好。」
「笑話！我的綽號叫老虎，還會怕一個女紅衛兵嗎？」
「老虎，好不威風！以後我就這麼稱呼你吧。我猜想，你的女朋友一定不少。」
「不瞞你說，我媽為我收集了許多美女的照片，作為我選媳婦用的，可是我喜歡的女人都不在相簿上。」老虎得意洋洋地說。

克強聽得怒火中生，只忍著沒發作。

老虎又建議：「今晚空軍俱樂部有舞會，你把你妹妹帶來一起玩吧。」

「不成。我爸家教甚嚴。昨天妹妹因言語頂撞了他，被罰一個月不許出門了。」

「真有此事，讓我去替小鈴說情吧。」

「沒用的，我爸的脾氣我最清楚。你還是別碰釘子的好。」

「那麼等下次再說吧。反正俱樂部有女生陪舞，我先帶你去玩玩。」

老虎屢次想邀小鈴出遊，都遭克強擋駕，兩人終於不歡而散。

一天，友義接到一個電話，立刻召集了全家人商量。

「剛才葉主任打電話來，說她的辦公室裏需要一個女秘書。她問小鈴有無興趣去應徵。小鈴，妳說呢？」

難得有個機會能安排女兒去核心單位工作，友義不想坐失良機，盼望女兒同意。

不料，小鈴一口拒絕：「不，我不作女秘書。我要響應毛主席「上山下鄉」的號召，去青海牧羊。」

「去青海？為什麼妳會選擇去那兒？」友義驚奇問。

「因為我厭煩城市的吵鬧，想去草原尋找寧靜。」她沒說出真正的原因，是思念草原上的一個人。因勾起了傷感，隨即離座走了。

「唉，這個機會若放棄了，真可惜呀。蘭，妳去勸勸她吧。」友義說。

「奇怪，葉主任怎麼會想到小鈴呢？」蘭有疑問。

「這一定是老虎的主意。那天他來接我時，在車中瞥見了小鈴，便要求我介紹給他作女朋友。他年紀輕輕卻驕狂自大，而且好色。我認為千萬不能讓小鈴去作女秘書。」克強說。

友義聽他這麼一說，馬上打消了主意，說：「這事就作罷！」當下就打電話，為女兒謝絕了秘書的工作。

葉主任不悅，向丈夫抱怨：「程友義真不識抬舉。我看他有異心，不能讓他的兒子到空軍部門去工作。」

「嗯，不如讓程克強去南京吧。」她丈夫說。

不久，友義接到了指令，轉告克強：「空軍總部的工作，你已沒希望了。不過，南京軍區有個處長的缺，你可以去。」

「好極了。去南京，我真求之不得，幾時才能上任呢？」克強如獲大赦。

「明天你就出發吧，免得他們又改變主意。」

「我有一位學長，名叫牛耐河，我想請他作我的秘書，帶他一起去南京上任，可以嗎？」克強乘機要求。

「哦，你想用一個親信的人作秘書。好吧，就請他明天到這兒來和你一同出發，我想見他一面。」

「謝謝爸爸。」克強喜憂參半，喜的是父親答應了他的請求，憂的是牛耐河的真實身分可能會被看穿。

孟紹卿偽裝成校工，已在學校的宿舍裏躲藏了一年，他知道這不是長久之計。學校停課，學生們都上山下鄉去了，已有軍隊進駐校園，他的處境愈來愈危險。

深夜有人敲門，不由他不心驚，直到聽見了小鈴的叫門聲，他才急忙去開門。見克強跟著進來，他感

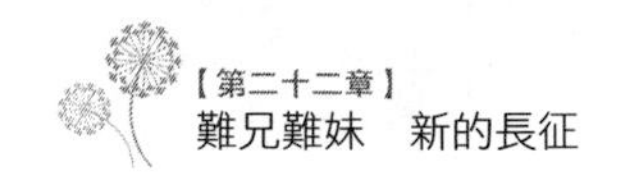

到格外驚喜。

「啊，一個月不見，原來妳是去把克強找來了！」

「不，其實我是被爸爸軟禁了，今天才得出門。」小鈴說。

「表叔公，這兒不安全，你不能再住了。我剛獲得一個處長的職位，明天要去南京赴任，你願意跟我一起走嗎？」克強說。

「我求之不得呀！只是，我跟著你走沒問題嗎？」

「爸爸同意讓牛耐河作我的秘書，但是他想要當面會見，只好請你明天去見他。」

「好呀，我也想看看你媽媽，明日我就去你家。」紹卿高興地說。

「你可千萬不能讓爸媽認出你呀。」小鈴警告說。

「妳放心。我會化了妝才去的。」

次日，紹卿戴了灰色的假髮，一付眼鏡，還裝了兩顆假牙令上唇突出，便往程府去。克強迎接他，向家人介紹：「這位就是我的學長，牛耐河。」

「牛同志，你好。」友義伸手招呼。

「你好。」耐河敷衍地說，故意不和他握手，甚至連正眼也不瞧他一眼，便轉向蘭說：「伯母，久仰，我常聽克強提及妳。」

「你叫我伯母，我真不敢當。你看來比克強大好幾歲吧。」蘭說。

「其實我才大他五歲，只因歷盡滄桑，比他老得快。」

小鈴站在一邊暗笑。耐河轉向她，立正說：「向紅衛兵程小鈴同志致敬。」

「大海航行靠舵手。」小鈴昂首說。

「幹革命要靠毛澤東思想。」耐河馬上接道。

「對啦，要這樣打招呼才行。」小鈴說。

友義覺得牛耐河古怪，聽女兒一說，反倒像是自己犯了規似地。

耐河坐到一張長沙發椅上，克強和小鈴各挨著他身邊兩旁坐了。

「我聽克強說，他很欽佩你的才學，你的專長是什麼？」友義問。

「唉，我以前學的全都是牛鬼蛇神之術，不提也罷！現在我已重新學了一套迎合時代需要的學問。」

「是那門學問？請說來聽聽。」蘭好奇地問。

「我背熟了紅寶書，還花了一番功夫研究副統帥的講話。」

「這算得了什麼！毛主席語錄人人都會背，副統帥的講話也是無人不曉。」小鈴不屑地說。

「哈，一般人只知朗誦文章，哪裏曉得其中的奧秘呢！」

「其中有什麼奧秘？你快告訴我。」小鈴興趣盎然地問。

「我從其中悟出一套亂世哲學，既可保身家，又可安天下。」

「耐河，你別開玩笑了。毛主席說眼下形勢大好，怎用得上亂世哲學呢？」克強警告他，深怕他因言致禍。

「你只知其一，不知其二。毛主席也曾說過：必須經過大亂，才能達到大治。你不妨問你爸，現在已達到大治了嗎？」

克強偷瞧了父親一眼，見他裝聾作啞，置若罔聞。

「牛大哥，什麼叫亂世哲學？請你說清楚點吧。」小鈴說。

「我只告訴妳一個人，妳可千萬別說出去呀。這個學派名為厚黑學，它的淵源流長，歷代皇帝莫不精通此學，當今它的第一高手則應屬副統帥。」他雖降低了聲音，卻故意讓在座者都聽得見。

「大膽！」友義大怒，正要發作，卻見小鈴一躍而起，解下腰間的皮帶，用力往地下一擊，發出驚心動魄的聲響，把在座的人都嚇了一跳，連他也目瞪口呆。

「牛耐河，你竟敢污辱副統帥，看我軋爛你的腦袋！」小鈴罵道。

耐河知道她此舉實是為自己解圍，便逢場做戲，立即跪下求饒：「小鈴同志，饒命！我豈敢污辱副統帥，實在是佩服得五體投地，才高抬他呀！」

友義一開始就厭惡牛耐河，又見他這般模樣，忍無可忍，指著他斥道：「你究竟是何人？敢在我面前胡言亂語又故作醜態。」

牛耐河不回答他，一邊站起來，一邊喃喃自語：「哼，老百姓全都被迫跪下了，他居然還道貌岸然，說什麼故作醜態，可見也是個厚黑高手。」

「唉，耐河，你少說兩句吧！」克強急忙制止他。

但友義已怒不可遏，說：「克強，這人言行怪誕，你不能用他。」

「友義，你怎麼不管教女兒，反而責怪客人呢？」蘭說。

「妳沒聽見他剛才說什麼嗎？」友義說。

「他對小鈴耳語什麼，我沒聽見。」蘭故意裝聾。

小鈴收回皮帶，笑道：「爸爸，你真是脫離群眾了。剛才我和他玩的把戲，街頭巷尾多得很呢，不值得大驚小怪。」

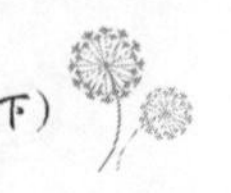

「你們在玩把戲？」友義感到迷糊了，好像全家人都在幫牛耐河做戲，只有他是局外人似地。
「耐河一向玩世不恭，但有才能，是我最信任的人。請爸爸原諒他吧！」克強懇求。
友義只得勉強說：「好吧，我就看在你的份上，饒他一次。你快帶他走。」
「謝謝爸爸。」克強鬆了口氣。
「伯母，再見。請妳保重身體。」耐河不慌不忙地向蘭告別，還向她擠了一下眼。
蘭與他四目相交，露出驚訝的表情。
「牛耐河，你快走呀！」小鈴急忙拉著他一起走出去了。

蘭望著他們的背影，突然叫道：「原來是他！」
「妳說他是誰？」友義問。
「孟紹卿。」
「不可能。我曾接到報告，持唐逢吉護照的人早已出境了。」
「可是護送唐逢吉的人，都不認識他。」
「啊，我們快出去看看。」
他們趕到門口，可惜遲了一步，克強和耐河剛乘車走了，他們只得轉向女兒盤詰。
「小鈴，妳說實話，牛耐河究竟是誰？」友義問。
「他不是哥哥的學長嗎？我也是剛才認識他的。」
「依我看，妳早就認識他了。別害怕，儘管把妳心中的秘密告訴我們吧。」蘭說。
「媽，我不知妳在說什麼，我哪有什麼秘密呀！」

「我猜，他是妳表叔公。」蘭忍不住說出來。

小鈴故作驚訝，說：「表叔公不是早就死了嗎，他怎麼會變成牛耐河呢？」

蘭和友義互望一眼，彼此心照不宣，都知道不能再追問下去了。若要從孟紹卿追蹤到牛耐河，其間有太多的秘密，他們不敢向當了紅衛兵的女兒吐露。

友義見風轉舵，趕緊說：「是呀，人死怎能復生。」

蘭用手覆額，說：「啊，我頭昏，神智不清了。小鈴，妳忘了我剛才說的話吧。」

「不要緊，奇言怪語我已聽多了，不當一回事。我扶妳去房裏休息吧。」小鈴笑道。

他們再沒談起牛耐河。

不久，小鈴收到通知，被分發到青海一個農村去插隊。

蘭常懷內疚，因曾有一大段時間她沒法照顧女兒。如今，正想彌補母女的感情，女兒卻要遠離了，她心裏萬分捨不得，口裏卻不敢說，只能暗自感傷。

「媽媽，別難過。這是我們的長征。」小鈴說。

「說得好。不過，妳不要對長征抱太多爛漫的幻想，須有克服困難的心理準備。」友義以過來人的經驗說。

「爸，你放心，我能吃苦。但是我有一個疑問，一直藏在心裏不敢問你，現在我要離家了，你能給我一個誠實的答案嗎？」

「你有什麼問題，儘管問吧。」

「我小時候曾聽你說，要把中國建立成一個烏托邦，你的諾言能實現嗎？」

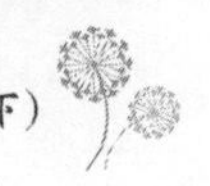

友義內心百感交集。他奮鬥了一輩子，但現實距離理想越來越遠，而他已變得麻木不仁，習慣用謊言來自欺欺人。半晌，他才回答：「爸爸仍在努力。如果它也是你們這一代的志向，相信終會有實現的一天。」

「一定會的，因為我們願意付出一切代價去追求理想。」小鈴充滿自信地說。

【第二十三章】
真假護士　天網恢恢

出發到青海那天，小鈴由父母和黃浩陪同來到火車站。

「爸、媽、黃浩，再見。」她匆匆地道別一聲，便上了火車。

汽笛聲一響，火車飛駛而去。

「啊，她就這麼走了嗎！幾時才能回來呀？」蘭不禁悲傷而泣。

「別難過。我們回去吧。」友義扶著她，緩緩向車站外走去。

這天，他穿便裝，故意壓低了帽沿。然而，還是有民眾認出了，上前向他問好，他便駐足和他們聊起來。

恰巧，就在這個時候，一輛北上的火車進了站，車上匿藏著一個女乘客，她是沈瑛的侄女，沈安琪。沈瑛家被抄了，她和丈夫都被造反派拘捕，連她的哥嫂也不能倖免。安琪在醫院當護士，不敢回家，偷偷地溜上了開往北京的火車，前來向程友義求救。

她剛下了車，遠遠瞧見友義夫婦，喜出望外，連忙向他們跑去。不料，車站的警衛部聽說有首長在場，立即出動了大批警員加強戒備，設立了封鎖線。

眼看救星近在咫尺，安琪豈肯錯過機會，不顧一切衝過了封鎖線。她一面狂奔，一面大聲喊：「首長，救我！」

「站住。」有個警員喝令，見她不停，便舉槍射擊。

一聲槍響，她倒臥在血泊中。

友義聽見槍聲，回頭見一女子中彈倒地，連忙走上前去看。

「沈安琪！」他驚呼，立刻蹲下，扶起她的頭。

「請救救我的父母、姑媽和姑丈。」安琪流淚說完，即垂頭斷了氣。

「這是誰幹的！為什麼開槍？」友義怒問。

「她衝過封鎖線，我怕她向你行刺，所以開槍。」警員說。

「胡說，她赤手空拳，如何行刺？」

「首長，請息怒。這事由我們來調查吧。」警長勸說。

友義只能令他立即將安琪送去醫院，等確定死亡後，再將屍體火化。

沈安琪之死給蘭沉重的打擊，況且她的兩個摯友沈瑛和陸榮都落入造反派手中，更令她沮喪。

友義也感到難過，又怕蘭舊病復發，因而焦慮不安。

一日，黃浩進來報告：「首長，葛逍來了。」

「葛逍？」友義已記不起這個人。

「他曾是你的衛士，後來你把他推薦給了陸榮。」

「呀，我記起來了。你快請他進來吧！」

葛逍進來了，昂首闊步，神氣十足，親熱地說：「首長，久違了，你還認得我嗎？」

「啊，葛逍，十多年不見，我幾乎認不出你了。」友義驚喜地與他握手，請他坐下了，關心地問：「你不是在陸榮手下工作嗎？我聽說他被造反派關押了，你沒事嗎？」

「不瞞你說，我預料陸榮要倒台了，所以領先造反，奪了他的權，以免被他人佔領警衛部。」

「嗄，原來打倒他的是你！」友義驚道。

「陸榮和沈瑛都反對文化大革命。沈瑛還寫匿名信罵文革組，所以不能怪我和他們劃清界線，造他們的反。」

「嗯，你造反有理，可是你把他們怎麼了？」

「暫時關押了。我還沒站穩，其他的造反派正在攻擊我，他們有後台，我的情況危急。我想請你支持我，助我一臂之力。」

「這是你們地方上的鬥爭，就算我有心助你，只怕鞭長莫及呀。」

「首長，你一定要助我成功，因為沈瑛做了供狀，如果這些資料落在別人手中，對你和王蘭將有極大的危害。」

友義暗驚，心想他已不是當年那個單純的小警衛員，而是成了一個有機謀的野心家。他這次來求助，其實是敲詐。

「我不信沈瑛會出賣我，是你將她屈打成招的吧？」

「我已經帶來了她的口供。是假是真，請你親自過目吧。」葛逍隨即從皮夾裏拿出一份資料交給他。

友義接過，瞧也不瞧一眼便擱在茶几上，說：「這恐怕是她為了自保而編造的謊言，傷害不了我的。」

「你的意思，是決定不支持我了？」

「別擔心。我願意支持你，但不是因為我個人的安危，而是為了毛主席和國家的安危。你明白嗎？」

葛逍離座立正，說：「我明白了。我一定忠心毛主席、忠心國家。」

「好，我祝你成功，你回去好好地幹。」

「謝謝首長，我一定不辜負你的期望。你還有什麼吩咐嗎？」

「我要你留陸榮和沈瑛兩個活口。」

「請你放心。我會盡力保全他們的性命。」葛逍答應。

雖然有了沈瑛和陸榮的下落，但無法營救他們，蘭深感痛苦，又開始頭疼失眠，常作惡夢。

一天夜裏，友義驚醒，發現她騎在他身上，用雙手掐著他的脖子。

「蘭，妳想謀殺我嗎？快放手！」他一邊掙扎，一邊喊道。

「報仇，我要替沈安琪報仇。」她失去理智，越掐越緊。

他用力掙扎，結果他們一起滾落床下，蘭暈倒在地板上。他摸了疼痛的脖子，感覺濕漉漉的，打開燈一看，滿手是血。

黃浩聞聲上樓來察看，見狀大驚，問：「首長，你怎麼受傷了？」

「噓，別張聲，免得驚動屋裏的人。你先幫我把蘭抬上床，再替我在脖子上塗點藥就行了。」

黃浩疑惑地問：「是蘭姐幹的嗎？」

「她神智不清，不是故意的。」

不久，蘭甦醒過來，驚問：「發生了什麼事？」

「剛才，妳差點沒把首長掐死。」黃浩說。

蘭低頭看了自己沾血的手指，惶恐地說：「啊，我快成殺人犯了，這怎麼得了！友義，請你把我送到瘋人院去吧。」

「不。只要妳肯下決心，一定能驅走病魔。」

「後園有間小屋，我想搬到那兒去養病。在我病癒前，我們暫時分居吧。」

「也好。」友義同意了。

次日，她就自動搬到了後園的小屋去住。

⌘　⌘　⌘

「程友義真是濫情主義者。王蘭舊病復發了，他不肯將她送去瘋人院，只將她關在後院的小屋內。」狄橋向葉主任說。

「你乘機給他找個女護士吧，也好利用她暗中監視他。」葉主任說。

「我已在護專的學生中找到了一個適當人選。她叫張崇美，據說在大饑荒時，程友義救過她的命。若送她去，友義一定會接受的。」

「唉，你真糊塗，這女孩既然受過他的恩惠，怎會肯聽從我們的擺佈呢？」

「我想到一個計策，調包，讓張芸假冒張崇美。」

「哦。好是好，可是瞞得過友義嗎？」

「我想沒問題，他只在九年前見過這孩子一面，當時她快餓死的模樣，自然會與後來的容貌不同。況且，女大十八變，就算是真的張崇美，恐怕他也不認得了。」

「那麼，真的張崇美將怎麼處置呢？」

「簡單得很，只要把她押到偏遠的勞動營去囚禁就是了。」

「好，就這麼辦。要是張芸不肯聽從，就將她流放到荒島去。」葉主任同意了。

張崇美和張芸是護專同學。因她們同齡又都從南京來，平日相當要好，但兩人品貌迥異。崇美相貌平凡，為人老實，不愛多說話。相對的，芸貌美，能說善道，做事則投機取巧。

有一次，張芸在空軍俱樂部陪舞，遇見了林老虎。當晚，老虎就被她迷住，帶她回居所。從此，她不再公開陪舞，而是為老虎做私人服務。

葉主任聽說兒子迷戀張芸，便對她的家庭背景展開調查，結果發現她出身微賤，立刻令兒子與她絕交。

「老虎，你的血統高貴無比，怎能和一個廚子的女兒交往，快和她斷交吧。」

「她爸是廚子又怎麼啦，無產階級值得尊敬，不是嗎？」

「我替你選出了許多美女，你為何都不中意，偏要愛一個下賤的女孩。」

「我娶老婆，又不是你娶。你別管吧。」老虎任性，不聽母親的話，繼續和芸戀愛。

葉主任又生氣又無奈，依了狄橋之計，正好將張芸從兒子身邊調開。

張芸向情夫哭訴：「剛才狄橋約我談話，令我冒充張崇美去作程友義的護士。還威脅說，如果我不答應，就將我流放到荒島去，罪名是勾引你。」

「別難過。這件事，昨晚我媽已跟我談過了。只因我爸媽都不放心程友義，才決定派妳去監視他。妳若答應了就可以留在北京，所以我贊同。」

「你是說，日後我們還可以見面嗎？」

「當然，我們還是可以偷偷地約會，妳乘機向我報告他的一舉一動。」

「可是，我害怕偽裝會被拆穿。」

「不用怕。狄橋會把一切安排得天衣無縫，他已派人打聽張崇美的背景和獲救時的情況。再說，妳和她同學三載，也應該知道一些她的過去吧。」

「好吧，我答應了。一切聽從你的。」芸依偎在老虎的懷裏說。

當天晚上，張芸回到宿舍，見張崇美正在整理行李。

「崇美，妳已被分配工作了嗎？」芸明知故問。

「我剛接到通知，被派往雲南，為駐守邊防的戰士們服務。」崇美高興地說。

「呀，去這麼偏遠的地方，一定很辛苦吧。」

「我不怕辛苦，我爸曾是戰士。芸，妳收到分發通知了嗎？」

「還沒有。我希望能留在北京。」

「我知道妳捨不得和老虎分離。不過，我有點為妳擔心，怕妳受到傷害。」

「別提他。我們談點別的。」

「好，我們在一起的時間不多了，應該徹夜長談。」崇美把收拾好的箱子放到一邊，即和芸一塊坐到床上聊天。

「崇美，請妳再說一遍，妳在大饑荒中獲救的經過。」

「奇怪，最近常有人來反覆問我這段歷史，但我實在不想再提，因為每次一提到，腦海裏就會浮現母親慘死的面容，令我很難過。」

「不奇怪，目前正在發起憶苦思甜運動。」

「好吧，我就來憶苦思甜。」

崇美開始講訴自己的身世。她剛滿周歲，父親就在韓戰中陣亡。十歲時，遇上大饑荒，母親餓死，她僥幸被程友義發現，救活了。後來，她被送往南京一個專為陣亡戰士遺孤設立的孤兒院，接受培育。讀完了中學，就被保送到北京的護專深造。

忽聽得有人敲門，她下床去打開門，見一個指導員和兩個穿軍裝的人站在門外。

「崇美，妳準備好了嗎？剛好有兩個戰士要回邊防去，他們願意帶妳一起走，所以不用等到明天了，妳現在就出發吧。」

「啊，好吧。反正我已經準備好了。芸，我走了，再見。」

已經午夜了，指導員要她這時出發，令崇美感到意外，但是一點都沒懷疑有詐。

「再見，祝妳旅途平安。」芸揮手說，看著她走了。

程友義最怕狄橋來訪，但又不能不接待他，只得招呼他坐了。

「狄橋同志，不知你今日上門有何賜教？」

「聽說王蘭有病，我怕你身邊沒人服侍，想為你找個女護士。可巧，護專的畢業生中有個叫張崇美，填的第一志願是為你服務，因為你曾救過她的命。我就選中了她。」

「張崇美！你說是那個幾乎餓死的女孩？」友義驚奇說。
「正是。她就在門外等著，你想見她嗎？」
「我要見她。黃浩，快去請她進來。」
黃浩走出去，見到站在門外的女青年，驚訝地問：「妳是張崇美？」
「是的。」張芸有點緊張地回答。
「我是黃浩，你大概已忘了我吧。老實說，我也認不出你了。」
芸從沒見過浩，但她十分機靈，記起狄橋供給她的資料，立即說：「黃浩，我記起來了，你是程首長的侍衛。是你抱我進醫院的，對嗎？」
聽她這麼一說，黃浩不再懷疑，立刻請她進屋。
芸走進屋裏，友義喜出望外地叫道：「啊，這是崇美嗎？我沒弄錯吧。」
「首長，是她。她還記得是我抱她進醫院的。」黃浩興奮地說。
「崇美，妳長大了，充滿青春活力，真令人難以相信妳就是當年我見到的那個奄奄一息的小女孩。」
「那個時候，我餓得只剩皮包骨，你一定覺得我很醜吧。」
「不。老實說，當時我只關心妳的生死，沒有注意妳的長相。」
芸裝出激動的模樣，說：「首長，你是我的救命恩人，我一定要報答你。」
友義被感動得不辨真假，將她摟在懷裏，輕拍她的背，安慰說：「啊，別哭。我從沒想過要妳報答，反而對妳遭受的苦難感到愧咎。如今見到妳這般模樣，我太高興了。」
狄橋看在眼裏，知道成功了，笑道：「友義，我替你選的私人護士，你還滿意吧！」

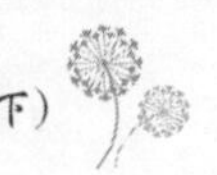

這一回，友義衷心感激他，說：「我很滿意。謝謝你，幫我找到了崇美。」

「很好，我告辭了。」

等狄橋走後，友義便帶崇美去見蘭，遠遠望見她正在小屋旁的菜園裏澆水。

「蘭，妳快過來，猜猜我身邊的女同志是誰。」友義叫道。

「呀，哪來的這麼漂亮的女同志？」蘭走過來，驚奇地說。

「我叫張崇美，剛從護專畢業，被派來做首長的私人護士。」

「張崇美？這個名字我好像聽過似地。」蘭說。

「她就是九年前在農村裏被首長發現的那個差點餓死的女孩。」黃浩說。

「嗄，原來妳就是那個孩子。我聽說了妳的故事後，曾想去探望妳，可惜未能如願。妳今年幾歲了？」

「十九歲。」

「太好了。崇美，快請到屋裏坐。」蘭熱情地挽了她進屋。

友義和浩也跟著走進去，大家一同坐下聊天。

「崇美一定改變了很多。你們見面時，還認得出她嗎？」蘭問。

「老實說，我已不記得她的容貌，剛才見面時完全沒認出來。」友義說。

「我只記得崇美有一雙大眼睛，現在才看清楚，是一對鳳眼。」浩說。

「你們好像不相信我是張崇美似地。」芸嘟起嘴說。

「請別誤會，我們並沒懷疑妳，只是太驚喜了。」友義說。

「崇美，妳的名字在我們的心中很深刻，不論妳的相貌如何，我們都會將妳當家人一般看待。」蘭親切地說。

芸心中很不是滋味，說：「如果我改名不叫崇美了，你們會當我是外人嗎？」

「改名，為什麼？」蘭驚問。

「我想學宋彬彬。因毛主席說了「要武」，她就改名宋要武，我也想改為張要武。」

「毛主席只是隨口說說罷了，他可沒要求每個人都改名呀。」蘭說。

「不，崇美有崇拜美帝的意思，非改不可。」芸想乘機擺脫冒名的隱憂。

「傻孩子，妳這不是曲解了父母為妳取名的美意嗎？」蘭忍不住笑出來。

芸心虛，企圖以憤怒來掩飾，故意喊道：「妳笑我傻，反對我改名，其實是反對毛主席。」紅衛兵的行為，代表他們對毛主席的忠心，無論合不合理，都不容批評的。因此，芸這一招，很有效，蘭閉口不敢再說。

友義連忙打圓場，說：「崇美也好，要武也好，今後我們都叫妳小張，好嗎？」

「好。叫小張，讓我覺得很親切，因為同學們也都這麼叫我。」芸歡喜地說。

「小張，其實不管妳叫什麼名字，我們都歡迎妳。改不改名本來應該由妳自己決定的，剛才我太主觀了。」蘭後悔多管閒事。

「不，妳沒錯。我決定不改名了。」芸也怕一來就傷了和氣，乘機妥協。

「哈哈，妳倆像是不吵不相識呀。」友義大笑。

「難得見你這麼高興，今後有小張照顧你，我可以放心了。」蘭說。

「是的，請妳放心，我一定會好好服侍首長的。」小張說。

「只要妳不給我打針，不逼我吃藥就行了。」友義開玩笑。

「不生病，就不用打針吃藥。平日，我會替你搥腿、按摩，做許多讓你舒服的事。」

「啊，我還沒老化，這些還不需要吧。」

「一定要。不然，要我這私人護士做什麼呢？」小張笑道。

蘭是個極敏感的人，忽然覺得小張的笑容有點輕浮。但她很快把這意念抹去，心想或許是自己太古板了。

友義見她欲言又止，便問：「蘭，妳還想說什麼？」

「沒什麼。我想，還是先讓小張安頓了吧。」

「對。妳說，讓她住在哪裏好呢？」

「自然是在大屋裏方便，樓下不是還有空的房間嘛。」

「我贊成。我們走了。」

小張很快獲得了友義的寵信，她服侍他的飲食起居，陪伴他散步閒聊。只要他在家時，他們幾乎形影不離。

一天晚上，友義洗完澡，跨出浴缸，乍見小張拿著一條大毛巾笑盈盈地站在一邊。

「咦，妳怎麼進來了。」他大驚，不知往何處躲。

「我幫你擦乾身，再替你做全身按摩。」小張若無其事的說。上前用大毛巾裹了他的身，又取了一條小毛巾替他擦腳。

「這樣不好，以後妳不能擅自進我的浴室。」

「首長，你怕難為情嗎？我是職業護士，裸體的男人已看多了，不覺得稀奇。」

友義被她說得啞口無言，只能由她擺佈。

黃浩重逢張崇美，內心充滿了喜悅。他的一片熱忱是世上最純潔的，只想對她好，沒別的念頭。然而，小張非但不領他的情，還視他如仇。

「黃浩，你怎麼老是跟著我，盯著我。你是在監視我嗎？」

「不。崇美，請別誤會。我只想和妳一起聊聊天，可是妳好像總躲著我似的。」

「我和你有什麼好聊的呢？」

「妳不記得了嗎？當年妳在醫院療養時，我去看過妳幾次，我們談得很好。」

小張暗驚，崇美和浩私下的談話，她一無所知。因怕露出馬腳，故意厭煩地說：「那麼久以前的事，我哪裏會記得。你提起來，無非是想要我報答你吧。」

「不是要報答，我只想和妳做個朋友。」

「你想做我的男朋友？」

「不，不，唉，崇美，妳想到哪裏去了。其實，在我的心目中，妳還是個小妹妹。」

「哼，又把我看成那個快餓死的孩子了。請你不要再叫我崇美，改叫我小張。也不要把我當妹妹，我是首長的護士，你是他的衛士，我們只是同事關係。」

「好，好，小張，請妳別生氣。以後我再也不提往事了，好嗎？」

「這才是。你還想和我聊什麼？」

「其實沒什麼。妳剛來，如果有需要幫忙的地方，我很樂意幫助妳。」

「我沒什麼要你幫忙的。只是，以後我在首長身邊工作時，請你站遠點就行了。」

崇美的態度令黃浩感到難過，但是他並不覺得驚訝。自從文化大革命爆發後，善良的人變得狠毒的都有。相較之下，崇美的轉變，似乎微不足道。

轉眼過了半年，程府裏沒人懷疑小張是假冒的。只是，黃浩越來越看不慣她的作為。

一天下午，友義在書房裏工作累了，小張走到他身後，為他搥肩。搥了一陣後，她用雙臂圍住了他的脖子，面頰貼著他的臉，輕聲說：「首長，你覺得舒服了嗎？」

友義心神蕩漾，握住了她的手臂，說：「舒服極了。謝謝妳。」忍不住突起的亢奮，他竟有了親吻她的慾望。

突然，黃浩出現在門口，他警覺自己險些作出越軌的事，連忙鬆開了手。

「黃浩，你有事嗎？」他尷尬地問。

「有件事，我想和你單獨談談。」

「好的。小張，請妳出去一會。」

等小張走了，黃浩關上門，說：「首長，我本來不想說，但是小張愈來愈大膽了，常常摟住你，投懷送抱。我擔心會有人散布謠言，傷害到你。」

「唉，你不必多慮。她從小喪父，只想從我身上得到父愛。不過，我知道你的話是忠言，今後你幫我防著些吧。」

從此，黃浩不再讓小張有太多和友義單獨相處的機會。

小張懷恨，向友義進讒：「黃浩整天盯著我們，分明是不信任我們。」

「不，他沒有不信任妳，他只是不信任我。」友義自嘲，笑道。

「他這樣干擾我的工作，害你也不能鬆懈一下。」

「他一直就像我的影子似地跟慣我了。你們，一個是我的貼身護士，一個是貼身衛士，兩人同在讓我覺得又舒適又安全。我不介意他站在一旁，妳也當他不存在就是了。」

「可是，在黃浩眼裏，我永遠是那個被他抱進醫院快餓死的孩子，好像我這一輩子都欠他的恩似的。」

起初，友義袒護黃浩，但聽的讒言多了，漸漸對他產生了反感。

「黃浩，以後你別老盯著小張，令她感到不安。你也別自以為對她有恩，指望報答。」

「首長，我對小張並沒有任何惡意，也從來沒想要她報答。我跟隨你這麼久了，難道你還不了解我嗎？」

「你到底是個單身漢，見了年輕貌美的女子能不動心嗎？」

「不，我早已打定主意，獨身一輩子了。」

「不要否認。我看得出，自從小張來了後，你一直心神不定，也許是潛意識的。我要你好好作一份檢討。」

黃浩被迫作檢討，心中有無限的委屈，不免去向蘭傾訴。

「首長已經不信任我了，他只聽小張的一面之詞。」

「唉，我也有一個月沒見到他了。你請他今晚過來一趟吧。」

直等到深夜，友義才來。

蘭打開門，請他進入屋裏，說：「稀客，好久不見了。」
「對不起。這陣子我實在太忙，抽不出空來看妳。」
「你忙啥呢？只隔著一個院子，卻有一個月不見你的身影了。」她忍不住抱怨。
「二中全會即將在盧山召開，過去一個月，我為準備這個會的議程，日夜忙碌。」
「啊，毛和林攤牌的時刻到了。」
「可不是嘛，屆時定有一場好戲可看。」
「如此說來，我錯怪你了。原先還以為你有了小張，就不想我了。」
「哈，妳吃醋了。」
「老頭子，誰會為你吃醋。今晚，我讓黃浩請你來，是因有事想和你談。」
「今晚，就是你不請，我也會來的。此刻除了說愛，什麼都別談了。」他上前抱住她，笑瞇瞇地說。
老夫老妻充滿了情意，親親熱熱地上了床，不亞於新婚。

然而，次日早晨，他們竟為黃浩和小張的事發生了口角。
「友義，聽說你為了小張，要黃浩作檢討，真有這回事嗎？」
「是的。他一直念念不忘過去對崇美的幫助，這是不對的。」
「說也奇怪。我有個直覺，小張不是張崇美。」
「荒唐。妳以前從沒見過張崇美，這話毫無根據，分明是嫉妒。」
「小張是由狄橋介紹來的，你不覺得可疑嗎？」
「不必多疑。我看過張崇美的檔案，其中的照片都是小張本人。」

「可能是我的錯覺。不過，黃浩也開始懷疑。」

「什麼！原來是黃浩背後向妳說了小張的壞話。我決不饒他。」

「不。請別誤會。其實，黃浩只是覺得小張不像他以前接觸過的張崇美。」

「哼，他還懷疑我的人格呢。也罷，他在我身邊太久了，再待下去也沒出息，我讓他調離了吧。」

「友義，是我失言，不關黃浩的事，請你千萬別讓他走。」蘭驚慌說。

「你休管這件事，好自為之吧。我走了。」友義不顧她的懇求，轉身離去。

一回到屋裏的辦公室，他就含慍說：「黃浩，你對自己的前途到底有什麼打算？」

黃浩察言觀色，已明白他的意思，便自動請辭：「首長，我年紀大了，不適合再當你的侍衛，請你把我調走吧。」

他十六歲入伍參加抗戰，就被分派給程友義當勤務兵，後來升上侍衛長。三十年來，他一直忠心耿耿，不但付出了青春年華，而且放棄了成家立業的打算，完全把自己奉獻給了職責。如今，被迫辭職，他難免感傷。

友義聽他這一說，覺得內疚，於是變得和顏悅色，說：「我擔心你留在這兒沒出頭的日子，才決定讓你早點離開。但不知，你喜歡去哪兒，想回故鄉嗎？」

「我沒有家，也沒親人，即使回故鄉大概也沒人會認得我了。」浩黯然說。

「那麼，你還是留在北京吧。目前我正要去廬山開會，還須你伴隨。等我們回來後，我會替你安排調職的事。」

小張得知黃浩不久就要被調走了，心中歡喜。但又擔心友義要她陪伴去盧山，因為她曾為幾個高幹伴舞過，害怕有人會認出她。

「首長，聽說你要去盧山開會，要我也跟去嗎？」

「不。那裏有醫療隊，妳不必去了。乘著空閒，妳可多讀點書，也可和蘭作伴。」

小張暗自慶幸，乘機說：「我有幾個同學，很久沒見了，能去探望他們嗎？」

「當然可以。」友義一口答應了。

兩日後，友義帶著黃浩出發了。等他一走，小張便出去會情人。

「老虎，那個老傢伙去盧山開會了，要兩個星期後才回來。這幾天，我們可以無憂無慮地在一起了。」

「我要妳監視他的言行，偷看他的文件，妳發現什麼可疑的沒有？」

「沒發現什麼可疑的。只是，前幾天，他拿了一篇題為「稱天才」的文章，看了一遍又一遍，連聲叫好，還放聲大笑哩。」

「這麼說，他倒像是忠心我爸的了。」

「我不明白。」

「我爸就想以「稱天才」登上國家主席的寶座。既然程友義贊同天才論，就表示他支持我爸。」

「是嗎？但我還是不懂天才和國家主席的關係。」

「沒關係，妳只要懂得愛我就行了。」

小張懂得做愛，能對男人勾魂攝魄，一下子就把老虎征服了。

「小張，妳別走了，就留在我身邊，永遠、永遠。」他滿足地摟著她，在她耳邊說。

「可是，若讓你媽知道了，她一定不會饒我的。」

「唉，那頭母豬，管得我真嚴。不過，也難怪她。在她眼中，我是皇太子。」老虎放開了她，嘆氣說。

「你是說，你爸媽想和毛主席爭奪天下嗎？」

「不用爭奪，只要用和平過渡的方式就行。我爸若當上國家主席，老毛一死，天下不就是我們林家的嗎。」

「不對，目前已經是無產階級的天下，不會再有皇帝了。」

「狗屁。無產階級專政是自欺欺人，還不如恢復帝制，名正言順地建立個林家王朝。」

「老虎，倘若有一天，你繼位當上了皇帝，你還會記得我嗎？」

「當然，我會封妳作皇后。」

「啊，你真好。我愛你。」

小張留在老虎的公寓裏住了一個星期，天天在溫柔鄉裏作夢，樂得不想回程宅了。

可惜，好景不長，老虎獲得了一個壞消息。

「不好了，和平過渡的計劃失敗了。毛主席不但反對重設國家主席，還開始批判支持我爸的人了。」

老虎放下電話，驚慌地說。

「天啊，那還了得。」小張也嚇得花容失色。

「看來，我們只有施行「五七一」工程了。」

「五七一？」

「就是武裝起義的代名詞。」

「嗄！你們想造毛主席的反。萬一失敗了，會不會被滅九族呢？」小張擔心她可能會被列在林家的九

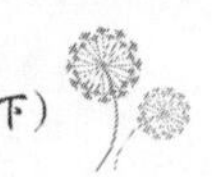

族之內而受牽連。

「放心吧。三軍統帥都是我爸的親信，我們若起義，將一舉成功。」老虎似乎很有信心，又說：「小張，我沒時間陪妳了。妳回程家去吧。」

「我們幾時才能再見面呢？」

「暫時別見面了。妳替我嚴密監視程友義。」

小張回到程宅，先睡了一個午覺。醒來，發現外面下雨了。她百般無聊，想起友義要她和蘭作伴，便打了把傘，往後院小屋去。來到屋前，不慎踩了一腳的泥。

「真倒霉。」她抱怨著，用力敲了敲門。

蘭打開門，驚奇地說：「小張，下這麼大的雨，妳怎麼來了？」

「是首長臨行前吩咐我來陪妳作伴的。妳不歡迎嗎？」

「十分歡迎，請進來坐。」

蘭給她倒了茶，便坐下和她聊天。「小張，這幾天，妳是如何打發時間的？」

「我到一個女同學家去住了一星期，剛回來。這是事先獲得首長准許的。」

「很好，妳應該多和朋友交往。我會向友義建議，以後每個月放妳兩天假。」

「其實首長早已提過了，我什麼時候想請假都可以。」

「妳已經來了半年，一切都習慣了吧？」

「我已習慣和首長作伴了。他不在，我好想念他。王蘭，妳獨自住在這裏，不會覺得像被打入冷宮嗎？」小張故意刻薄地說。

「不，我是為了養病才搬到小屋來的。我早起打太極拳，白天整理菜園子和作家務，閒下來就看書，晚上還練氣功，不感覺寂寞。」

「妳可過得真寫意呀！外面傳說你是瘋子，原來你是偽裝的。」

儘管小張的語氣充滿挑釁的意味，蘭還是從容不迫地說：「不，我沒有偽裝，只是因病得福，能過清靜的日子。」

這一來，更激怒了小張。她霍然站起，氣勢洶洶地說：「妳以為能在世外桃源過一輩子嗎？首長遲早會覺悟，妳是個隱藏在他身邊的反革命份子，他會和妳離婚的。」

蘭見怪不怪，委婉地說：「小張，我能理解妳的憤怒。如果有一天，厄運降臨到我身上，我不會驚奇。感謝妳，讓我有心理準備。」

小張一時語塞，不願逗留了，轉身向門口走去。

蘭發現地板上有幾個泥腳印，是小張進來時留下的。忽然想起了一事，連忙說：「小張，請等一等，妳的鞋上全是泥，讓我幫妳擦乾淨了，妳再走吧。」

「不用擦了，反正走回去時，還是會弄髒的。」

「雨已停了。妳小心點走，就可以了。請再坐一會，我馬上去拿布來替妳擦鞋。」

小張心想，她這麼殷勤，無非是想討好自己，便歸座，脫下一雙皮鞋等著。

蘭很快取來一塊抹布，蹲到小張跟前，拿起一隻鞋來擦，說：「妳的腳好小，是穿六號鞋吧。」

「五號半的。」

「呀，天生的一雙小腳。」蘭笑了，很快把一雙鞋都擦乾淨，又替她穿好鞋。

小張對蘭的敵意暫時消除了，說：「謝謝妳替我擦鞋。我還會來看妳的。」

「歡迎妳常來。」蘭說。

又過了一個星期，友義回到家了。

小張一見他，便親熱地叫道：「首長，你終於回來了。我好想你呀。」

「老實說，我也十分懷念妳，還後悔沒帶妳上山呢。」友義高興地由她挽著一起坐下了，問：「這兩個星期，妳作了些什麼，覺得寂寞嗎？」

「不寂寞。第一個星期，我去同學家玩了。第二個星期，我乖乖地待在家裏，不是看書，就是去陪王蘭聊天。」

「太好了。妳和王蘭談得來嗎？」

「還好。她能說善道，每當我們有不同意見時，我總是說不過她。」

「哈哈，莫說是妳，連我都說不過她呢。」

「首長，你旅行累了吧。晚上我替你按摩，好嗎？」

「不，今晚不用按摩了，我只想早點睡。」

這時，黃浩提了行李進來了，低著頭，一聲不響地往屋裏走。

「他怎麼啦？好像不高興似地。」小張低聲問。

「他實在應該高興才是。我已為他說妥了一份好差事，是在中央警衛隊。過兩天，他就要走了，我反而有點捨不得。」

午夜，友義去見蘭。小張竟有一股莫名奇妙的嫉妒，偷偷地跟去小屋，躲到窗子下，準備偷聽他們的談話。

「盧山會議開得如何，副統帥當上國家主席了嗎？」蘭問。

「黔驢技窮。這一回，他們拍馬屁拍到馬腿上，結果被一腳踢翻了。」友義說。

小張正思索這句話的意義，驀然聽見黃浩在她背後喝道：「小張，妳在幹什麼？」

「嗄！」她嚇一跳，不由得失聲叫出來。

「快跟我走。」黃浩伸手抓住了她的左臂，把她拖離了小屋。

蘭和友義在屋內聽見聲響，都感到驚異。

「窗外有人。」蘭說。

「讓我來看看。」友義走到窗邊，掀開窗簾一角往外看，說：「奇怪，好像是黃浩和小張。他們跑了。」

「一定是小張在偷聽我們的談話，被黃浩逮到了。」

「妳為何這麼武斷，還沒消除對小張的偏見。」友義不悅。

蘭望著他，神秘地微笑說：「你不在時，小張來看過我。我發現她有一雙小腳。」

「她的腳小，又怎麼啦？」友義困惑地問。

「你也許忘了，五年前，王竹清和他的妻子毛麗紅來探望我們，竹清說他們來北京前先去了南京度假，還曾邀崇美一起遊玩。那天，我看見小張的鞋印，突然記起麗紅曾提到崇美的腳大，十四歲已穿七號鞋。人的腳只會變大，不會變小吧。」

「我已記不得麗紅說過什麼。也可能妳當時聽錯了。」

「我深信自己沒記錯，所以特地請宋秘書去南京尋訪崇美的中學老師。今天中午，宋秘書才回來，帶回了一張崇美的畢業照。你瞧瞧，還認得照片中的人嗎？」

友義取過照片看了，驚道：「這才是張崇美。那麼，小張究竟是誰呢？」

黃浩將小張帶回大宅裏才放開她，責備說：「妳怎麼可以偷窺首長的私事。除非妳答應改過，否則我要向首長告發妳。」

「哼，再過兩天你就要走了，何必多管閒事。」

「妳。」黃浩氣極了，凝視著她說：「我越看越覺得妳不像張崇美。」

小張驚慌，立生一計，右手扶了左臂，佯哭：「嗷，好痛，我的手臂斷了。」

黃浩信以為真，關心地說：「對不起，也許是我用力過度，使妳的肩膀脫臼了，讓我送妳去醫院吧。」

「你不要管我。」小張轉身跑進了她的房間，坐到床上，嗚嗚地哭個不停。

黃浩心慌，跟進了她的臥室，打開燈，說：「小張，讓我察看一下妳的手臂好嗎？」

小張用右手打開了上衣的鈕扣，脫去左邊的長袖。

黃浩看見她左上臂被他捻青了一塊，想確定有無脫臼，便彎著腰為她驗傷。不料，她突然雙手抓住了他的前襟，用力一扯，他失去重心，整個身子壓倒在她的身上。

「救命呀，救命呀！」小張放聲大叫。

驚動了管家和兩個值班的警衛員，他們迅速地跑過來。

「有淫賊，快拿住他。」管家叫道。

兩個警衛員立即上前一把將黃浩從床上拉起來，也沒看清楚他是誰，便將他打倒。

「住手，我是黃浩。你們誤會了。」

「黃浩，你怎麼會在小張的床上呢？」管家驚問。

黃浩還來不及解釋，小張已開始大哭大鬧，喊道：「他想強姦我。」

「她說謊，惡作劇。你們別聽她的。」黃浩又氣又急，一時裏不知如何為自己辯解。

「可是人贓俱獲呀。」管家說。

蘭和友義正在商討如何對付假冒崇美的小張，忽聽得有人叫門。友義去打開門，驚奇地發現管家穿著睡衣，站在門外。

「首長，不好了，出事了。」管家緊張地說。

「有什麼緊急的事，你快說呀。」

「唉，我真說不出口，黃浩居然想強姦小張。幸而，我和值班衛士聽見小張喊救，及時趕到，他未能得逞。」

「胡說，黃浩怎會幹這種事！」

「要不是我親眼看見他伏在床上，壓著小張。我也不敢相信呀。」

「黃浩怎麼說呢？」蘭問。

「他不承認，說小張惡作劇。我令衛士留在現場看管著他，就趕來報告了。」

蘭與友義都明白孰是孰非，彼此交換了一個眼色，心照不宣。

「好。我馬上和你過去。」友義說。

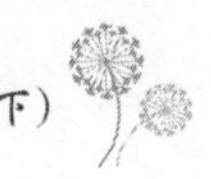

小張一見友義，就撲進他懷裏，哭道：「首長，黃浩欺負我，你一定要為我作主。」

「首長，我是冤枉的，請聽我說。」黃浩說。

友義不理會他，只顧撫慰小張，說：「究竟怎麼回事？妳別哭，慢慢說。」

「我睡不著，到後園散步。不料，黃浩忽從背後抓住了我不放。瞧，他把我的手臂都抓傷了。我掙脫他，逃回自己的房間裏，他追進來把我推倒在床上，又撲在我身上，扯我的衣服。我喊救命，管家和警衛員趕來救了我。」

友義大怒，走到黃浩面前，不由分說，揚手摑了他一個耳光。

黃浩覺得臉上熱辣辣的，卻痛在心裏，委屈地說：「首長，你打我。你相信我會是強姦犯嗎？」

不料，友義反手又打了他一巴掌，罵道：「半夜三更，你闖進小張的房間做啥？現有三個證人親眼瞧見你犯罪，你還賴得了嗎？」

黃浩淚流滿面，泣道：「沒想到，我跟了你半輩子，你竟然還不知道我的為人。我不如死了的好！」

友義狠狠地罵：「你死有餘辜。我剛替你謀得一份好差事，你非但不領情，還作出這種見不得人的事，害我都蒙羞。你簡直是恩將仇報。」

黃浩氣極了，衝著他的面，大聲說：「你才是辜負了我的一片忠心。」

一個警衛員怕他行凶，急用槍柄在他的後腦上猛擊了一下，他倒地暈過去了。

友義忍著不去看他的傷勢，嘆道：「唉，我視你為兄弟，你為何逼我大義滅親呀！」

「首長，你準備怎麼處置他呢？」管家問。

「深夜了，暫時把他關在地下室。等明天，我再決定如何處置他。」

兩個警衛員抬起黃浩走了。友義不回小屋，唉聲嘆氣地走進了他的臥房。

半夜裏，黃浩被人弄醒，發現自己躺在地上。蘭手持一盞油燈，蹲在他的身邊。

「蘭姐。」他一下子坐起來，扶在她的肩頭上，哭了。

「黃浩，你受了委屈，我替友義向你道歉。」蘭安慰他。

「真沒想到，首長竟會聽信小張的謊言，冤枉我。」

「其實，他這樣對待你，是因別有用心。」

「我不明白。」

「他已經知道小張是假冒的，她不是張崇美。」

「我更加不明白了。莫非我是在作夢嗎？」

忽然，友義從暗處走出來，說：「不，你不是作夢。我們都被小張騙了，幸虧你蘭姐識破了她。」

「你們說小張假冒張崇美，有什麼證據呢？」

「你看這張照片。」蘭說。

「這照片中人看來有點面熟，難道她才是張崇美？」

「正是，這是崇美的中學畢業照。」

「啊，原來小張不是張崇美，我太高興了。」

「噓，別大聲。」友義警告他。

「那麼小張是誰？她為何要冒充張崇美呢？」黃浩問。

「我們還不知道她的身分。不過，可以肯定的是她受人指使來監視我。我想將計就計，利用她作反間，因此故意冤枉你。你能原諒我嗎？」友義說。

「原來如此。我不怪你了，可是我已被人當成強姦犯，將來怎麼做人呢？」
「你剛才不是痛不欲生麼，不如留下遺書，藉以證明你的清白。」友義說。
「你要我去死？」黃浩驚駭問。
「不，他要你出走，暗中去尋找真的張崇美。」蘭搶先回答。
「是的。你可以先去宋秘書家躲藏幾天，等他為你收集資料，然後就出發吧。」

早晨，友義一覺睡到十點鐘才起身，管家和小張都在他的臥房外急得團團轉。
「啊，你們都在這兒，早呀。」友義打開房門，伸著懶腰說。
「首長，不好了。」管家和小張異口同聲說。
「豈有此理。一大早，你們就這樣向我打招呼，我今天可怎麼過呢？」
「黃浩逃跑了。」小張說。
「啊！他幾時跑的，可曾派人去追？」友義佯驚問。
「早上八點鐘，我給他送早餐去，發現地下室的門鎖被他敲開，人已不見了。我立即派了兩個警衛員去尋找他了。」管家說。
「好，如果抓到了他，立刻通知我。」友義說。
「可是，黃浩在牆上用鮮血給你寫了遺書，他大概去自殺了。」管家說。
「什麼！快帶我去看。」
友義跑到地下室，管家和小張也跟著去，只見一面牆上用血寫著：
「首長，

我重視名譽勝於性命。

今蒙不白之冤，寧以死明志，請你還我清白。黃浩絕筆。」

「噯呀，莫非我冤枉他了嗎？」友義驚恐地說。

「首長，昨夜發生的事恐怕只是一場誤會，因為我趕到小張房門外時，門是打開的，房內燈也亮著。黃浩若真想強姦小張，不至於如此明目張膽。」管家說。

「嗄，你當時為何不說呢？」友義怒道。

「當時我沒想到，後來我想報告，但你已入房睡了。我決定等到早上再和你說。不料，已太遲了。」

「小張，妳說實話。黃浩到底是為何事才跑進妳房間裏的？」

小張心慌，哭道：「他發現弄傷了我的手臂，說要為我驗傷，卻一下子撲倒在我身上了。當時，我不清楚他要幹什麼，只嚇得大叫救命。」

「我猜想，他失足絆倒在小張床上了。」管家說。

「你說得對。黃浩一向品行端正，做事謹慎，不可能開著大門去強姦小張。唉，我怎麼會懷疑他呢？是我害死了他呀！」友義自責，搥胸頓足，大哭起來。

「首長，都是我不好。」小張跪下了。

「不，不能怪妳。我太武斷了，竟沒給黃浩解釋的機會。」友義扶起她說。

兩個警衛員回來了，都說：「我們各處都找過了，沒見到黃浩的影子。要不要請警方幫忙追捕呢？」

「不，千萬不要對外聲張，家醜不可外揚，況且黃浩可能是無辜的。除非他真的尋短見，否則一定會回來的。」友義說。

黃浩失蹤了一個月，友義認定他已自殺身亡了，經常嘆氣。

小張感到心煩，忍不住說：「首長，你還在為黃浩失蹤的事難過。既然事情是因我而起的，你把我調職吧。」

「不，我已失去了黃浩，不能再失去妳。再說，這件事不能全怪妳，管家和我也都有錯。」

「可是，每次聽見你嘆氣，我心裏也很難受。」

「我想忘記這件事，不如我們一起去度假吧。」

「你要帶我去度假，王蘭也去嗎？」

「蘭從不出門，不會想去的。這回，我不帶隨扈，只帶妳一個人。」

「你要帶我去哪裏度假呢？」

「去南京吧。我的兒子程克強在那裏，我想介紹你們認識。」

「太好了，我們幾時動身呀？」小張興奮地說。

「就下個星期吧。我會請宋秘書安排行程。」

友義約了宋秘書到辦公室秘密會談。

「黃浩有消息嗎？」友義問。

「他已離開北京，去尋訪被流放到外地的護專師生，打探崇美的下落。到目前為止，只查出了小張的背景，她叫張芸，是南京人，傳說她和林老虎有私情。但沒有人知道崇美的下落。」宋秘書說。

「知道崇美下落的人肯定不多，或許小張是其中一個。我準備帶她到南京去度假，希望能讓她無意中洩露出來。」

「這是好辦法。我會通知黃浩叫他先去南京等候你的消息。」

「好，你叫他去克強那兒藏身，但囑咐他不要洩露小張的秘密。」

「知道了。」

一個星期後，友義和小張乘飛機到南京度假，葛逍到機場迎接了他們，護送他們到郊外一座山明水秀的別墅裏。

「首長，這是我特地為你安排的，你滿意嗎？」逍說。

「這裏很好。謝謝你。」

「這回，為什麼不見黃浩伴隨你呢？」

「黃浩嫌在我身邊沒出息，已自請調走了。這回我只帶了一位護士來，我給你們介紹，她叫張崇美。小張，這位是葛逍，曾做過我的衛士，現在他已經當上警衛局長了。」

「葛局長，你好。」「小張，你好。」

「首長，我今天有空，可以開車陪你遊山玩水。」逍說。

「我老了，沒精力玩，只想睡個午覺。你陪小張去玩玩吧。」友義說。

「我若出去了，只剩你一個人怎麼行呢？」小張說。

「不要緊，你放心去吧。這別墅裏有不少服務員。我若有需要，會按鈴召人。」

「那麼我們出去了，現在剛下午三點，你要我們幾點鐘回來呀？」小張高興地說。

「你們不必趕時間，出去了就玩個痛快，在外頭吃了晚飯再回來吧。反正，晚上六點，克強會來陪我一起吃晚飯。」

「謝謝首長，再見。」

葛逍帶小張到戶外，請她上了汽車，問：「妳想去哪兒玩？」

「其實，我哪裏都不想去，只想探訪一個要好的中學同學。這兒距城裏有多遠呀？」小張思念父母，想乘機去見他們一面。

「從這兒開車進城大約要四十分鐘。沒問題，我送妳去吧。」葛逍發動了車子。

「你真好。堂堂一個局長，一點架子都沒有，自願當我的司機，真叫我受寵若驚。」

「為美人開車，是我的榮幸。」

「嘻，你真會說話。結過婚嗎？」

「結婚五年，已有了兩個女兒。老婆整日只忙照顧孩子，可冷落我了。」

小張暗想，男人想尋求外遇時總是先抱怨自己的老婆不好。那個對她進行過性侵犯的中學校長，就是如此。她為了爭取保送護專，事後沒告發他，但每次想起那一刻，還是恨得牙癢癢的。

葛逍見她沉默不語，以為自己失言，道歉說：「對不起，我們剛認識，我不該提老婆和孩子的事，讓妳厭煩。」

她從沉思中回神，對他嫣然一笑，說：「沒關係。這表示你信任我。我也覺得對你一見如故似的。」

「哈，說得好，我們一見如故。」

他倆一路談笑，到達城裏時，已經像老朋友似的了。

「小張，妳要去找的同學是誰呀？她會在家嗎？」

「她和我同姓，叫張芸。我沒事先和她約好，不知她是否在家。不過，只要能見到她的父母就不虛此行了，他們都疼愛我，因為我是孤兒。我也將他們當成親人，尤其喜歡吃張伯父做的菜。」

張芸入程府之前，曾回家告訴父母，她將冒充張崇美去做女護士的事，還警告他們不得洩漏秘密。因此，他們乍見她由一個陌生男人陪同回來，既驚訝又有點擔心。

「張伯母、伯父，好久沒見了。你們還記得我張崇美嗎？」小張親熱地招呼父母，同時向他們眨眼示意。

張母會意，說：「啊呀，原來是崇美來了，快請進來。這位同志是妳的朋友嗎？」

「嗯，我們剛認識不久。」小張說。她已獲得葛逍的同意，不透露他的身分，以免令同學的家人不安。

「同志，請坐一會，我馬上去給你們弄些點心吃。」張父說。

「別客氣。你們的女兒在家嗎？」逍問。

「她不在家，到雲南下鄉插隊去了。」張母說。

小張瞪了母親一眼，怪她洩漏了崇美的下落，好在逍似乎沒留意。

「小張，既然妳的同學不在家，我帶妳到別處去逛逛吧。」逍說。

小張很想留下吃父親做的點心，但是怕葛逍陪著無聊又怕他起疑，只得說：「伯母、伯父，請你們保重，我走了。」

「唉，妳幾時才能再來呀。」她母親依依不捨。

「伯母，別難過，我會給你們寫信的。」小張擁抱了母親，又握了握父親的手，轉身和逍一起走出屋子。

他們坐上了車，小張說：「我不想到別處逛了，還是早點回首長身邊吧。」

「我猜想，首長想和兒子私下談話才要我帶妳出來的。他們敘父子情，我們玩我們的，在外頭吃了晚飯再回去吧。」葛逍說。

「好吧。」小張同意了。

孟紹卿依然裝扮成牛耐河，開車送程克強來到別墅山莊前。

「表叔公，等會你見了我爸，說話可得小心點。」克強警告。

「你放心。我不會責問他，為何聽信女護士的片面之詞就把黃浩逼走的事。」

「唉，我倒是想問他這件事。」

「免了吧。連你媽媽都不管，你就當不知道算了。」

「好吧，我們都不說。尤其別讓他知道，黃浩目前躲在我們家裏。」

他們由服務員帶領，走進了友義的套房。

「克強、耐河，你們來得正好，我肚子餓了，可以開飯了。」友義招呼他們說。

「爸，怎麼只你一個人下來，沒帶隨扈嗎？」克強問。

「我是悄悄地來度假的，只帶了一名護士，叫張崇美。剛才我睡午覺，就請葛逍帶她出去玩了。」

「媽媽好嗎？妹妹可曾回過家？」

「你媽很好。小鈴離家快一年了，還沒回來過，但她每封信上都叫我們放心。」友義又轉首問：「耐河，你有家室嗎？」

「當然有。我和克強同病相憐，被迫與妻兒分離，好端端一個家庭破碎了，說起來就令人傷心。」耐河唉聲嘆氣說。

話不投機，一下子弄僵了。

好在，服務員端來了飯菜，友義乘機下台，說：「吃飯吧。」

飯後，友義遣退了服務員，才慎重地說：「我這次南下，實有兩件重要的事要託你們去辦。」

「既有正經事，何不早說呢！」耐河催道。

「首先，我想派遣一個值得信任的人去探望一個被拘押在蘇北幹校的同志。」

「爸爸，你說的人是誰？」克強問。

「他叫王竹清。」友義說。

耐河一聽，不假思索地說：「我願前往。」

「你認識他嗎？」友義微笑著問。

耐河暗驚，連忙否認：「不認識。但憑你的手令去找他，不就得了。」

「這件事我不出面，你得自己想辦法去見他。」

「沒問題，既然有名有姓，一定能找得到。只是，我見了他，又將如何呢？」

「首先，請你幫我探聽他的情況。其次，請轉告他，我會暗助他平反並恢復他的軍籍，你叫他有回部隊的心理準備。」

「知道了，我一定不辱使命。」耐河很有自信地說。

「好極了。克強，你的這位學長果然能力高強。」友義誇獎說。

「你用不著誇我，只要不砸我的飯碗就行了。」耐河自言自語。

「爸爸，我是不是該和耐河一起去見王竹清呢？」克強問。

「不，你不能去，以免遭人懷疑。另外，我也有一件任務給你，就是要你親手轉交一封信給南京軍區司令。」友義取出了信，又關照說：「記住，這件事絕對要保密。」

「知道了。」克強把信藏入了衣袋裏。

忽然，門外有人敲門，叫道：「首長，我回來了。」

「是小張回來了。克強，你去開門吧。」友義說。

克強開了門，讓葛逍和小張進來了。

「小張，這是我的兒子程克強，這位是他的秘書牛耐河。」友義作介紹。

「克強，你好。」小張親熱地叫道，卻不理會牛耐河。

「張同志，妳好。」克強拘謹地說。

「唉，不必見外。她喜歡人家稱呼她小張。你要像對妹妹一樣對待她。」友義說。

「嗯。」克強答應得很勉強。

「來，來，你們兄妹倆別站著，到這邊來坐下談。」耐河說。

「葛逍，你也坐一會再走吧。今天辛苦你了，從機場接了我，又陪小張玩了半天。你們去了些什麼地方？」友義邀請逍一塊坐了，和他聊天。

「其實沒到哪裏去玩。我先陪小張進城，到她的老同學家去探望了一下，然後請她吃了頓晚飯就回來了。」

「哦，小張，這位特別令你懷念的同學叫什麼名字？」友義漫不經心似地問。

「她叫張芸。」

「啊，也姓張。她在家嗎？」

「她不在家。我們只陪她父母坐了一會就走了。」小張心虛，不願多說。

冷不防，葛逍插嘴說：「聽她母親說，張芸到雲南的鄉村去插隊了。」

「啊，去了那麼遠，見不著了。小張，妳是否有她的地址，可和她通信？」

「我忘了問她的地址，其實也沒必要通信。」

友義不再追問，轉向克強說：「我和小張將在此停留一星期，你若有空，可來陪我們一起遊玩。小張平日服侍我十分辛苦，這回我帶她來度假，就是要讓她玩得開心。」

「這星期我很忙，白天要開會，晚上還要做報告。」克強存心推托。

「既然如此，就由我代勞吧。首長難得到此度假，我準備隨時供你差遣。」葛逍說。

「好。你的盛情我領了。」友義高興地說。

由逍陪伴遊玩了幾日，友義乘機向他打聽南京的局勢和警備狀況。逍也乘小張不在場的時候，向友義求教：「聽說毛主席和林副統帥翻臉了，今後我們該聽從誰的指揮呢？」

「你說呢，這回鬥爭，將是誰勝誰負？」友義反問。

「我看不準。毛主席威信高，可是這幾年都是林副統帥掌兵權。」

「你該多看看副統帥在軍中的講話，就會明白了。」

「他的講話不都是要解放軍聽毛主席的話，作毛主席的好戰士嗎？呀！他若造反，必自取滅亡。」

「葛逍，你真聰明，眼下正是你立功的大好機會，可別錯過了呀。」

「我明白了。今後我會監視林家幫的行動，秘密向你匯報，希望你能助我立功。」

「好，我真沒看錯你呀！」友義笑道。

見小張走過來了，他們立即改換了話題。

「首長，你們的假期只剩兩日了，明天讓我陪你們去上海玩吧。」葛逍說。

「不，我已玩累了。剩下兩天，我想到克強家中去休息。請你陪伴小張去上海玩一趟，可以嗎？」

小張沒有異議，葛逍也樂意單獨陪她，就這麼說定了。

在上海，小張盡情吃喝玩樂，度過了愉快的假日。她完全沒想到友義遣開她另有用意。

回到北京後，友義對小張恩寵有加，每個月給她放兩天假，讓她有機會出外。他暗地裏利用她作反間，傳些言語使林黨對毛的疑忌擴大。

一天，他將出門時，對小張說：「毛主席正在武昌召集各軍區領導開會，這個會將關係副統帥的存亡，我要前去了解一下情況。妳千萬不要告訴他人。」

「是，我會保密的。」小張答應。

當天晚上，她便去找老虎，告知此事。

「不好了。據程友義說，毛主席正在召集全國將領，可能要聲討你爸了。」

「哈，那要先看老毛回不回得來。」老虎蠻不在乎地說。

「我不明白。莫非你們真要發動武起義嗎？」

「正是。關鍵就在這兩日，當老毛的列車經過上海時，他就會被炸成米粉。」

「太可怕了。」小張嚇得全身發抖。

「別怕。妳知道了這個秘密，就不要回去了，以免被程友義探知。」

「其實，他今天下午已悄悄地去武昌探聽消息了，恐怕要好幾天才能回來。」

「等他回來，天下已變了。我們預先慶祝吧。」

連著兩夜，他倆共同在溫柔鄉裏做著美夢。到了第三天，半夜一個從上海打來的電話驚破了他們的夢。

「完了，完了，一切都完了。」老虎放下電話，抱頭痛哭。

「怎麼啦，炮彈沒打中目標嗎？」小張驚駭地問。

「唉，那群膽小鬼臨陣退縮了，根本沒照計劃射炮，白白放走了老毛。他馬上就要回北京了。」

「天呀，那怎麼辦呢！謀反罪是要被槍斃的。」

「我得立即去北戴河見我的爸媽。」老虎匆匆穿好衣服，就往外走。

「我呢？你不能丟下我不管呀！」小張拉住他，六神無主，哭道。

「床頭抽屜裏有支手槍，妳先去殺了程友義再自盡吧。」老虎狠心地甩開她，走了。

門外已站了兩個護駕的人，擁著他上車，迅速往飛機場開去。

小張沮喪地倒在床上，哭了好一會，看看天亮了，決定先回程府再說。於是，起來梳洗穿衣。出門前，將手槍藏入手提包中。

她走進屋裏，驚訝地發現蘭坐在客廳裏和一個女客人談話。客人背向著門，看不見面貌。她想悄悄地從旁邊繞到自己的房間。不料，蘭叫住她。

「小張，妳回來了。快過來，我給妳介紹一個新來的女護士。」

「新來的女護士？」

「說來也巧，她居然和妳同名同姓，也叫張崇美。」

「嗄！」小張大吃一驚，見那女護士站起來轉向她，更令她魂飛魄散，驚叫：「崇美，是妳！」

「張芸，妳為何冒充我來欺騙首長？」崇美指著她說。

「不關我事。狄橋讓我改了名，來服侍首長。妳是自願到雲南去為戰士們服務的，我冒充妳，對妳並沒損害。」

「哼，你們聯合謀害我。我並沒有被送去軍營當護士，而是被押到勞動營拘禁。要不是首長派黃浩來救了我，恐怕一輩子都回不來了。」崇美說到傷心處，忍不住哭了。

「是首長派黃浩救了妳？」芸更加驚恐。

「是的。其實我們早就知道妳是冒充的了。」蘭說。

「你們真有本領。我與妳同歸於盡吧！」張芸恨道，驀地，從提袋中抽出了手槍。

友義忽然現身，說：「小張，妳千萬不可一錯再錯，快把手槍給我。」

「不，你欺騙了我。我要先殺了你。」芸憤怒地將手槍轉向他，就要發射。

殊不知，黃浩早已閃到她的身後，向她的右肩上用力一擊。

芸覺得劇痛，手槍落地，她也跌倒在地上。兩個警衛員執起她，將她雙手反銬了。

「小張，無論如何，我們相處了一年多，只要妳肯悔改，我會為妳請求從輕處分。」

不料，芸發狂似地喊道：「我恨你們。等老虎奪了權，我要他把你們全部都處死。」

友義長嘆一聲，令警衛員押走了她。

【第二十四章】
迷你風波　庸人自擾

香港，市中心一座公司大廈的八樓，深夜燈還亮著。林曉鵑和高琇瑩為了選定服裝產品的樣本爭執不休。

「曉鵑，妳比我年輕好幾歲，可是頭腦比我封建多了。如今已經進入七十年代，女人的裙子短一點有什麼大礙呢。」琇瑩說。

「可是，妳設計的迷你裙實在短得不像話。何況，去年剛流行過長到腳跟的迷心裙，一下子倒轉，不是走極端嘛。」

「就是要走極端。眼下，全世界都在鬧革命，年青人尤其不安寧，讓大家在服裝發洩總比流血鬥爭好吧。」

「我們是服裝設計家，又不是革命家。」

「氣死我了！妳一定是受了祝師傅那個老古董的壞影響。」

「虧妳還好意思說呢。下午，祝師傅批評裙子太暴露，他剪裁時都覺得難為情。妳當眾罵他老古董，心術不正，把他氣走了。他是手工一流的老裁縫，妳在員工面前這樣羞辱他，實在太過分了。」

「不管怎麼說，我絕不會退讓的。我保證，迷你裙將是我們開拓新市場的暢銷品。」

「暢銷品？連我們自己都不敢穿，怎麼去推銷給顧客呢？」

「誰說我不敢穿，我就穿這件樣品給妳看，讓妳開開眼界。」

琇瑩拿起一件裙子，正想到屏風後去穿，忽聽得門外有響聲。

「噓，門外有人。」她輕聲說。

「這麼晚了，有誰來呢。恐怕是歹徒。」曉鵑驚恐說。

「別怕，我學的自衛武功可以有用場了。」

「不，我們還是報警吧。」

「別大驚小怪，我們還不清楚對方是誰。萬一是熟人，被警察抓了，豈不出洋相。」

「糟，他好像在撬開門了，一定是賊！」

「快，妳拿這個躲到門邊去，他一進來，就用力敲打他的頭。我則踢他的腿。」琇瑩在匆忙中抓起一只塑膠模特兒的腿交給曉鵑。

兩人立刻閃到門的兩旁，準備應戰。

門開了，一個帶著面罩的男人衝進來，雙手舉了支槍似的東西，叫道：「不許動。」

當他發現辦公室內無人，驚異地想回頭時，後腦不知被何物擊中，發出轟然巨響，接著，左小腿上被猛踢了一下，令他痛徹心扉。

「啊呀。」他發出呻吟，摔倒在地上。手上東西掉落，原來只是一支鋼筆，被當成是槍管。

「大膽的賊，再嚐我一記鐵拐腿。」琇瑩舉腳又要踢。

「不，不要，我是玉棠呀。」那人叫道，慌忙取下面罩。

「是你！」琇瑩和曉鵑都感到驚訝。

琇瑩及時收住腿，改為雙手叉腰，罵道：「好哇，你想嚇唬我們。看我教訓你。」

「好姐姐，饒了我吧。下次不敢了。」玉棠求饒。

「琇瑩，饒了他吧。他已吃夠苦頭了。瞧，我這支模特兒腿已被敲扁了，剛才妳那一腳也踢得不輕吧。」曉鵑說。

「噢，好痛，我的小腿好像被踢斷了。」玉棠撫著傷腿說。

「快讓我看看。」曉鵑蹲下，替他撩起褲腳，察看了，叫道：「哎呀，真有一大塊烏青呀。」

「活該。我們通宵趕工，他還要來搗亂，真該打。」琇瑩說。

玉棠由曉鵑扶著站起來了，說：「琇瑩，妳冤枉好人了。我是在夢鄉中被林師母的電話叫醒的。她說半夜三更，曉鵑還沒回家，她不放心，託我來催。我一時裏起了童心，想嚇嚇妳們，好讓妳們乖乖地回家。」

「唉，我媽真是的。我都做祖母了，她還是管得我這麼嚴。」曉鵑嘆氣說。

「我媽還不是一樣，我們都是老孩子。小嬸，走吧，我送妳回去。」玉棠說。

「不能走。明日要開董事會，推薦新產品，今晚我們非選定樣品不可。」琇瑩說。

「玉棠，今夏將流行短裙。我和祝師傅都認為短過膝蓋兩寸就夠了，可是琇瑩非要減到膝上六寸不可。你說呢？」

「妳問我。我當然是說越短越好。減到膝上一尺也不妨。」玉棠笑道。

曉鵑生氣地推了他一把，罵道：「胡說八道，你的腦袋一定是被我打壞了。」

玉棠望著塑膠模特兒的腿，心有餘悸，說：「好在模特兒的腿是中空的，否則我的腦袋真要開花了。」

「別開玩笑了，事關公司的盈虧。玉棠，你認真幫我們做個決定吧。」曉鵑說。

忽然，琇瑩穿著短裙從屏風後姍姍地走出來。她駐顏有術，體態苗條，風華不減當年。歲月在她的頭髮上灑下白霜，她便立即染黑，看起來像四十多歲的中年婦人。穿著迷你裙，更顯得精神煥發。

「好啊。」玉棠拍手讚道：「妳的鐵拐腿原來這麼美妙，我真佩服得五體投地了。」

「美而不淫。我也服了。就照妳的樣本製造吧。」曉鵑也欽服了。

「大功告成。我們三人的股權合起來，已超過半數，新產品將可以順利在董事會上通過了。」琇瑩喜道。

「我們可以回家了。嗄，原來已過了兩點鐘了，難怪我媽著急。」曉鵑看了一下手錶，驚道。

「半夜裏，妳們都不要開車了，讓我送妳們回去吧。」玉棠說。

「好，走吧。」琇瑩披上風衣，臨行才發現還穿著迷你裙，也顧不得更換，便提著原來的裙子走了。

玉棠開車先送曉鵑回家，又送了琇瑩才回自己家。下車時，發現琇瑩將裙子遺落在前座了，他順手撿起，便走進屋子裏。

不料，客廳的燈亮著，簡薇穿著睡衣坐在沙發椅上抽煙。

「咦，妳怎麼半夜起來抽煙呀？」他驚問。

「我倒要問你，半夜三更，你溜到哪裏去了？」薇生氣地說。

「妳別誤會。因林師母打電話來，說不放心女兒加夜班，所以我剛去公司接了曉鵑和琇瑩，送他們回家。」

「這兩個風流寡婦，真會耍花樣，故意半夜不歸，存心勾引你。」

「喂，妳別亂說。人家可是勤勞的職業婦女，好過妳只會通宵達旦打麻將。」

「你手中拿的是什麼？」

「啊，這是琇瑩的裙子。她遺落在我車上了。妳替我找個袋子裝了，明天我好拿去還給她。」玉棠睏了，懶得解釋，把裙子往沙發上一扔，便往臥房走去。

薇氣沖沖地跟進臥房，見玉棠脫下長褲準備上床，他的小腿上有塊烏青。

她上前去按摸，審問：「你的腿受傷了，這塊烏青是哪裏弄來的？」

「嗷，好痛。妳別碰。還不是被母老虎踢的，她真是厲害，一點都惹不得。」

「果然是高琇瑩踢的。你快說，是不是你調戲她了？」

「別發神經了，睡吧。我睏死了，一切等明天再說。」他上床躺下了。

「不行，我一定要你現在說清楚。」薇不肯罷休，怒吼。

婉珍被吵醒了，來敲他們的房門，問：「玉棠、薇薇，半夜三更，你們吵什麼呀？」

玉棠連忙熄了燈，說：「媽，沒事，剛才薇薇作惡夢，在夢中喊叫。妳別擔心，回去睡吧。」

等母親走了，他警告妻子：「別再無理取鬧了。妳若不信任我，就離婚吧。」說完，便翻身呼呼大睡。

薇躺在床上氣憤填膺，哪裏睡得著。心想，丈夫經常拿她和兩個女強人相比，奚落她。這回，明明是他做錯了事，卻怪她無理取鬧，還以離婚為威脅，實在太過份了。她決定離家出走，給他一點顏色看看。憑著自己是三個孩子的媽，加上一個保守的婆婆，不怕他不屈服道歉。

她悄悄地下床，開了一盞小燈，穿好衣服，從櫃子裏拿出一疊錢放入手皮包，便熄燈，溜出了臥房。臨出門前，她取走了琇瑩的裙子，準備當作證物，與丈夫談判的籌碼。

玉棠一覺睡到早上九點鐘才醒，發現同床人不見了，並不以為奇，只怪她不早點叫醒他。想著十點鐘要開董事會，他還得去接琇瑩和曉鵑，便匆匆忙忙去梳洗，穿戴整齊就準備出門。

「先生，早安。你還沒吃早餐就要出去了嗎？」女佣李嫂說。

「我沒時間，不吃了。太太呢，怎麼不見她？」

「咦，太太不是還在房裏睡覺嗎？我早上六點就起身了，一直沒見到她？」

正巧，婉珍走出來，說：「玉棠，你和薇薇怎麼搞的，半夜不睡覺，早上起不來。薇薇到現在還在睡嗎？」

「糟了。昨夜我們之間有點誤會，不知她是否離家出走了。李嫂，妳快去車房看看，她的車子還在嗎？」玉棠開始著急。

李嫂答應著去了，不久，回來證實，說：「不好。太太的車子不見了。」

「薇薇離家出走了，這到底是怎麼回事呀？」婉珍又氣又急問。

「唉，叫我從何說起呢。」玉棠懊惱萬分。

電話鈴響了，他以為是妻子打來的，連忙拿起電話筒，卻聽見琇瑩的聲音：「玉棠，是你嗎，你準備出門了嗎？」

「琇瑩，糟了，簡薇對我產生了誤會，昨夜悄悄地離家出走了。」

「你想她可能去了哪裏呢？」

「我不知道。她的娘家人都在台灣，平日來往的只是些打麻將的朋友。」

琇瑩當機立斷，說：「時間不早，我們要趕著開董事會。請你立即出門來接我和曉鵑去公司。等開完會，我們再商量怎麼把她找回來吧。」

「好，我馬上就來。」玉棠放下電話，向母親說：「媽，妳別擔心，說不定薇薇等下就回來了。我要去公司開會了，再見。」

玉棠走了，婉珍急得團團轉。

李嫂勸她：「老太太，妳先歇歇吧。我看太太是捨不得這個家的，就像先生說的，她會回來的。」

「但願如此。唉，薇薇也真是的，玉棠為了賺錢養家整天忙碌，她只知享福，還動不動就鬧脾氣，甚至出走，像什麼話呢！」老太太不由得發了一大堆牢騷。

董事會裏意見參差，保守派和新潮派經過一場激烈的辯論，因有曉鵑和玉棠的支持，最後通過了琇瑩的提議，決定大量推銷她選定的迷你裙。

開完會，琇瑩喜上眉梢，說：「好極了，現在只需說服祝師傅就可開工了。曉鵑，請妳去勸他吧。」

「不用急著找祝師傅，還是先幫玉棠找回簡薇要緊。」曉鵑說。

玉棠反倒不著急了，說：「先公後私。妳們先去和老祝談，不必管簡薇了。大不了，我和她離婚。」

「究竟她對你有何誤會，才會出走的呢？」曉鵑問。

「她半夜醒來，發現我出去了，就在廳裏等著我回家。見我拎著琇瑩的裙子進門，又看見了我小腿上的烏青，就一口咬定我調戲琇瑩了。」

「那你為何不向她解釋清楚呢？」琇瑩說。

「我睏極了，又問心無愧，所以懶得理她，倒頭就睡著了。」

「唉，你也真是的。萬一她在外頭傳播謠言，我們可是百口莫辯。」琇瑩氣惱地說。

「琇瑩，請別生氣，我馬上去找她就是了。」玉棠說。

「好吧。你先找到她，向她解釋誤會。今晚，我和曉鵑會去你家為你作證。我還要取回我的裙子。」琇瑩說。

琇瑩和曉鵑回到辦公室，整個下午都在為業務計劃忙碌，無暇去想玉棠的家務事了。晚上，她們約了祝師傅一起上館子吃晚飯，好言勸慰，說服他合作。

吃完晚飯，她倆才去到玉棠家。

玉棠請她們進入客廳坐了，垂頭喪氣地說：「我開車跑了一天，她可能去的地方我都找遍了，沒她的蹤影，真不知她躲到哪裏去了。」

孟老太太嘆氣說：「唉，薇薇明知玉棠是個規規矩矩的人，何況他是和妳們在一起，她實在不該多疑呀。」

「昨夜有些巧合，令她產生誤會。我有一件裙子掉在玉棠的車上了。」琇瑩說。

「琇瑩，妳那條裙子不見了，可能是被薇薇拿走了。」玉棠說。

「嗄，她拿走我的裙子，可見不懷好意。」琇瑩生氣了。

「玉棠，你還是得儘快找到簡薇才好。」曉鵑說。

「她的朋友家我都已去過了，真不知再往哪兒去找。倒不如，讓我登一則警告逃妻的廣告吧。」玉棠越說越氣憤。

「她是夜裏出走的，既然沒去朋友家，一定是住進旅館了，你可曾去旅館打探過呀？」曉鵑說。

「啊，小嬸，妳真聰明，我怎麼沒想到她會住進旅館呢。不過，香港的旅館這麼多，叫我何從找起呀？」玉棠為難地說。

「不用一家家去找，打電話查尋就行了。快把電話簿拿來，我替你查詢。」琇瑩說。

李嫂把電話簿拿來了，琇瑩撥了一個電話號碼，說：「喂，我找一個朋友，簡女士，今天清晨住進來的，請你幫我查查。」

「對不起，沒有姓簡的女人住進我們的旅館。」

「也許她用了夫姓，可有其他女客人清晨到的嗎？」

「今晨，沒有女客人單獨住進來。」

「謝謝你。」琇瑩掛了電話，又撥了另一家旅館。

然而，一連打了七、八家都沒結果，她氣餒了，說：「玉棠，還是你自己打吧。」

「不，還是讓小嬸打。妳們找女朋友，好過我打聽老婆的下落。」玉棠偷懶。

曉鵑拿起電話簿來看，發現給琇瑩打了勾的，全是大旅館，她便選了一個在附近的小旅館，撥了電話。

「喂，請問昨夜有位簡女士住進你們的旅館嗎？」曉鵑心情緊張，自覺問得不夠清楚。不料，對方說：「有的。請等一下，我替妳轉接電話。」

「請先告訴我，她住在那間房？」曉鵑喜出望外說。

「第二零五室。」

「謝謝你。」她掛斷了電話，歡呼：「找到了。簡薇就在附近的悅友旅舍，開車大約十分鐘就到了。」

「唉，我找遍了香港和九龍，沒想到她就在自家附近。」玉棠嘆道。

「曉鵑真要得，一打就中，我倒是白花了不少功夫。」琇瑩說。

「時間不早了，你們快去接她回來吧。」孟老太太說。

「我們這就去。媽，你先睡吧。」玉棠說。

他們三人一起來到旅館，玉棠在室外敲門。

「是誰？」室內的女人問。

玉棠聽出是妻子的聲音，暗喜，故意說：「送茶水的。」

「這麼晚了，不要了。」

「簡薇，是玉棠來了，妳快開門吧。」曉鵑怕耽誤時間，忍不住說。

簡薇打開門，一見琇瑩就氣沖沖地說：「妳是來向我討回裙子的吧，真不要臉。」

琇瑩氣得心中冒火，只為顧全玉棠的面子，才沒一巴掌打過去。

「薇薇，妳胡鬧。快向琇瑩道歉。」玉棠怒道。

「噓，你們別吵，先進房裏去再說，免得驚擾其他的住客。」曉鵑勸道。

走進了室內，她又說：「薇薇，妳誤會了。只怪玉棠昨夜沒向妳說清楚，現在由我來解釋吧。因我深夜未歸，我媽不放心，所以打電話請玉棠到公司來找我。玉棠起了童心，遮了臉，衝進辦公室想嚇唬我們。結果，挨了我一棍，又被琇瑩踢了一腳，他腿上的烏青是這樣得來的。」

簡薇打斷她的話：「這只說明玉棠沒調戲琇瑩。她卻把裙子脫在玉棠的車上了，這不是存心勾引他嗎？」

琇瑩忍無可忍，罵道：「妳不要血口噴人！」

簡薇也不甘示弱：「我有憑有據。」

玉棠又氣又急，大怒道：「薇薇，妳不要亂說嘛，琇瑩是在辦公室裏換下的裙子，不是在我車上脫的。」

「還不是一樣。總之，她在你面前脫裙子。」

「不，她是為了展示迷你裙，自扮模特兒，在屏風後換的。」

「迷你裙！她想迷倒你，不是嗎？」

玉棠越解釋越糟。琇瑩失去了耐性，一把拉了曉鵑，說：「有理說不清。由他們去鬧，我們走吧。」

「我也和你們一起走。」玉棠說。

「等等，你走了，那我呢？」簡薇急忙拉住他。

「你若肯向琇瑩道歉，就跟我回家。否則，我們從此分手吧！」

簡薇已經後悔離家出走了，不願因誤會而失去一個好丈夫，只好說：「琇瑩，對不起，剛才大概是我想歪了，我相信妳和玉棠都是清白的。」

琇瑩一言不發，頭也不回，走出去了。

「喂，妳的裙子還沒拿。」簡薇拿出裙子，想追去。

「還是把它交給我吧。」曉鵑說。

誤會澄清，玉棠夫婦和好如初，但琇瑩卻氣悶了好幾天。

曉鵑見她鬱鬱寡歡，便建議說：「琇瑩，我們好久沒度假了。不如乘新產品設計完成，有了空閒，到美國去探親吧。」

「好主意，我們拿一個月的假。妳先去舊金山看兒子媳婦，我去洛杉磯看女兒女婿，然後我們再會合一起去旅遊。」

「我想在兒子家住兩個星期，再到洛杉磯和妳會合，乘機逛逛好萊塢。然後，我們一起去華盛頓探訪羅勃和露西，好嗎？」

「我贊成。我也想念羅勃和露西，去年他們到香港來探訪你，與我一見如故，還一再邀請我去華府相聚哩。」

「就這麼決定了，我們請旅行社訂飛機票吧。」

【第二十五章】

越洋密會　乍逢如夢

程克強接到父親打來的長途電話，叫他帶牛耐河一起回北京，商議事情。

「我爸特地吩咐我一定要帶你回去，不知有什麼事。」

「上回他來度假時，我陪他下過棋，棋逢對手，也許他想要和我再下一盤吧。」

「表叔公，你真會開玩笑，我想爸爸不會單為了下棋邀你上北京。聽說王竹清已被恢復軍籍，當上團長了。你為此事多少出過點力，或許他要當面嘉獎你。」

「可憐，王竹清被他的老婆檢舉，打成反革命。我扮成老農去探監時，他十分沮喪，好在現在他又出頭了。」

「別多說了，我們該準備啟程了。」

一見他們進門，黃浩就說：「克強，你爸媽都在內廳裏等你，想要和你單獨談話。請牛先生到會客室去休息一會兒。」

「好，我先去見他們，耐河請你稍候。」克強走了。

黃浩帶領牛耐河走進了一間會客室裏，給他倒了杯茶即退出，留他單獨在室內。

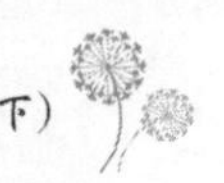

耐河坐下喝茶，瞧見茶儿上有一本美國雜誌，便伸手取來看。翻到其中一篇文章，他驚呆了。

內廳裏，克強見了父母，先問起他最關心的事：「爸、媽，你們有陶蓉的消息嗎？」

「聽說你岳母病了，蓉已獲准回家探親。你可以藉口去看兒子，乘機和她相聚幾天。」蘭說。

「可憐的孩子，我思念他，但一直不敢去看他，怕見了面就不忍心再分離。沒想到，拖累了岳母。」克強後悔得落淚。

「我知道你一直在跟我賭氣，故意冷落我的孫子，可是孩子是無辜的。」友義說。

「我不能等了，馬上乘下一班火車去看他們。」克強突然變得心急起來，恨不得立刻就去到妻兒的身邊。

「你去吧。讓牛耐河留下，我有一件重要任務要交託他。」友義說。

「不行。牛耐河性情古怪，我還是帶著他走好，免得給你添麻煩。」克強不放心。

「這是什麼話！難道他活到這把年紀還要你作他的監護人嗎？」

「你不是有許多秘書和顧問嗎，何必一定要搶我的人呢！」

「這個任務非他不可，我沒功夫解釋，還是讓你媽和你說吧。我該去見牛耐河了，不，是去見孟紹卿。」友義不顧驚訝的兒子，離座走了。

紹卿反覆看著一篇文章，不禁淚留滿面。文章上說美國的一個參議員堅決反對中美建交，理由是因中國的人權問題，並舉例說孟紹卿博士在反右運動中被捕後，一直生死不明。原來這位參議員不是別人，正是他的美籍朋友羅勃。

忽然，房門開了，友義走進來說：「對不起，牛耐河同志，讓你久等了。」

紹卿怒從中起，站起來，指著他罵道：「程友義，你不用耍花樣。你找我來，究竟有何用意？」

「首先我要向你宣佈一個好消息，孟紹卿可以復活了。」

「住口。你憑什麼主宰我的生死？」紹卿激憤得連假牙都滑落了，乾脆把假髮也扯下，丟棄在地上，露出了真面目。

「紹卿，請你暫時拋開一切私怨，耐心聽我說幾句話。」

「你說吧。」紹卿坐下了，餘怒未息。

「難得中美雙方元首同意建交，不料，有些美國參議員從中作梗，你的朋友羅勃便是其中之一。我想向總理建議，讓你悄悄地去美國說服他。不知你意下如何？」

紹卿內心感慨萬千，但他明白這個任務實在義不容辭，當下答應了：「如果總理讓我去，我一定去。」

兩日後，總理召見了他們，不立刻談正題，只關切地慰問紹卿的家庭情況。

「孟博士，你是一九五五年回國的吧。離家十六年了，一定很思念家人，你最近曾和他們連絡嗎？」

「思念是難免的，但我早已和家人斷絕了音訊，他們以為我已經死亡。」

「聽說你的夫人仍在香港，兒子和媳婦目前僑居舊金山。」

「呀，謝謝你告訴我。沒想到，我兒子已成家立業了。」紹卿不由得悲喜交集。

「友義向我建議，派你去華府見參議員羅勃史密斯。若能成行，你可以順道去看看妻子和兒子，和他們聚一聚。」總理慈祥地說。

紹卿聽說允許他和家人團聚，幾乎感激涕澪。正想道謝，卻瞥見友義不安地挪動了一下身子。他猛然覺悟，這次的任務是多麼地機密，豈容他公開露面。總理老謀深算，提出探親的建議無非是想試探他，若他表露絲毫的私情，此行必然被打消。

一剎時，他冷靜下來，理智地說：「謝謝你的好意。我明白此行關係國家機密，絕不會假公濟私去探親訪友，即使路過家門也將效法大禹治水，過門不入。」

總理露出滿意的笑容，說：「好，大禹治水，你在太平洋上搭友誼橋，都是造福人民。友義，你盡快為他籌劃行程吧。」

友義鬆了口氣，欣然說：「我即刻去安排。」

✻ ✻ ✻

為了避開兒子的僑居地舊金山，紹卿特選擇了從洛杉磯轉機去華府。殊不知，此時他的妻子林曉鵑正在洛杉磯度假，也正準備和高琇瑩一起去華府。

鬼差神使，曉鵑和紹卿居然乘上了同一班從洛杉磯飛到華盛頓的飛機。她坐在機頭一等艙，他坐在機尾普通艙。兩人夢魂相繫，可惜咫尺天涯，不曾遇上。

飛機降落，紹卿和兩個同伴各自提了個隨身的旅行袋走出機場，旋即被人接走了。

曉鵑和琇瑩先去領取了行李箱才走出來，乘計程車到旅館。

在旅館安頓後，曉鵑首先打電話與露西約定了次日見面。休息了一會，她和琇瑩開始商量去哪裏吃晚餐。

「我還是比較喜歡吃中國菜，我們找家中餐館吧。」琇瑩說。

曉鵑翻看著旅遊手冊，說：「根據介紹，有家鴻福餐廳好像不錯。」

「好，就去鴻福。只是剛在飛機上吃了簡餐，我還不餓。」

「不如我們先去逛街，再去餐館。」

「我贊成。走吧。」

晚上七點鐘，羅勃和露西應約來到鴻福餐廳赴宴，邀請他們的是一位有名的大學教授錢大衛博士。錢博士也是當地華人的僑領，曾為羅勃助選參議員出過不少力。這個私人的約會，是在一個月前就定下的。

他們由餐館經理帶領，進入了一個包廂內。錢大衛已在等候，見了他們立刻上前迎接，說：「史密斯先生夫人，歡迎。」

「大衛，你好。你的夫人怎麼沒來呢？」羅勃上前和大衛握手，問。

「對不起，我太太今天身體不舒服，不能來了。我改帶了一位朋友來。」

羅勃夫婦面面相覷，對大衛不事先徵求他們的意見就帶第三者來參加聚會的事感到很不以為然。何況，大衛的朋友還背對著他們，實在是有失禮節。

「你的夫人不能來，為何不改期呢？我們剛有遠客來訪，因不好意思失約，只好請客人等候到明日才見。」露西不悅說。

「請恕我冒昧。但我相信，我的朋友一定會比我內人更和你們談得來，因為他是孟紹卿博士。」大衛微笑著說。

驀然，紹卿轉身伸展雙臂，親熱地打招呼：「羅勃、露西，好久不見了，你們還認得我嗎？」

露西和羅勃的驚訝，可想而知。

「孟紹卿，真的是你嗎？」羅勃端詳著他，幾乎不敢相信。

「紹卿，你是從何處來的？你的夫人以為你在中國被迫害死亡了，難道你一直躲在美國嗎？」露西也有不少疑問。

「不，過去十六年，我一直留在中國大陸。至於，我為何不回家和妻子團聚，實在一言難盡呀。」紹卿感慨地說。

「你們請坐。先喝酒，吃點小菜，再慢慢地聊吧。」大衛說。

大家都坐下了，彼此舉杯，敬了一回酒。

紹卿又給了羅勃一個驚奇，直截了當地說：「老實說，我是特為中美建交一事，來替北京做說客的。」

「因為關切中國的人權問題，所以我反對建交。這難道不對嗎？」羅勃問。

「目前你的關切是有理由的，但是一個朋友的忠告比一個強敵的批評更能令對方接受。兩國建交不是比冷戰更能促進中國改革嗎？」

「噯，你一言兩語就把我說服了。請你到我們的國會去發表演講，說服其他反對的議員吧。」羅勃說。

「不，我此行是秘密的。見過你們，吃完晚飯，我就得飛回北京了。說服其他議員的事，還得請你多多幫忙。」

「你急什麼回去呀！曉鵑和琇瑩今天下午剛來到這裏，你們可以團聚了。」露西出其不意地說。

這回，輪到紹卿驚訝了：「嗄，曉鵑在華盛頓？妳沒騙我吧！」

「是真的。她住在喜萊登旅店，我馬上去替你打電話，請她過來。你們夫妻就可相見了。」露西熱心地說。

能見到闊別多年的妻子，這誘惑太大了。然而，紹卿只能當它是上天對他的考驗，他用了最大的自制力，含淚說：「不，我不能見她。」

「為什麼？我答應支持中美建交，你的任務已完成了，見見妻子有什麼要緊呢？」羅勃說。

「紹卿，你不要回去了，就留在美國吧。你也許還不知道，你的兒子和媳婦已在舊金山定居了。」露西說。

「不成。我一定要回去，因為有一批極端的左派份子正想藉故打擊總理，他的地位危危可岌，我不能做出任何可能損害他的事。」

「來日方長。這回，紹卿不願和妻子相會，請你們不要勉強他吧。」大衛說。

「若曉鵑知道此事，一定會傷心的。紹卿，你就不能遲兩天再回國嗎？」露西不肯罷休，繼續勸說。

「我實在無可奈何。餐廳外，有兩位隨員正在等著我。我們將乘今晚午夜的飛機離去。」紹卿說。

曉鵑和琇瑩先逛街才到鴻福餐廳來吃晚飯。吃完付了帳，已經十點多了。

「我們先去一下洗手間，再走吧。」曉鵑說。

「好。」琇瑩同意。

不料，她們剛走進洗手間，卻撞見了露西。彼此都覺得驚奇。

「曉鵑、琇瑩！」

「露西！真巧。我們剛在這裏吃完飯，你們的應酬也在這裏嗎？」曉鵑問。

「是的。曉鵑，唉，我真不知怎麼和妳說才好。」露西覺得有口難言。

「妳有什麼事？儘管說。」

露西終於忍不住說出來：「我們知道孟紹卿的下落了。」

「啊，快告訴我，他在哪裏？」曉鵑緊張地執住了她，催問。

「就在包廂裏和羅勃談話呢！」

「什麼，妳沒騙我吧？還是我在做夢。你們和紹卿見面，怎麼會不讓我知道呢？」

「我們也感到很意外。原本只是來赴錢大衛夫婦的約會，沒想到，是錢博士特意安排我們和紹卿見面。」

「紹卿怎麼會來到美國？」

「他是北京派來說服羅勃不要反對中美建交的。」

「別廢話了。走，我們馬上去見孟紹卿。」琇瑩聽得不耐煩了，打斷她們的談話。

「不，紹卿不願意見妳們，因為他此行是秘密的。」露西說。

「管他什麼秘密！我們在這裏巧遇，就是上帝要讓曉鵑和她丈夫會面。露西，妳快帶路吧！」琇瑩不客氣地說。

露西當場改變了主意，說：「好，請隨我來。」

三人匆匆地來到包廂內，卻不見紹卿，只見羅勃和錢大衛在談話。

「羅勃，孟紹卿怎麼不見了？」露西急問。

「他已經走了。」羅勃驚慌地說，又指責妻子：「露西，紹卿要妳保密，妳為何不遵守諾言，把曉鵑和琇瑩都帶來了。」

「羅勃，你為什麼要瞞我呢？你知道，我想他想得多苦呀！求求你告訴我，他去了哪裏。」曉鵑聲淚俱下。

羅勃為難地轉向大衛，說：「還是你來說吧。」

「這位想必是孟夫人吧。實在對不起，紹卿有苦衷，目前不能見妳，請妳諒解。我相信，總有一天他會回家的。」大衛說。

「不，我不能諒解。我已等了他十六年，青絲變白髮，他竟連見我一面都吝嗇嗎？」曉鵑泣道。

露西心中不忍，便不顧一切地說：「夫妻相會，難道有罪嗎？我拒絕再守密了。紹卿說要乘午夜的飛機離去，現在一定是在去機場的途中了。」

「唉，妳怎麼不早說呀，我們快去追他。」琇瑩說。

「露西，謝謝妳，再見。」曉鵑隨即轉身向門外走去。

「請等一等，我開車送妳們去吧。」露西決定好人做到底。

羅勃著急，叫道：「露西，妳把車開走了，我可怎麼辦呀？」

「你請大衛送你回家吧。」露西說，頭也不回地走了。

露西駕車在高速公路上飛駛。下雪了，路面滑，連一向大膽的琇瑩坐在後座都覺得心驚膽顫。然而，坐在前座的曉鵑卻還嫌慢似地，不停地看手錶。

「已經十一半點了，趕得及嗎？」曉鵑問。

「別著急，馬上就可到機場了。」露西說。

終於，趕到了機場，三個女人下車就衝進大廳，到候機室外探望。

「看到了，瞧，左邊前頭一排椅子坐了三個人，中間那個就是紹卿。」露西指著說。

「是他，是他，讓我進去見他。」曉鵑興奮地說。

「不，妳不能進去，他是受人監視的，等我想辦法讓你們私下見面才好。」露西靈機一動，說：「有了。走，我們去見安全室主任。」

紹卿在候機室裏暗自感傷。雖然完成了任務，但是白白放棄了與妻子會面的機會，他心中十分懊悔。可以登機了，他們剛站起來想去排隊，驀然，機場安全主任帶了兩個彪形警員走過來說：「你們三人，請跟我們到安全室去一趟。」

「有什麼問題？」紹卿驚問。

「少廢話，快走。否則，你們會趕不上飛機。」安全主任不由分說，押著他們走了。

警員們令紹卿的兩個同伴把手提行李一件件打開來查看。安全主任則把他帶進一間房內，關上了門。

紹卿一走進房裏就呆住了。原來，曉鵑、琇瑩和露西都在裏面。

「曉鵑。」他上前抱住了妻子，淚如雨下。

「紹卿，不要再離開我了。」曉鵑緊抱了他，泣道。

他倆也顧不得有旁人在場，熱烈地相吻著。

「你們只有十分鐘，飛機就要起飛了。」露西提醒說。

紹卿勉強克制了自己的感情和慾望，放開了妻子，說：「曉鵑，請原諒我。」

「為什麼！為什麼你還不回家？」曉鵑生氣地說。

「我身不由已。這條命已賣給了祖國，不知何時她才能還我自由。妳能等就等，若不能再等，我也不會怪妳的。」

「傻瓜，你可以逃呀。」

「我的身子逃得開，可是心被她牢牢繫住。目前，她需要我更勝過於妳。」

「好吧，我等你。就是等到變成化石，我也等。」曉鵑含淚說。

琇瑩插進來，說：「紹卿，請回答我一句話，文康究竟是否還活著？」

「十年前，我在獄中遇見了他，但是我不敢說他如今尚在人間。」

琇瑩只聽了他的上半段話已喜上眉梢，完全不理會下半句，說：「文康果真未死，看來我們還有團圓的希望。」

安全主任催紹卿，說：「你快走吧，否則就趕不上飛機了。」

「曉鵑，再見。」紹卿慌忙提起行李袋就走出去。

「紹卿別走！」曉鵑喊著，要追出去，但被露西和琇瑩拉住了。

「是他自願回去的，妳放他走吧。」露西說。

「只要他活著，總有一天會回到妳身邊的。」琇瑩也勸道。

紹卿連奔帶跑，登上了飛機，機艙的門旋即關閉。他的兩個同伴都已在座，見到他才放心。

飛機開始滑動，轉入跑道，升上高空。他不知何年何月才能回到愛人的身邊，淚水不禁沿頰而下。

【第二十六章】擎天柱搖　魂斷唐山

一九七六年初，總理去世，噩耗傳出，全國人民為之慟哭。程府裏的人也都在悲泣。友義夫婦痛失老同志和敬愛的領導，悲不自禁。

克強夫婦很不容易才破鏡重圓，總理的死又使前途佈上了陰影，他們為總理哭，也為自己哭。

小鈴原本就有滿腹委屈，初戀的男友一去不回，她等待和追尋已過了七年，始終未能重逢。下鄉勞動，歷經艱苦考驗，理想成了泡影。雖然考進了大學，但學府被主義和教條鎖得死死的，她的憂憤無處發洩，乘機大放悲聲。

受強烈的愛國心驅使，孟紹卿一直忍受著與家屬分離的痛苦，獨自羈留在國內二十年，歷經重重磨難，他一心只盼望國家早日穩定。然而，野心政客一再干擾改革，道高一尺，魔高一丈，勝負未決，總理先撒手而去，國家再度面臨深淵，他不由得悲痛欲絕。

黃浩、張崇美和其他的服務員們也都哭成一團。

大廳內，只有一個人不曾哭，那是十六歲的程守志。

他幼年被迫與父母分離，只能與外婆相依為命。外婆患上了乳癌，因放心不下他，沒進醫院治療，以致病入膏肓，拖上半年就死了。當時，守志悲痛不已，蓉含淚安慰他說：「孩子，不要悲傷，外婆患了癌症十分痛苦，死亡對她是一種解脫。」

守志眼睜睜望著一屋子人哭得天昏地暗，終於忍不住了，大聲說：「你們不要悲傷了。總理解除了癌症的痛苦，可以安息了。」

克強抬起頭，對兒子說：「你年幼無知，總理是一根擎天柱。柱子倒了，恐怕國無寧日。」

想不到，年輕的守志卻頗有見識：「一間屋子，都要有好幾根棟樑才撐得住。一個國家，難道只有一根擎天柱嗎？」

此話一出，眾人都停止了哭泣，驚訝地望著他。

守志繼續說：「我外婆也是一根擎天柱，雖然她的柱子沒有總理的粗壯，但是她曾在暴風雨中頂住了我頭上的一片天。」他想起愛護他的外婆，不禁失聲痛哭。

「守志！」克強和蓉都感動得一擁而上，不約而同地抱住了兒子。

小鈴躍起說：「守志說得對。我們都只看見一根擎天柱倒了，卻忽略了許許多多的小柱子。如果我們個個挺起腰來，還怕頂不住天嗎？」

友義轉悲為喜，說：「我有這樣的兒孫，還愁什麼！」

「後繼有人，我們的理想總會有實現的一天了。」蘭欣慰地說。

「中國有希望了。」紹卿下了結論。

次日，克強一家三口準備回南京。

蘭萬分捨不得讓孫子走，說：「請你們把守志留下，可以嗎？我和他爺爺實在覺得對不起他，希望能有機會彌補。」

蓉和克強雖然都捨不得，但是也希望孩子能和爺爺奶奶有多一點時間相處。

「守志，爺爺奶奶希望你留下和他們同住一段日子，你願意嗎？」克強問。

「當然願意，可是我還得上學。」守志說。

「你可以轉學呀。守志，姑姑也喜歡有你作伴，請留下吧。」小鈴說。

「好，那我就留下了。」守志欣然答應了。

「守志，你要好好讀書，別貪玩，要聽爺爺奶奶的話。」蓉叮囑兒子。

「爸、媽，請你們放心。如果想念我，只要寫封信來，我會馬上去看你們的。」守志說。

「蓉，走吧。他是個好孩子，用不著我們擔心的。」克強說。

他們夫婦倆走了。此時，誰也沒想到，令他們家破人亡的惡運即將來臨。

守志順利地轉學了，然而學校仍以政治思想為本，不注重學術科，加上師資貧乏，無法滿足他的求知慾。於是，他請求紹卿作他的家教。

每天吃完晚飯，他就騎了腳踏車去紹卿的家補習。有時，小鈴也拿了大學的功課和他一起去。

「噯，難得把守志留下了，誰知道他天天往紹卿那兒跑，在我們身邊的時間反而不多。」蘭嘆氣說。

「由他去吧。他到紹卿那兒，我放心。」友義說。

「你呀，還是整天自顧自的，從沒好好和孫子溝通過。」蘭抱怨。

「我哪有心情呀。總理屍骨未寒，那幫人又在大攪反擊右傾翻案風，想整垮鄧小平。真是國無寧日，我還能有閒情和孫子談笑嗎？」

「我看，這一回他們攪不成了，民眾受盡了愚弄，已不信任靠文革奪權上來的人。」

「他們倚仗毛主席發號施令，我擔心還會有一場殘酷的鬥爭。」

蘭沉默了，內心有一種不祥的預感。

清明節前，民眾展開了對總理的悼念活動，紛紛將花圈送到天安門人民英雄紀念碑前。人們反抗惡勢力的情緒應時而發，四處貼滿了詩詞、悼文和標語。

小鈴和守志都不再去紹卿家作功課了，而是到廣場去抄詩詞、誦悼文。守志年紀輕輕，也躍上了台，大聲朗誦自作的詩文。

一天晚上，友義接到一個電話，驚慌地對蘭說：「不好了，他們開始在天安門鎮壓群眾，我必須立刻去阻止這項暴行。妳千萬不要出門。」

廣場上，一片混亂，守志和小鈴正被一群警員追逐，兩人身上都已挨了棍打，情況危急。

忽見友義來到現場，守志大呼：「爺爺，快救我們！」

「啊，原來你們也在這裏。」友義驚駭，連忙將孫子護在身後。

「爸爸，請你救救無辜的民眾吧。」小鈴也跑過來說。

「我將盡力而為。小鈴，妳先帶守志離開這裏。」友義說。

「是。守志，快走。」小鈴急忙拉著守志跑了。

頃刻間，武警們圍住了友義，領頭的說：「首長，我們是奉命行事，請你趕快離開，不要阻礙行動。」

「不。請你們立刻停止使用暴力，讓我來勸導群眾解散吧。」友義說。

忽聽得狄橋在他身後說：「哼，你泥菩薩自身難保，少管閒事吧。」

「你居然把鎮壓群眾當成是閒事，天理何在？」友義怒道。

「天理遠在西天，你去尋吧。」狄橋不屑地說，又下令：「快把他拘捕帶走。」

黃浩想保護友義，反被打得頭破血流昏過去了，警員們將他扔上了囚車。

友義也被強迫進入另一輛車，載走了。

紹卿被叫門聲驚醒，開門一看，嚇了一跳，說：「小鈴、守志，你們怎麼這麼晚了才來，還受了傷。」

「表叔公，不好了。警察在天安門鎮壓群眾，許多人受傷或被捕了。」小鈴說。

「天呀！總理去逝後，人們的惡夢成真了。」紹卿驚道。

「我們遇見了爺爺和黃浩，有他們掩護才得逃脫。」守志說。

「你們就躲在我這裏過夜吧。不過，還是先打個電話回家，免得你奶奶著急。」

「我來打電話。」小鈴拿起電話筒，撥了號碼。

「喂。是誰？」對方傳來一個男人的聲音。

小鈴沒聽清楚，還以為是管家，便說：「我是小鈴，有急事，快請我媽聽電話。」

殊不知，接電話的是費舒。他擱下電話便逼迫張崇美：「妳對程小鈴說，她媽媽已經睡了，問她現在什麼地方，叫她立刻回來。」

崇美拿起電話，喊道：「小鈴，妳爸媽都被捕了，有人正在抄家，妳千萬不要回來。」她即被一拳打倒。

「程小鈴，妳快帶程守志回來自首，否則罪加一等。」費舒在電話中恐嚇。

小鈴嚇得立即掛了電話，全身顫抖。

「怎麼啦，對方是誰？」紹卿問。

「不知道。崇美冒死警告我，爸媽都被捕了，有人正在抄家。她挨打了。」

「糟了，這裏也不安全。我們得立刻逃亡。」紹卿說。

「我們逃到南京去找我爸媽吧。」守志說。

「不好。他們的處境一定也很危險了。」紹卿說。

「那麼，去哪裏呢？」小鈴焦急地問。

「來不及考慮了，我們先出了北京城再說。」紹卿即去房內換好衣服，帶了錢包和幾件衣物，便與小鈴及守志一同出門逃亡。

程克強夫婦在家裏收聽中央電台的廣播，聽到有關鎮壓的消息，連鄧小平都被趕下台了。他們都感到無比震驚。

蓉首先想到兒子，惶恐地說：「守志不知是否也去了天安門廣場，他會有危險嗎？」

克強安慰她：「我們的守志，至少還有他爺爺保護，應該沒事的。」

驀然，一隊警察破門而入，不由分說，將他夫婦倆執住了。警員們又去搜屋。

「你們幹什麼，簡直無法無天了！」克強憤怒地抗議。

葛逍走進來，說：「程小鈴和程守志參加了天安門的反革命活動，畏罪逃跑了，正被通緝。他們可能匿藏在此處。」

「葛逍，你不可助紂為虐。」

「我只是奉命行事。你大概還不知道吧，你爸媽都因支持反革命而被捕了。」

「你胡說。我爸對你不薄，你居然為陷害他的人作幫凶！」

「有道是：識時務者為俊傑。像黃浩那個傻子，跟了你爸一輩子，到頭來又有什麼好結果呢？」

「你抓我沒關係，請放了陶蓉。她生病，身體衰弱。」

「若你肯公開聲明與程友義斷絕父子關係，並且把程小鈴和守志交出來，我可以考慮網開一面。」

「你妄想！」克強罵道。

「那就休怪我無情了。」葛逍即令部下：「把他們帶走。」

「且慢。我有病，請讓我到房間裏去拿藥。」蓉說。

「好吧，妳快去拿。」逍說。

不料，蓉進了臥房裏，遲遲不出來。

逍等得不耐煩了，走到臥房門口，向內一望，驚道：「她上吊了！」

「陶蓉！」克強悲憤地大喊，掙脫了執住他的人，奔進臥房。

見蓉身子懸空，他急忙抱下了她。

蓉奄奄一息，悲傷地說：「我寧死，不願再受屈辱。」隨即斷了氣。

「蓉，妳怎忍心捨下我呀！」克強撫屍痛哭。

葛逍冷冷地說：「陶蓉自絕於人民，死有餘辜。」

「你這惡魔，我要為蓉報仇。」克強向他撲去，反被他一拳打倒。

「真是不自量力。」逍輕蔑地說。

克強轉為泣求：「葛逍，請求你讓我埋葬妻子。」

「不行。我替你叫人將她的屍體火化就是了。」

克強旋被強迫押走。

不久，葛逍被狄橋召見，來到北京。

此時，狄橋已成了一名中央要員。葛逍必恭必敬地向他報告：「我已遵照你的指示將程克強押入監獄了。陶蓉拒捕，上吊自盡。我還派人看守著他們的房子，準備捕捉程小鈴和程守志。」

「葛逍，你辦得好。我想把你調到北京來，留在我的身邊工作，你是否願意？」

逍早已有攀附的意願，高興地說：「能為你效勞，是我的榮幸。」

⌘ ⌘ ⌘

友義和蘭被秘密押解到一個小城鎮，關在一棟有高牆圍住的屋子裏，牆門終日鎖住，連定時來視察和供給他們糧食的看守都不知道他們的身分。

屋內沒電，天黑了，得點油燈。也沒自來水，飲水得從屋後的一口井去淘取。燒水煮飯的是一個煤爐子。

頭一個月，友義病倒在床上，蘭獨自負起一切家務，還得服侍病人。

「蘭，我拖累了妳。」

「請別這麼說。我相信你很快會好起來的。我們一定能度過難關。」

在她悉心的照顧下，他漸漸地能下床走動了。又過了些時，他開始幫她到井邊提水。

一日黃昏，他們同坐在院子裏乘涼。

友義望著煦麗的晚霞，忽然回憶起往事，感慨地說：「妳還記得我們第一次單獨在一起的情景嗎？那個黃昏，我們瞧見了暴雨後的彩虹。」

「我還記得，當時你說彩虹只是上天愚人的玩意，但我認為每一束陽光中都有彩虹，不一定要到天上去尋。」

「然而，我們一輩子都在追尋彩虹。過去二十年，更是轟轟烈烈，翻天覆地，藉彩虹般的謊言鬧革命。到頭來，卻是一場空！究竟是彩虹愚人，還是人欺彩虹？」

「直到如今，我仍然相信彩虹代表真理，永遠存在。」

「這個時候，妳反倒成了樂觀主義者，難道妳不為兒孫輩的命運擔憂嗎？」

「我知道此刻他們的處境很危險，但是，就像守志說的，全國有無數的擎天柱，足以戰勝惡勢力，正義必有伸張的一日。」

那晚，他們比平常早睡。半夜，蘭醒了，無法再入睡，便悄悄地下床，點亮了桌上的油燈，開始給兒女寫信。雖然這些信並無處投寄，但她還是時常寫，藉以消除心中對他們的掛念。

驀然，轟地一聲，天搖地動，桌上的油燈翻倒，燃起熊熊的火焰。

蘭摔倒在地上，驚魂未定，聽見友義的喊聲：「蘭，妳在哪兒？發生了什麼事？」

她爬到床邊，說：「好像是地震，失火了，我們快逃到屋外去。」

「妳不要管我了，快跑吧！」

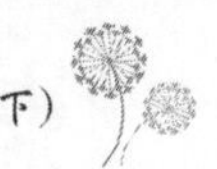

「不，我扶你下床，我們一起逃。」

她剛扶他站起來，又一個猛烈的震搖，他們一起跌倒了。

「房子就要倒塌了，我已沒力氣走，妳快自個逃呀！」他咳嗽著，像要窒息。

「四處起火，我也逃不了。友義，快抱住我，緊緊地抱住我！」蘭絕望地說。

「天呀！我竟害得妳如此的下場。」友義大慟，用最後的力氣緊抱了愛妻。

頃刻間，屋樑墜落燃燒，他們葬身在一片火海中。

這場大地震造成數萬人喪生，災情慘重。過了半個月，才有人來清理焚毀倒塌的小牢屋。他們在廢墟下，挖掘出一對燒焦的屍體。死者的面目都已無法辨認，但可以猜想是一對男女。兩具屍體環抱交結在一起，竟分不開。

地委來察看了一下，即令人將兩具遺骸合裝入一個木箱中，抬到地震受難者的墳地，草草埋葬了。

【第二十七章】
歷盡滄桑　天理循環

紹卿帶領小鈴和守志逃出北京城後，決定去尋訪率軍駐守在山西的王竹清，但是他並不知道軍營的所在地。他們便裝作是軍眷想去探親，沿途問路。

翻山越嶺，餐風宿露，走過一個又一個山村。有時迷了路，走了一整天，仍舊回到原地。流浪了兩個多月，糧票和錢都已用盡，仍不知王竹清究竟在何處。別說紹卿已累得快病倒了，就是兩個年青人也感到吃不消。

有幾次，他們險些被公安當成間諜而捕捉，都憑機智逃脫了，但是行蹤已暴露。狄橋獲得情報，隨即派遣費舒和傅松來追捕。

一天早晨，他們來到一個村子裏，想找一戶人家，去討點吃的東西。

不料，遙遙瞧見要捕捉他們的人就在前頭，他們轉身便逃。

「傅松，快追，這回別又讓他們跑了。」費舒叫道。

「站住。」傅松一面追趕，一面開槍。

眼看就要被追上，紹卿著急說：「不要管我了，你們快跑。」

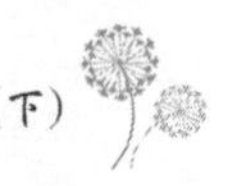

「太叔公，你若跑不動，我們就陪你束手就擒吧。」守志說。

「讓我來扶你吧。」小鈴也回頭說。

紹卿只得拼了老命跟著兩個小的一起跑。

後面槍聲頻響，子彈從他們的身邊穿過。前面的農場上，忽又出現了持槍的衛兵。他們感到進退兩難。

驀然，從邊上的矮樹叢裏鑽出一個人頭來，叫道：「程小鈴，是妳嗎？」

乍見失蹤已久的情人出現在眼前，小鈴簡直不敢相信自己的眼睛，驚問：「華宣武，你怎麼會在這兒？」

「我在農場裏接受勞動改造。有人追趕你們嗎？先躲起來再說，快跟我來。」

「好，表叔公、守志，我們跟他走。」小鈴大喜。

當下，他們一起穿入樹叢中，沿一條小徑逃走。

傅松和費舒追來，卻不見了他們的蹤影。

「奇怪，眼看就要追上了，怎麼一幌就不見人影。」傅松詫異地說。

「他們可能混進勞改農場去了，我們去向場長要人就是了。」

宣武帶領小鈴等走一條彎曲的山路，潛進農場內，暫時躲過了追兵。

他們找到一個隱蔽的處所坐下休息。紹卿和守志識相地躲到另一邊，好讓一對情侶有談心的機會。

這對情侶彼此真有無數的話要傾吐。

「宣武，我找得你好苦，真沒想到會在這裏遇見你。」

「這也許是奇蹟。昨夜，我作了一個夢，夢中在逃亡，到了絕路。醒後，我就跪下祈求上天能讓我再見妳一面，死而無怨。想不到，我的願望居然實現了。」

「這樣的祈禱不好，你應該祈求上天不要再讓我們分離。」

「無論如何，此刻我已經很滿足了。」

「我記得最後一次見到你時，你說要去青海。我曾寫信給你，但沒有回音。後來親自去青海的牧場找你，才知道你已經離開了。沒有人知道你去了哪裏。」

「我原以為到牧場後，可以享受寧靜，逃避人間的醜惡。豈知，牛羊也被利用為整人的工具，有些牧羊人是被迫勞改的知識份子。我遇上了兩個曾被我的造反派整過的教授，良心受到譴責，因此借酒消愁，還想過自殺。幸而，妳的信救了我，讓我重新振作起來。不久，我就離開了牧場。」

「原來你收到過我的信，後來你去了哪裏？」

「我加入了一個運輸隊，說來可笑，我想以開大卡車來克服跛腳的自卑感。每當我獨自駕駛貨車馳騁在青康藏高原上時，心中總想著你。」

「既然如此，你為何還是不給我寫回信呢？」

「老實說，我沒想到妳會痴情地等我。妳給我的草結子一早就讓人踏爛了，我不再妄想妳會遵守盟約。」

「傻瓜，草結子又不是你故意弄丟的。若你愛我，草枯石爛，也不該變心呀。我為你，過去七年，拒絕了不少其他的追求者。」

「小鈴。」他執住了她的雙手，感動地望著她，熱淚滿眶。

「你怎麼會來到這個農場的呢？」小鈴繼續問。

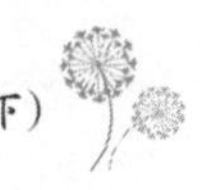

「一年前，母親患了不治之症，我回家陪伴她。不久，母親過世了，我留在上海當中學教師。在一個「批林批孔」的集會中，我痛罵了一幫居心叵測的人，結果被拘押到這裏來了。你們又為何被追捕呢？」

「我和侄兒因在天安門參加悼念總理的活動而被追捕，表叔公帶我們逃亡。我爸媽因反對鎮壓被關押了，我們的家也被抄了。」

「啊，沒想到，連你家人也遭受迫害。」

「我們逃亡將近三個月了，還不知何處可以安身。」小鈴說著傷心地哭了。

宣武將她摟進懷裏，安慰說：「不要害怕。我會保護妳的。」

小鈴明知他自身難保，但聽了這句話，仍然感到莫大的安慰。

費舒和傅松由一個農場裏的人帶領去見管犯人的營長。

營長叫夏茂，正坐在辦公室裏，一邊抽煙，一邊看報紙，抬頭見有人走進來，便說：「老李，你一大早又給我送犯人來了嗎？」

「不，這回不是來給你送人，而是來向你要人。聽這兩位同志說，剛有三個他們要拘捕的反革命份子逃到附近不見了，他們猜想逃犯是潛進勞改場了。」

「嘿，居然有逃犯到我這兒來自投羅網了，這倒是奇聞。這三個犯人長的是什麼模樣兒呀？」夏營長驚訝地問。

「一個是老頭，一個女的，還有一個少年。」費舒說。

夏營長冷笑一聲，說：「我這兒關的反革命份子多的是，老的、少的、男的、女的，全都有。你就挑三個去吧。」

不料，費舒突然衝到他面前，怒氣沖沖地吼道：「你開什麼玩笑。這三個逃犯是狄橋同志親自下令捕捉的。若給他們跑了，就拿你抵罪。」

「哦，你怎不早說呀。」老夏嚇了一跳，當下正經地說：「同志，請息怒，我立刻替你搜捕他們就是了。」

營長隨即用擴音機下令全體犯人到廣場集合，並招集營中的衛兵，準備搜營。

小鈴聽見廣播，驚駭說：「不好。他們已猜到我們逃進這裏來了。進來容易，出去難，我們豈不成了囊中之物。」

「你們都跟隨犯人們一起去廣場集合吧，乘機躲入人群裏。最近來了不少新犯人，也許混得過。」宣武說。

「好主意。小鈴、守志，我們三人不要走在一塊兒，分散了吧。」紹卿說。

「好，我先走了。」守志首先從麥田裏鑽出，去集合了。

紹卿接著走出去。小鈴和宣武一塊走了。

數百個在農場勞動的犯人，全都被集中在廣場，四周有持槍的士兵戒備。

營長開始用喇叭筒喊話：「現有三個反革命份子混進了營裏。你們若發現周圍有嫌疑的人，立刻把他們交出來。凡知情不報或匿藏他們的，都將受嚴厲的懲罰。」

華宣武立即向周圍的人傳出一個信息：「他們是程友義的女兒、孫子、親戚。文革派已將程首長秘密拘捕，還想迫害他的親屬，請大家保護他們。」

頃刻間，一傳十、十傳百，犯人群中掀起了一陣騷動。十年來，大家都已看清了文革那幫人的真面目，痛恨他們倒行逆施，尤其氣憤他們鎮壓悼念總理的民眾。如今，聽說他們又想迫害老幹部和他的親屬，人人心中憤慨，開始鼓噪。

「總理死了，他們又開始清算正直的領導。老百姓沒法重見天日了。」

「支持程友義同志，打倒迫害忠良的劊子手！」

費舒見狀大怒，責備老夏說：「你這勞改營的營長是怎麼當的？犯人全沒改造好。」他奪過營長手中的喇叭筒，親自喊話：「程小鈴、程守志、孟紹卿，限你們一分鐘內站出來自首。否則，等你們被抓到了，即就地槍斃。」

一分鐘過了，台下沒有反應，他和傅松便各持手槍到犯人群中來搜查。

小鈴瞧見他們搜來，正著急，忽聽得隔了好幾排有一女犯人喊道：「我是程曉鈴。」

費舒回頭見一個女青年，立即跑過去，卻不是他要捉的人，他氣得大罵：「他媽的，妳敢冒名頂替，想找死！」

「唉，她的名字和程小鈴諧音，她誤會了。你別和她計較吧。」營長勸道。

又聽見後排一個犯人叫喊：「陳守志在此。」

營長向他回喊：「不是你。他們要捉的人姓禾呈的程，不是耳東陳。」

有些人不約而同地喊起來：「姓程的在這邊。不，那邊也有。」

頓時引發了全場犯人的響應，大夥一起亂喊，企圖分散搜捕者的注意力。

一個彎腰駝背，形容枯槁，頭髮脫落得只剩寥寥幾束掛在頭上的老頭，也喊道：「我是程小鈴。」

紹卿正好站在他身邊，糾正他說：「你錯了，程小鈴是女的。」

「呀，那我是程守志。」

「還是不對。他是少年人，你是老頭子。」

「笨蛋，你不懂，這叫混淆視聽。」老頭怒斥他，回頭還是照喊不誤。

紹卿怕引人注目，趕緊從他身邊溜開了。

費舒又氣又急，乾脆不理會叫喊，一路搜來，發現了程小鈴，立即要過來捉她。

華宣武挺身護住小鈴，罵道：「你們迫害了多少忠良，如今竟連程友義也不放過，還要將他的兒孫都一網打盡，良心何在？」

「好哇，華宣武，原來你也在這裏。」費舒指著他向營長下令：「快把這造反的頭子先拿下。」

「說得好。當年老子不就是紅衛兵造反派的頭領麼，後來對你們沒有利用價值了，你們便指使這惡棍打斷了我的腿，真是喪盡天良。」

「他媽的，你敢罵我惡棍，我槍斃你。」傅松大怒，舉槍發射，宣武中槍倒地。

「宣武。」小鈴驚呼，撲倒去抱他。

群眾嘩然，又見費舒執住了小鈴，便企圖搶救。

費舒和傅松一見眾人向他們圍上來，急忙開槍射擊，不少人中槍倒地，更激起了眾怒。有人奮不顧身，上前奪取了他們的手槍，將他們制服充當成人質，解救了程小鈴。

守志和紹卿一起跑過來向營長說：「我們寧願自首，請別濫殺無辜。」

營長瞧了他們一眼，便轉向費舒斥道：「你們就為了擒拿這對老少和一個弱女，濫殺了這麼多人，真豈有此理！」

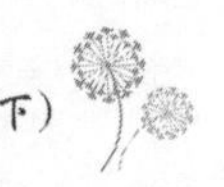

「你快讓我把他們押回北京去，否則狄橋不會放過你的。」

營長不敢得罪中央權貴，令犯人們：「快放了人質吧，免得惹出更大的禍來。」

「不，絕不能放，我們要為死者討個公道。」

犯人們不肯棄械投降，抓了人質，擁著小鈴開始向後撤退。守志和紹卿見狀也一起跑過去。退入了營房，小鈴即跪到華宣武的身邊，說：「快讓我看看你傷在哪裏。啊，你流了這麼許多血，怎麼得了呀！」

宣武只剩一口氣，執住了她的手，慘笑說：「小鈴，別慌。我臨終時能有妳在身邊，心願已了，無怨無悔。」他吐出一口血，死了。

小鈴伏屍痛哭。

夏營長回辦公室打電話，請援兵。

不到一個時辰，即有大批軍車開到勞改營的大門口，車上跳下來許多士兵，團團圍住了營房。

一個高級軍官下了車，問：「誰是這所勞改營的營長？暴亂是如何發生的？」

「我是營長，名叫夏茂。剛有兩個從北京來的同志，到這裏來追捕三個逃犯，不料，他們開槍打死了好幾個營裏的人，結果被犯人們奪取了的槍械，執住作人質。」

「這三個逃犯是什麼樣的人物？」

「聽說他們是程友義的女兒程小鈴、他的孫子程守志、還有一個叫孟紹卿。」

軍官露出了驚訝的表情，不再問話，只說：「先平了亂再說吧。」

紹卿從窗口望出去，一眼認出那個軍官，正是他千方百計想要找尋的王竹清，不禁內心暗喜，即勸犯人們說：「你們哪能對抗大軍呀，不如投降吧。我們三個先出去自首，為你們說情。」

犯人們同意，棄了槍械，但仍抓著人質，舉起一面白旗，都從營房裏走出來。

軍官默默地瞧著他們走近，等他們被士兵喝令站住了，才嚴肅地說：「你們中間有三個從北京來的逃犯，是哪三個，快站出來自首。」

紹卿上前一步，說：「是我們三個，我叫孟紹卿，他們兩個是程小鈴和程守志。」

竹清故意裝作不認識他，板著臉問：「你們是這次暴動的禍首嗎？」

小鈴憤然指著兩個人質，說：「不。是他們想追殺我們，入營來搜，開槍殺死了好幾個無辜者，才激起暴動的。」

「狄橋有令，凡協助逃犯的人，一律格殺勿論。我們不過是奉命行事。」費舒說。

「夠了，你已承認殺人。」竹清說，隨即下令：「來人，將這兩個禍首給我抓起來，帶回軍營。」

「你敢！我倆都是狄橋的貼身隨從。你叫什麼名字？」

「我叫王竹清。你還是少廢話吧。」

費舒和傅松旋即被士兵押走了。

「啊，原來你就是王竹清。」小鈴感到意外地驚喜，緊接著說：「我的朋友華宣武為保護我而死，請求你允許我埋葬他。」

竹清不回答她，轉身走開去，向營長說：「我要帶走華宣武的屍體，可以嗎？」

「可以。據我所知，他母親死後，世上已沒有親人了。」營長令人將宣武的屍體抬上軍車。

輕易地平息了暴動，竹清親自押送紹卿、小鈴和守志回軍營。

狄橋獲得情報，立即給王竹清打電話，令他放了費舒和傅松，並將程小鈴等三人押到北京，但竹清一口拒絕了。

狄橋又派葛逍去當面勸說他，威逼利誘，仍沒成功。

「他媽的，這王竹清真不識抬舉，我非要整掉他不可。」狄橋大罵。

「請息怒。若逼急了，他可能領兵造反，不如從長計議。」葛逍說，他已取代費舒，成為狄橋的親信。

「你有什麼計策能對付他呢？」

「據我所知，他是由程友義提拔才當上團長的。我們只要能證實程的反黨罪名，就能除掉他。」

「你說得對。程友義雖已死，但他的部屬在黨政軍中的勢力仍很大，我們必須盡快審定他的罪名才好對付他那派人。你還沒取得黃浩的口供嗎？」

「黃浩受了重傷，最近才有起色，但拒絕合作。我知道他吃軟不吃硬，想用一套計謀來逼他就範，可是我需要一個幫手。」

「你要誰幫忙？」

「我要小張。就是冒充張崇美去程府當護士的張芸，她還在坐牢，請你釋放她。」

「哦，我明白了，你喜歡小張。好吧，我成全你，把她給放了。你們可得好好替我辦事呀。」

「謝謝你，我們一定不會讓你失望的。」葛逍大喜。

⌘ ⌘ ⌘

黃浩為護衛程友義而被打成重傷，只因狄橋想留他作檢舉程友義的證人，才讓他療傷。他脫離險境後，就一直被單獨監禁。

一天，他聽見守衛們的談話，才知道毛主席過世了，毛夫人和她的三個親信組成了四人幫，正想奪權。他感到恐懼和絕望。

當天晚上，他和張崇美同時被帶進了一間審訊室。

當他們瞧見室內坐著的兩個審問員時，都不約而同地發出驚呼：「葛逍、張芸！」

「哈哈，黃浩，別來無恙呀。」逍大笑。

「張崇美，妳想不到我們還會有見面的一天吧，而且又易地而處了。」小張也得意洋洋地說。

「葛逍，你可知道，她就是當年冒充張崇美，企圖謀害首長的張芸。」黃浩說。

「哼！你們害我坐了五年的監獄。今日我非報復不可。」芸憤恨地說。

「張芸，我曾視妳如親姐妹，沒想到妳是一個心地狠毒的人。」崇美說。

葛逍打岔說：「別吵了。反正大家都是老朋友，我們好好談。」

「你先告訴我，首長和他的夫人怎麼了？」浩說。

「他們都已死，所以你不必有所顧忌，儘管把他們的反黨罪行都說出來吧。」逍說。

黃浩驚怒，喝道：「你胡說。他們怎麼會死的，莫非是被你害死的嗎？」

崇美也說：「我不相信首長已死了，絕不相信。」

「信不信由你們，但是你們若不肯合作就休怪我無情。」逍說。

「你出賣良心，陷害首長。我豈肯和你合作。」浩罵道。

「你自以為忠心，其實只是個愚蠢的奴才。」逍反罵道。

「葛逍，別和他們廢話了。這兩個頑固份子，你不給他們一點厲害看看，諒他們是不會屈服的。」芸說。

「妳說的是。我們先禮後兵，不用再客氣了。」逍說。

「先讓我鞭打黃浩一頓，出出氣再說。」芸說。

「可以，我把他們交給妳來審吧。」逍說。

黃浩被拖到牆邊，絟住手腳。芸拿起一根長鞭，走到他面前，威脅說：「除非你答應合作，我可以不計前嫌，否則我就將你活活打死。」

「呸，妳這不要臉的妖精，我寧死不作妳的幫兇。」浩罵道。

芸大怒，揚鞭便往他身上打去，一鞭一道血痕隔著囚衣透出來，連打了十幾鞭。浩咬牙忍受，一聲不吭。

崇美被執住在一旁，哭求：「張芸，不要打了。求求妳，饒了他吧。」

芸轉向她說：「妳心疼他吧。好，桌上有份控告書，上面列了程友義的罪狀，如果妳肯簽名，我就饒了他。」

「你們不是說首長已經死了嗎，為何還不放過他呢？」崇美困惑地問。

「程友義已死，但他的同黨勢力仍然存在。尤其是有一批由他提拔過的軍人，想乘毛主席去世的機會造反。我們必須先定他的罪，才能消滅他的同路人。」葛逍說。

「我不能誣告首長，因為他是我的救命恩人。」崇美泣道。

「妳不肯簽名，就別怪我打死黃浩。」芸怒道，又要鞭打浩。

「不。妳要打，就打我吧。」

「好呀，這可是妳自找的，就換他來替妳心疼吧。」芸說，舉鞭打崇美。

「不，不要。葛逍，請你別讓她傷害崇美。」浩痛苦地叫喊。

「打這個，那個叫。不如你們一同受刑吧。」逍說，也拿起鞭子來打浩。

葛逍和張芸用盡殘酷的手段，都徒勞無功。

一日，狄橋把他們叫來，責問：「你們審問黃浩和張崇美這麼多天了，還沒能令他們舉發程友義的罪證嗎？」

「還沒有。硬的、軟的，我們都試過了，無奈他們都不肯作供。」逍說。

「既然如此，就將他們都處死吧。眼下局勢緊張，要作的事情多著，為何還浪費時間在這兩個小人物的身上呢？」

逍和芸受了斥責，都感到十分沮喪。

離開狄公館後，逍說：「唉，狄橋好像已經開始對我們不滿了，這可如何是好？」

「只怪黃浩和張崇美不肯合作，槍斃他們都不能消我心頭之恨。」芸懷有挫折感。

於是，他們想出一條毒計。

崇美被關在一間黑牢裏，有兩個獄警走進來，除去了她身上的鐐銬，將她押出去。她以為又要受刑訊，心裏害怕極了。

出乎意料之外，她被帶去洗了個澡。一個女獄卒給她穿上了一套紅色的衣裳，然後帶她走進另外一間

特別的牢房。房內有張大床，還有一張飯桌和兩張椅子。桌上已準備了豐盛的飯菜。

崇美心中疑惑，只因饑餓一切都顧不得了，坐下來就狼吞虎嚥。吃到半飽，她想起黃浩，不知他是否仍餓著，她放下碗筷不吃了。

不久，女獄卒進來收拾盤碗，見許多剩菜，便說：「妳吃飽了嗎？這可是妳的最後一頓飯了。」

「原來他們已判了我死刑。黃浩也被判死刑了嗎？」崇美驚問。

女獄卒帶著憐憫的口氣說：「是的。明天早上，你們兩個都要被槍決了。」

崇美不再恐慌，苦笑說：「死了也好，總算可以脫離苦海了。」

女獄卒拿了盤碗走出去了。

崇美走到床邊，正想躺下，卻見逍和芸一起走進來。奇怪的是，他們一反往日的凶惡，臉上都掛了笑容。

芸還提著一個手袋，像是來訪友似地，上前問候：「崇美，妳吃過晚飯了嗎？」

「妳是指我最後的晚餐吧。你們如此幸災樂禍，還有人性嗎？」崇美怒道。

「我們只是奉命行事，萬不得已的。這些日子，眼看妳和浩受折磨，我們都感到良心不安。」芸說。

「哼，你們居然還有良心嗎？只是貓哭耗子假慈悲吧！」

「唉，妳錯怪我了。剛才我向狄橋下跪，苦苦為妳求情，他終於答應免了妳死罪並將妳釋放。」芸說。

「我不相信。你們不必再使什麼花招，想騙我捏造首長的罪名，我不會上當的。」

「狄橋手上已有足夠的證據，不需要你們的口供了，所以他才會同意釋放妳。」

「照妳這麼說，黃浩也可獲得特赦嗎？」崇美半信半疑地問。

「不，他跟從了程友義一輩子，關係太密切，已經沒得救了。」逍說。

「既然如此，我寧可和他一起被處死。」

「崇美，妳是不是愛上黃浩了？」芸問。

既已表明情願與他共生死了，崇美不再隱諱，坦白說：「是的，我愛他。」

「哈，這下黃浩也可以不死了。」芸拍手笑道。

「我不懂。剛才你們不是說他無法獲得赦免嗎？」

「若你們今夜成親，妳不就可以替他留種，延續他的生命了嗎？」

「妳胡說。明知他即將被槍斃，妳居然還開玩笑！」崇美大怒。

「請息怒，我不是開玩笑。為了彌補過去對他的傷害，我和葛逍才想出這個法子。」

「黃浩絕不會同意的，他一直把我當妹妹看待。」

「先說妳同不同意。」

崇美心慌意亂，說：「我只想陪他度過最後一夜。」

「這就表示妳答應了。妳放心，我們一定能說服黃浩的。」芸喜道。

「時間不早，妳們快做準備吧。」逍說。

「瞧，我已經準備了兩根紅蠟燭，一塊新娘的蓋頭巾，還有一盒化妝品。」芸說，從手提袋中把東西一件件拿出來，放在桌上。

崇美見她準備得如此周到，不免驚疑，問：「妳怎麼知道我會答應和黃浩成親呢？」

「噯，妳不必多疑，其實我早就看出妳愛黃浩了。每次我們打他時，不都是妳在喊痛麼。快過來坐下，讓我給妳化妝。」芸說。

「我不想化妝。黃浩也不會在意的。」

「新娘子不打扮怎行？妳總得讓黃浩看出妳有誠意，不是被迫的。」逍將崇美拉到椅子邊，說服她坐下了。

崇美只得任由他們擺佈。

芸先在她的臉上撲了些粉，擦了胭脂和口紅，說：「崇美，妳把眼睛閉起來，我要為妳作眼部化妝了。」

崇美不疑，閉起眼睛。豈料，芸從化妝盒的底層取出一把小刀，舉起來，即在她的兩頰各劃了一道。

崇美還以為芸不慎劃痛了她，睜眼一看，見芸手執滴血的刀子，她嚇得全身顫抖。「妳，妳毀了我的容！」

「我料想黃浩不肯娶妳，所以為妳設下苦肉計。他或許會因同情而與妳成親。」芸慢條斯理地說。

「惡魔！」崇美憤怒，要向她撲去，無奈雙肩被葛逍按住，動彈不得。

芸取出一根長繩子，迅速地將她綁住在椅子上。

「救命呀，救命呀！」崇美拼命地掙扎。

芸又舉起刀子，威脅說：「妳敢再喊叫，我就在妳臉上多劃幾道。」

崇美驚懼，不敢出聲，垂頭哭泣，血淚相合流。

芸將紅頭巾往她頭上一蓋，說：「新娘已準備好了。逍，你可以去請新郎官了。」

「好，我馬上就去。」逍走出去了。

葛逍走進黃浩的牢房，見他在閉目盤膝而坐。

「啊，黃浩，你就要被槍決了，還這麼篤定，真是視死如歸呀。」

「你還來幹什麼，難道非要折磨我到最後一刻才甘心嗎？」浩睜眼怒道。

「不，我是特為張崇美來向你說親的。」

「胡說八道，你休要再設計加害我們。」

「你聽我說，崇美深愛你，她最終的心願是今夜和你成親。你忍心拒絕她嗎？」

「我不相信。我和她情同手足。」

「她已打扮成新娘子等著你去成親哩！走吧，我帶你去看她。」

浩也想見崇美最後一面，便跟著逍一起走了。

逍敲了敲門，芸開門探頭一看，歡喜地說：「啊，新郎官終於來了。」

「張芸，妳把崇美怎麼了？若再傷害她，我作鬼也不饒你們。」浩厲聲說。

「喲，你如此對待媒人，太無禮了吧。崇美在裏頭，她是不是自願嫁給你的，你可以去問她呀。我可失陪了。」芸說著走出了牢房。

逍將浩推進了牢裏，說：「時間不多，你們可別辜負良宵呀。」他鎖上牢門，和芸一起離去了。

黃浩瞧見桌上點了兩根紅蠟燭，一個紅布蓋頭的女人坐在椅子上，便懷疑地問：「崇美，妳為何這樣打扮？妳明知我視妳如同親妹妹，怎麼會和妳成親呢？」

崇美的一張臉如火灼般疼痛，聽了他這話，更是後悔莫及，當下就暈了過去。

浩得不到回答，只見新娘打扮的人頭垂得更低了。他覺得蹊蹺，上前一把掀開了那塊蓋頭布，出現一張有刀傷，鮮血淋漓的臉。

「天啊！」他嚇得倒退到牢門邊，拍門大罵：「葛逍、張芸，你們是魔鬼。」

他隨即想到還是救崇美要緊，便慌忙解開了綁住她的繩索，將她抱到床上，又將蓋頭布撕成長條替她包紮傷口。

他一面流淚，一面懺悔：「崇美，都怪我平日太執著，辜負了你的情意，如今一切都太遲了。」

正巧，崇美醒轉，輕微地說：「黃浩，我們來世再見。」

「妳說什麼？是的，如果我們來世還能相逢，我一定要娶妳為妻。」

不一會，她又再度昏迷過去。

他著急地搖幌她的身子，說：「妳不要這麼快就死呀。無須多久，我就要被槍斃了，妳等我一起走黃泉路吧！」

然而，她毫無反應，他失聲痛哭。

忽然，門外傳來一聲巨響，有人敲斷了門鎖，用力推開了門。

他以為就要被押往刑場了，也不望進來的人，便大聲說：「你們就在此槍斃我吧！」

不料，聽見一個熟悉的聲音，叫道：「黃浩，我們來救你和崇美了。」

他抬頭看，簡直不敢相信自己的眼睛。原來，說話的是程小鈴，她的身旁站著程守志和孟紹卿。

「你們怎麼都來了？我是做夢，還是瘋狂了嗎？」他困惑地說。

「不，你沒做夢，也沒發瘋，你確實獲救了。」小鈴高興地抱住他。

「是這樣的。昨天，狄橋又派人來威脅王竹清，限他一日之內交出我等，否則就要把你和崇美都槍決。沒想到，他自己先垮台了。」紹卿解釋說。

「狄橋垮台了，怎麼會呢？」浩還是不敢置信。

「王竹清接到中央發出的密電，四人幫已全被逮捕，他奉命帶兵入京設防，順便帶我們來這裏救你。他有重要任務，已先走了。」守志說。

黃浩彷彿麻木了，既不為四人幫倒台的消息而興奮，也不為自己的獲救而慶幸，卻帶著哀傷說：「可惜你們來遲了一步，崇美已被張芸和葛逍害死了。」

「啊，崇美臉上為何包著紅布呀！她是怎麼死的？」小鈴驚道。

「張芸用刀子毀了她的容，她失血過多，只怕沒得救了。」

紹卿測了崇美的脈搏，說：「她可能還有得救，你快送她去醫院吧。」

聽說有救，黃浩立刻振奮起來，握拳說：「請你們護送崇美去醫院，我要親自去捕捉葛逍和張芸這兩個惡人。」

「不，我也要去抓迫害我爸媽的人。」守志說。

「你們倆一起去擒凶吧，由我和表叔公護送崇美去醫院就行了。」小鈴說。

管獄的人願意協助，當下派了一輛車送崇美去醫院急救，又另派了幾個警衛員跟隨黃浩和守志，開了警車去擒凶。

葛逍和張芸睡得好夢正甜，忽被敲門聲吵醒。

「他媽的，一大早，是誰來敲門？」逍罵道。

「吵死人了，你快去開門看一下吧。」芸閉著眼說。

逍打開門，本想大罵，但一見門外站的人，吃驚叫道：「黃浩！」

「你這惡棍，報應到了。」浩一拳將他打倒。

「黃浩逃獄了，快報警！」逍大叫。

一個警員上前用手槍指住了他，說：「你的靠山已倒了，現在是你成了階下囚。」

葛逍既驚駭又困惑，呆住了。

臥房裏，芸聽到逍的叫喊，連忙跳下床，正想撥電話報警，黃浩已衝進房來。

她驚惶失措，丟下電話筒就想逃，但無處可走，只得退到窗口邊。

「張芸，妳好狠毒呀！居然毀了崇美的容，妳的良心何在？」黃浩一面罵，一面向她逼近。

「我錯了，求你原諒我吧。」張芸哭道。

「一聲錯了，就能了事嗎？妳去看看崇美臉上的傷痕，還有她內心的創傷，妳這輩子能補償得了嗎？」黃浩氣憤地說。

張芸悔恨，覺得無地自容，倏地，越窗往樓下跳。

黃浩沒料到她這一著，急忙到窗口邊往下望，只見她墜落地面，跌得血肉模糊。他搖頭嘆道：「惡有惡報。」

他回到外廳，見葛逍已被警員反銬了雙手，押著。

「黃浩，你沒抓到張芸嗎？」守志問。

「她剛跳樓，畏罪自殺了。」黃浩說。

葛逍聽了，失聲痛哭。

「哼，你居然也有心疼的時候。」黃浩上前扯住他的前襟，問：「快從實說，你究竟把首長和蘭姐怎麼了？」

「他們原先被秘密關押在唐山，大地震時遇難了。」逍說。

「還有我的爸爸媽媽，你將他們關在哪裏？」守志問。

「你媽媽自殺了，你爸爸目前在蘇北幹校接受勞改。」逍說。

「壞蛋！你不但出賣了我爺爺奶奶，還逼死了我媽，迫害我爸。我要為他們報仇。」守志氣憤，握拳打道。

「守志，不要衝動，還是讓他接受法律的制裁吧。」浩勸道。

「我媽媽死得好冤呀！」守志悲傷不已，哭道。

「別難過。惡人已獲得報應，相信你媽在黃泉下也能含笑了。當前之急，是要儘快找到你爸爸才好。」浩說。

「是的，我恨不得立刻去到爸爸身邊。」

「我們先去醫院看了崇美，再去找他，好嗎？」

「好吧。」守志同意了。

醫院裏，崇美已被救醒，臉上的傷口經過縫合後，已重新用白紗布包紮。她心情十分沮喪，閉目不言不語，只是垂淚。

小鈴和紹卿一籌莫展，只能在病床邊陪著，忽見浩和守志來了，他們一同站起來。

「崇美的傷嚴重嗎，醫生怎麼說？」黃浩迫不及待地問。

「她沒有生命危險，傷口已縫合，只是需要療養。」小鈴說。

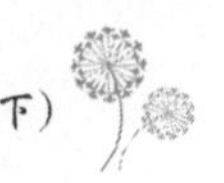

「太好了。」黃浩鬆了口氣，隨即去到床邊，說：「崇美，妳不要難過，也不要害怕，因為我會一輩子守護著妳，再也不讓妳受傷害了。」

崇美張開眼，泣道：「黃浩，你不必因同情我而陪伴我終生。」

浩握住了她的手，說：「不，這不是同情。昨夜，我才知道我有多麼地愛妳！」

「我的臉上會留下醜惡的疤痕，我不願意讓你整日看到它。」

「我只看到妳有一顆善良的心，它是絲毫沒有瑕疵的。」

小鈴向紹卿和守志使了個眼色，他們三人便一起走出了病房。

「守志，可有你爺爺奶奶和你爸媽的消息了嗎？」紹卿問。

「聽葛逍說，爺爺奶奶和我媽都已死了，我爸還在勞改營。」守志落淚說。

小鈴聽得惡耗，掩面痛哭起來：「天啊，老天爺太殘忍了！」

「請節哀。我們這就去尋找克強吧。」紹卿含淚安慰他們。

他們剛要離去，浩走出來問：「你們不需要我陪伴嗎？」

「不需要，我們已經習慣了三人行。你好好看顧崇美吧。」小鈴說。

程克強在勞改營中身心如受煎熬。喪妻之痛給了他重大的打擊，加上父母、妹妹和兒子都下落不明，國家前途莫測，這一切令他愁白了頭髮。半年內，他從一個四十中旬的人變得像個老頭子。

這一日，看守他的人忽然全都不見了。他獨自站在田野上，仰望著青天白雲，心頭有千愁萬恨，不覺出了神。

驀然，聽見有人喊叫，回頭看，他最思念的親人正向他跑過來。他還未來得及分辨是夢還是真，已被來人團團抱住。

「啊，守志、小鈴、表叔公，你們都來了。我不是做夢吧？」他悲喜交集。

「四人幫倒了，全國人民的惡夢終於可以清醒了。」小鈴激動地說。

「在歷史的照妖鏡下，這幾個人只不過是小丑罷了。若非上有巨人撐腰，下有層層級級趨炎附勢的小人作幫兇，他們怎能將億萬民眾踐踏在腳下，造成十年浩劫呢？」克強憤恨道。

「爸爸，我聽葛逍說媽媽自殺了，這是真的嗎？」守志問。

「孩子，對不起，我沒能保護你媽媽，甚至沒能保全她的屍骨。」克強扶著兒子的肩頭，悲痛地說。

「爺爺奶奶的屍骨都還不知下落呢！」守志說。

「原來，連你爺爺奶奶也沒能逃過這一劫。」克強大慟。

小鈴、守志都和他一同抱頭痛哭。

紹卿何嘗不想陪他們痛哭一場，但還是忍住了。他想，從他父母一輩算起，到守志已經是五代人，代代都歷盡滄桑，國無寧日，民不聊生。幸而，種種磨難的盡頭，總會出現轉機，足見邪不勝正。

他本是一個樂觀的人，經歷愈多愈豁達。見幾個晚輩哭作一團，他先取手帕擦乾了自己的涕淚，即安慰他們說：「克強、小鈴、守志，請不要悲傷。你們人生的道路還很漫長，經歷了這許多考驗，應看清了方向。快振作起來，去追求你們的理想吧。但願一切美好的憧憬都能在你們的未來中實現。」

克強揮淚，抬起頭說：「是的，我們要痛定思痛，絕不再重蹈覆轍。」

「我們重新起步，再也不受主義和教條的束縛，相信只要用愛心，發揚人性的光輝就能建立理想國。表叔公，請你拭目以待吧。」小鈴也變得樂觀了。

「太叔公，你不會在這個時候，離開我們吧？」守志說。

「唉，眼下百廢待興，我留下助你們一臂之力吧。只是，苦了你太嬸婆，又得讓她再多等幾年了！」紹卿嘆息說。

【第二十八章】

竹幕春曉　歸去來兮

一九八〇年的春天，一輛黑色汽車開到北京一家賓館的門前停下了。一個穿幹部制服的年輕人先下車，打開後座的車門，扶出一個老翁。

老人身子瘦長，戴眼鏡，穿了套淺灰色的布衫褲，黑布鞋。因膝蓋患關節炎得扶拐杖，緩緩而行。他的脖子上原有一道傷痕，日久已不大明顯了。

他被帶到三樓一間套房，年輕幹部敲了敲門，裏面有個男人問：「是誰？」

「報告，你要我去接的人，已經帶到了。」

「門沒上鎖，請他進來吧。」

老人獨自走進室內，見一人坐在沙發椅上，蹺起二郎腿，豎著打開報紙，把臉遮住了。這人明知他走進來，既不起身招呼，竟連瞧也不瞧他一眼，分明是故意冷落他。

等了好一會，他實在覺得忍無可忍了，便用枴杖敲了敲地板，罵道：「官僚，擺什麼架子！」

「你罵誰？」坐在沙發椅上的人，放下報紙，走向他。

「啊！」他吃驚地叫道：「孟紹卿，你到底是人，還是鬼？」

「哈，問得好！蘇文康，這句話由我來問你也恰當。」紹卿大笑說。

「當真是你。」文康丟了拐杖，拉住他的手臂，說：「我曾聽盧俊說你出獄當天就在途中翻車死亡了，我還為你大哭了一場。」

「僥倖大難不死，我這一生已不知被閻王趕出過多少次了。」

忽然，從房間裏跑出一個七歲的小女孩。她有捲曲的黑頭髮，藍色的眼睛，膚色白嫩，像個洋娃娃。

「紹卿，這個可愛的女孩是你的孫女嗎？」

「不，她是你的外孫女，名叫露西。」

「啊，我的外孫女！那麼君怡也在嗎？」

一個中年婦人捧了茶盤走過來，親切地說：「爸爸，請喝茶。」

文康激動地指著她說：「妳，妳是君怡。啊，記得我離家時，妳才和妳的女兒差不多大。三十多年了呀！」

「爸，我好想你呀。」君怡放下茶盤，擁抱了父親。她答應過母親不哭的，無奈淚水像決提似地擋不住。

文康悲喜交集，問：「妳媽媽還在人間嗎？」

忽聽得身後有人說：「老頭子，你都還活著，我豈肯死呀！」

他急忙轉身，見了妻子，更是感激涕滂，說：「琇瑩，我們終於重逢了。這兒究竟是天堂，還是人間？」

琇瑩取出手帕，一面替他擦淚，一面說：「不用猜疑。今後我和君怡會為你創造一個人間樂園，裏面只有歡笑，沒有悲傷。」

「君安呢？」

「他已上了天堂，和他爺爺奶奶在一塊了。」

「妳和兒女因為我而承受的痛苦，叫我如何彌補呀！」

「你能頑強地活下來，已經給了我們最大的補償。」琇瑩說。

「爸爸、媽媽，請你們坐下來聊吧。露西，妳叫了外公沒有？」君怡說。

「哈，我的洋外孫女，妳會說中文呀！」文康摟住了小女孩，頓時千愁萬恨一筆勾消，開心地笑了。

露西走到文康面前，害羞地叫了一聲：「外公。」

紹卿見他們一家人團聚，感到莫大的安慰。他為國家作出了巨大的奉獻，忍痛與愛妻寵兒分離了二十五年，還差點連命都送上了。最終，能夠看到撥亂反正的一日，並幫助摯友獲得平反，他覺得一切的犧牲似乎都值得了。

為了讓文康夫婦有敘情的機會，他獨自走出戶外，信步在街上遊蕩。

經過一個水果攤，見有新鮮的雪梨，他上前挑了六個，叫小販去秤。這時，來了一個佝僂的老頭，低頭在一堆半爛的梨中挑選。

他站過一邊，說：「這邊有好的梨，你過來挑吧。」

不料，那人頭也不回地說：「好梨，我吃不起。」繼續在爛梨堆中挑。

紹卿從他側面，認出了他，驚叫：「侯健民。」

健民驀然抬頭，也驚駭地叫道：「孟紹卿，是你！」頓時感到羞愧難當，剛選好的梨都不要了，轉身就逃。

紹卿連忙付了錢，拿起一袋梨就去追。他追上了，一手抓住健民的肩膀說：「你跑什麼呀，想賴掉我一碗牛肉麵不成？」

「牛肉麵？」健民站住了。原以為紹卿要找他算賬，沒想到只向他討一碗麵。

「你忘了嗎？我們曾為蘇文康的生死打賭。如今他還活著，你輸了，當然該請我吃牛肉麵。」

「我曾出賣你，害你坐牢，你不記仇了嗎？」健民感到良心不安。

「我們都能活下來可真不容易，還記什麼仇呀。走，我帶你去見文康。」

健民和文康相見，免不了又是一番驚喜，彼此親熱地握手招呼。

「蘇文康，你果真還活著。」

「侯健民，原來你也是個劫後餘生的老不死。」

紹卿把一袋梨交給君怡，說：「這是你爸最愛吃的梨，你拿去洗了，削給他吃吧。」

琇瑩開玩笑說：「你真是的，我們剛團圓，你就來送梨（離）。」

紹卿連忙說：「足夠一人一個，不用分梨。」

大家坐下閒聊，都避重就輕，儘量不談過去的辛酸事。

健民還是忍不住好奇心，說：「文康，你不是今日才獲得釋放嗎？可是，看你的氣色並不像一個剛出獄的人。」

「自從四人幫倒台後，我的待遇有改善，被遷移到一個清靜的處所受軟禁。最近兩年，我只專心研究一本紅寶書。」

「什麼，你一直在研究毛語錄嗎？」紹卿打斷他的話，驚奇地問。

「笑話！」文康向他瞪眼，說：「我的紅寶書，是紅樓夢。」

大家都笑了起來。

「明天一早，紹卿就要去香港了，今晚我們將為他餞行。健民，請你也留下一起吃晚飯吧。」琇瑩說。

「啊，紹卿，你要出國了。我還欠你一碗牛肉麵，現在就請還你吧。」健民說。

「不急。等我下次回國時，你再請我吧。」

「誰知你幾時才會回來呢。目前我雖然窮，但一碗麵還是請得起的。」

「健民，請別誤會。好罷，我跟你去吃牛肉麵。琇瑩，今晚你們一家人吃團圓飯，用不著為我餞行了。」

「也好，反正以後我們還會見面。到那時，我和文康再請你吧。」

「文康，你也將去香港嗎？」健民問。

「我不知道。今後，一切由我老婆作主，我是一步都不離開她了。」文康說。

「只等他的出境證發下來，我就要帶他走的。」琇瑩說。

次日早晨，紹卿獨自乘車去飛機場，不要任何親友送行。事實上，他最親近的三個人，不是不在城裏，就是不得空閒。程克強當了一個政府部門的主管，剛率團出國考察去了。小鈴已經成家立業，剛生了個兒子，分身乏術。守志是大學生，興趣廣泛，終日見不到他的人影。

通過了機場的出境關口，紹卿大大地鬆了口氣，他終於可以無憂無慮地出國了。

他的兒子和媳婦都已經回國來探望過他，但曉鵑一直不肯來，堅持要等他回家才相見。飛機尚停在跑

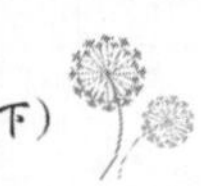

道上，他的心已飛向遠方的妻子身邊。

林曉鵑由兒子媳婦陪伴來到機場，孟玉棠也來了。時間表上顯示，來自北京的飛機已經降落，他們都興奮地等待乘客出關。

ꕥ ꕥ ꕥ

只見一個老頭剛走出來就被妻子和一群兒孫們包圍了。他的老婆拉著他哭道：「老公呀，我為你整整守了三十年的活寡，還以為這輩子再也見不到你了呀。」

老頭也激動得涕淚縱橫，哭訴：「老婆，我經歷了九死一生，全靠對妳和孩子們的思念才活下來的。」他的兒孫十來人都難以自禁，又哭又叫，擋住了甬道，令旁人側目。

玉棠見狀，搖頭說：「唉，大庭廣眾下哭哭啼啼，實在太不雅觀。小嬸，等會妳見了小叔，可別這樣。」

「你放心，我們絕對不會哭的。」曉鵑說。

「那可說不定，剛才我還瞧見妳偷偷地擦淚呢。」

「我被那對老夫妻感動了。但是，我為紹卿，眼淚早就流光了。」

「我聽老媽說，小叔從小愛哭。他若先哭起來，妳能忍得住嗎？」

「堂哥，你別逗我媽了。我敢和你打賭，我爸媽見面絕不會掉淚的。」玉思說。

「好，我們打賭。如果他們當真不掉一滴眼淚，我就把這個新買的照相機送給你。若他們哭了，相機就算你送我的，你把錢折算給我。如何？」玉棠說。

「好，一言為定。」玉思高興地說。

「不行。玉思，不許你拿我和你爸打賭。」曉鵑反對。

「為什麼？堂哥這個新照相機是名牌，價值千金。只要你們不哭就唾手可得，何樂不為呀。」

「我可以忍得住，誰知道你爸會不會動情呢，恐怕你偷雞不著反蝕把米。」

「媽，我有辦法，只要妳見到爸爸，第一句話就說：不許哭。不就成了嗎？」唐潔頑皮地說。

曉鵑被媳婦逗得啼笑皆非，只得任由他們去打賭了。

忽然，一個奇裝異服的男人走出了關口。他戴了草帽和太陽眼鏡，身穿花襯衫和短褲，肩上掛了一個輕便的旅行包。經過曉鵑面前，友善地向她揮手微笑，用洋文打招呼，說：「哈囉，夫人。」

曉鵑只當他是個多情的夏威夷華僑，漫應了一句：「哈囉。」心想乘客都走光了，怎麼還不見紹卿出來，不由得暗自著急。

不料，這個怪客繞過欄桿，走到她身後，伸手拍了拍她的後肩，改用中文說：「對不起，請問妳是孟紹卿的夫人嗎？」

曉鵑驚訝地轉身問：「啊，你是誰？」

「我叫傑克。今天早上，我在北京機場遇見了孟先生，他給了我這張照片，叫我來找妳，替他傳句話。」

曉鵑拿了照片看，正是她的近照，驚問：「噢，他叫你傳話。他沒乘上飛機嗎？」

「唉，這位老先生真糊塗。到了機場才發現忘了帶機票，趕不上這班飛機了，只得乘下一班。」

「這沒心肝的人！我苦等了他二十五年，他居然還要我白等。」曉鵑氣得大罵。

「孟夫人，請別難過。孟先生有一樣禮物給妳，迫不及待地託我先帶來了。」

「禮物，什麼禮物？」曉鵑餘怒未消，心想任何禮物都彌補不了她的失望。

「一個吻。」那人說著，突然上前抱住她，吻她的嘴。

曉鵑閃避不及，驚慌失措。然而，當他的嘴唇觸及她的嘴時，她已猜出了他是誰，於是停止了掙扎。站在一旁的玉思怒不可遏，大罵一聲：「淫賊。」用力將他推開。

只見他踉蹌倒退，摔跌在地上，帽子掉了，太陽眼鏡也滑落。

玉思認出父親，大驚，連忙上前去扶他，說：「爸爸，原來是你，你受傷了嗎？」

「唉，你這魯莽的孩子，差點沒把你老爸的骨頭給摔斷了。」紹卿站起來說。

「我不知是你呀。你怎麼會這身打扮呢？」玉思抱歉地說。

「上個月，我的一位老朋友從夏威夷到北京來看我，送了我這套衣服。剛才我下了飛機就去洗手間換上了。我想讓你媽看看，我穿這衣服合不合適。」

曉鵑剛定過神來，拍手笑道：「合適，合適，只要是你，穿什麼我都不介意。」

她像年輕了二十歲似地撲上前，擁抱了他。夫妻倆互相端詳著對方，哈哈大笑。

「堂哥，你賭輸了，如何？」

「沒問題。照相機給你，連底片也一起奉送了。」玉棠大方地將相機交給了玉思，回頭說：「小叔、小嬸，你們的老嫂子恐怕已在家等得焦急了。請你們回家再樂吧。」

唐潔也催道：「爸爸，你的孫兒女也在家裏等著見爺爺呢。」

「好，我們打道回府，走吧！」紹卿挽著妻子，往機場大門走出去。

「情如熾」完。

「一寸丹心萬縷情」全集：情如虹、情如浪、情如熾

語言文學類　PG0423

一寸丹心萬縷情（下）
情如熾

作　　者／摯　摯
責任編輯／孫偉迪
圖文排版／陳湘陵
封面設計／蕭玉蘋

發 行 人／宋政坤
法律顧問／毛國樑　律師
印製出版／秀威資訊科技股份有限公司
114台北市內湖區瑞光路76巷65號1樓
電話：+886-2-2657-9211　傳真：+886-2-2657-9106
http://www.showwe.com.tw
劃撥帳號／19563868　戶名：秀威資訊科技股份有限公司
讀者服務信箱：service@showwe.com.tw
展售門市／國家書店（松江門市）
104台北市中山區松江路209號1樓
電話：+886-2-2518-0207　傳真：+886-2-2518-0778
網路訂購／秀威網路書店：http://www.bodbooks.tw
國家網路書店：http://www.govbooks.com.tw
圖書經銷／紅螞蟻圖書有限公司
114台北市內湖區舊宗路二段121巷28、32號4樓
電話：+886-2-2795-3656　傳真：+886-2-2795-4100

2010年10月BOD一版
定價：400元

國家圖書館出版品預行編目

一寸丹心萬縷情. 下, 情如熾 / 摯摯著.
-- 一版. -- 臺北市 : 秀威資訊科技, 2010.10
面； 公分. -- (語言文學類 ; PG0423)

BOD版
ISBN 978-986-221-565-4(平裝)

857.7　　99015233

讀者回函卡

感謝您購買本書，為提升服務品質，請填妥以下資料，將讀者回函卡直接寄回或傳真本公司，收到您的寶貴意見後，我們會收藏記錄及檢討，謝謝！
如您需要了解本公司最新出版書目、購書優惠或企劃活動，歡迎您上網查詢或下載相關資料：http:// www.showwe.com.tw

您購買的書名：________________________________
出生日期：________年________月________日
學歷：□高中（含）以下　□大專　□研究所（含）以上
職業：□製造業　□金融業　□資訊業　□軍警　□傳播業　□自由業
　　　□服務業　□公務員　□教職　□學生　□家管　□其它_____
購書地點：□網路書店　□實體書店　□書展　□郵購　□贈閱　□其他
您從何得知本書的消息？
　□網路書店　□實體書店　□網路搜尋　□電子報　□書訊　□雜誌
　□傳播媒體　□親友推薦　□網站推薦　□部落格　□其他__________
您對本書的評價：（請填代號　1.非常滿意　2.滿意　3.尚可　4.再改進）
　封面設計____　版面編排____　內容____　文／譯筆____　價格____
讀完書後您覺得：
　□很有收穫　□有收穫　□收穫不多　□沒收穫

對我們的建議：________________________________

____

____

____

請貼
郵票

11466
台北市內湖區瑞光路 76 巷 65 號 1 樓
秀威資訊科技股份有限公司 收
BOD 數位出版事業部

....

（請沿線對折寄回，謝謝！）

姓　　名：＿＿＿＿＿＿＿＿＿＿ 年齡：＿＿＿＿ 性別：□女　□男

郵遞區號：□□□□□

地　　址：＿＿＿＿＿＿＿＿＿＿＿＿＿＿＿＿＿＿＿＿＿＿＿＿＿＿＿＿

聯絡電話：(日) ＿＿＿＿＿＿＿＿＿＿＿＿ (夜) ＿＿＿＿＿＿＿＿＿＿＿＿

E-mail：＿＿＿＿＿＿＿＿＿＿＿＿＿＿＿＿＿＿＿＿＿＿＿＿＿＿＿＿